針愛小神醫

1

風 文創 932

迷央 著

風文創 932

目錄

序文

迷央

週末，帶著小姪女去表姊家做客。表姊是獨居，房子收拾得乾淨俐落，大大的客廳，看著就讓人覺得心裡敞亮。表姊給小姪女拿了許多零食，讓她坐在沙發上看電視，而我和表姊兩人則坐在一旁有一搭、沒一搭地閒聊。

突然，小姪女不小心把桌上的飲料弄灑了，我忙起身拿起桌上的面紙擦拭，但紙沾水便濕透了，眼瞧著飲料就要滲到一旁的白色地毯上，這時，表姊從茶几下的抽屜裡拿出一塊乾淨的毛巾擦拭，這才及時制止住這場災難。我和表姊同時鬆了口氣，畢竟這洗地毯可不是個簡單的活計，而自知闖了禍的小姪女，乖覺地同表姊道歉。

表姊搖了搖頭，說道：「沒事，妳又不是故意的，不需要道歉。」

小姪女明顯放鬆了下來，只是她突然瞥到抽屜一角的菸盒，小臉認真地說道：「姑姑，老師說了，吸菸並不酷！」

表姊愣了愣，半晌才輕聲回道：「姑姑開始吸菸時，早都過了『覺得吸菸很酷』的年齡了。」看小姪女沒聽懂，表姊又補了一句。「所以，姑姑也覺得妳老師說的很對，吸菸一點都不酷。」

小姪女還是似懂非懂。「那姑姑為什麼還要吸呢？」

表姊笑了笑，回道：「等妳長大就明白了。」話落，表姊又拍了拍小姪女的頭，眸色微深。「不過啊，姑姑希望妳永遠都不要明白……」

在我的印象，表姊從小到大都是長輩眼中的乖乖女，說起話來不緊不慢，嘴角常常掛著絲笑，對任何事情似乎都風輕雲淡，我從來沒有想過，她竟也有夜深人靜需要用尼古丁來麻痺自己的時候。

那天過後，我腦海裡總會想到抽屜角落裡的那盒菸，還有表姊當時的樣子，她那雙眼睛裡藏著故事，一些可能無法訴諸於口，獨屬於她和那盒菸的故事。

後來過了很久，我又去表姊家，趁著表姊不在客廳時，鬼使神差地拉開了那個茶几下的抽屜，而這一次，我沒有看到那盒菸。

「別找了，我戒了。」表姊不知什麼時候來到了我身後。

我先是一愣，隨即有些被抓包的尷尬，但又不知要如何解釋，只能乾巴巴地問道：「為什麼？」當時連我自己都不知道這句「為什麼」，是問「為什麼要吸菸」，還是問「為什麼又戒了」，可表姊似乎卻聽明白了。

她笑了笑，說道：「沒什麼，那段時間遇到點事，不過現在好了，都過去了……」

直到最後，我都不知道表姊和那盒菸背後究竟有著什麼樣的故事，但似乎都不重要了。人類的悲歡並不相同，但人類的情感大多是相通的，憤怒、恐懼、喜悅、期待、徬徨……

人生百態，我們總會找到一種自洽的方式，好好生活下去，不放棄就會有希望。

我願用手下這支筆，盡情地描繪出這人世間的感情，就像《針愛小神醫》一樣，虛構的故事裡，藏著真實的情感。

最後，願每位看到這本書的朋友，在以後的歲月裡，都能眼裡有星辰，身邊有微風，心中有暖陽……

第一章

北境之地，密林遮掩，群山連綿，山林之間晨靄漸漸褪去，叢林中飄蕩著水氣，遠遠望去，恍若仙境。

半山腰的幾間草房前，一個身著藍色長袍的少年，在門口來回踱著步，一臉焦急忐忑之色。

而他的身後還站著兩位少年，一位一襲白衣，長髮束起，氣質溫文爾雅，眉宇間卻隱隱有絲病氣，此人是夏祁國溫甯侯府嫡長子溫浩然，虛年十八。

另一少年，玄衣著身，劍眉星目，一身剛正之氣，是夏祁國溫甯侯府嫡二子溫浩傑，虛年十五。

「大哥、二哥，你們說妹妹會認我們嗎？」

說話之人正是在門口踱步的藍衣少年，性格看似有些跳脫，他是夏祁國溫甯侯府嫡三子溫浩輝，虛年十二。

溫浩然望著緊閉的房門，亦是一臉擔憂。「且等等，妹妹年齡尚小，突然得知身世，一時接受不了也在意料之中，我們要給她些時間才是。」

「大哥說的有道理。三弟，你消停會兒，別走來走去的，看得讓人頭暈。」溫浩傑也著急，但除了等，他們別無他法。

妹妹把自己關進屋子前交代過，不要打擾她，因此他們是斷然不敢前去敲門的，就怕惹妹妹不高興。

「大哥、二哥，道理我都懂，可就是控制不住自己。你們說怎就這麼巧啊，鬼手神醫偏偏這個時候逝世了，不然由他來同妹妹說明身世，妹妹說不定會容易接受些。」溫浩輝好不容易停步了，這會兒又踢起腳下的小石子。「還有，大哥，你的身子怎麼辦？這次過來本想讓鬼手神醫幫著瞧瞧的，可現在……」

半年前，溫浩然的身體突然開始變得虛弱，走幾步都會喘半天，遍尋京都名醫，皆查不出病因，溫府眾人只能眼睜睜地見他日漸消瘦，卻束手無策。

鬼手神醫來信讓他們來接妹妹時，本來溫浩然的身體並不適合長途跋涉，但臨出發前晚，老侯爺突然決定讓溫浩然也一同前往，說萬一鬼手神醫願意出手也不一定。

其實溫府眾人心裡都很清楚，想讓鬼手神醫出手，機會渺茫。

可是，他們走投無路了。

夏祁國誰人不知，鬼手神醫的醫術高超，各種疑難大症手到擒來，放眼望去，一手出神入化的銀針之法無人能敵，但他天生脾氣古怪，從不輕易救人，甚至有以命換命的傳言。
說起溫甯侯府與鬼手神醫的淵源，還要從老侯爺年輕時說起，那時他四處遊歷，無意中搭救了遭人暗算的鬼手神醫，鬼手神醫承諾，日後可答應他救治一人。
六年前，溫甯侯府嫡小姐溫阮出生，因天生患有惡疾，太醫院眾御醫斷言，此女活不過周歲，溫甯侯府眾人皆痛心疾首。
最後，老侯爺出面請了鬼手神醫。鬼手神醫同意出手，也還清了之前的恩情，從此兩不相欠。
鬼手神醫診治後，說是需要把人帶走，痊癒後自會通知他們去接人。
溫甯侯府無法，只能同意，誰知這一走就是六年，蹤跡全無。
此次要不是鬼手神醫親自來信，溫家三兄弟是絕對找不到這個地方的。
「三弟，此事日後不要再提了，這也是我的命數。只要妹妹安好，我就放心了。」
溫浩然神色淡然。關於鬼手神醫的傳言他也略知一二，所以來之前就沒抱多大希望，此時自然也談不上失望。
溫浩傑和溫浩輝兩兄弟對視一眼，皆是一臉擔憂之色，但兩人素來知道溫浩然的脾氣，亦未再多說什麼，只是心底終不是滋味。

溫甯侯府三兄弟在門外等待，而一門之隔的屋內，一名六歲的小姑娘靜坐在床沿邊。小姑娘肌膚雪白，長相精緻，粉嘟嘟的臉頰上帶著嬰兒肥，一雙水汪汪的大眼睛，煞是惹人喜愛。

她就是溫家三兄弟口中的妹妹，溫甯侯府的嫡女溫阮，但同時也是現代隱秘中藥世家的最後一任傳人溫阮。

溫甯侯府？嫡女溫阮？鬼手神醫？這劇情莫名有點熟悉啊……

臥槽！她竟然穿書了？還穿到了昨天閨密推薦她看的那本小說！

小說書名叫《庶女毒妃攻略》，書中女主本是小官家的庶女，略懂些岐黃之術，因無意中得到一本毒物典籍，自學成一身製毒的本事，然後憑藉毒術幫助家族飛黃騰達，自己也嫁給了身為男主的五皇子為妃，最後榮登后位。

但這本書的設定，溫阮真的不敢苟同。女主是典型的黑蓮花，為了達成目的，草菅人命，手段陰狠，毫無底線可言，奈何那是作者的親閨女，女主光環足夠強大，無論她使什麼壞，總是能瞞天過海。

閨密之所以推薦她看這本書，主要是書中有個炮灰女配和她同名同姓，也叫溫阮。書中對這位女配的描寫並不多，但總歸一句話——是女主打怪升級路上的墊腳石。

說起這位女配，溫阮不得不感慨一句，真是一個活脫脫的倒楣蛋。

身為溫甯侯府嫡女，卻因身體原因，自幼被鬼手神醫帶去了深山老林調養。在她六歲那年，鬼手神醫去世，家裡的三位嫡親哥哥來接她回府，不幸的是，在路上大哥卻意外身亡，二哥為救她斷腿，三哥因她被毀容。為此，她還未回到京都府，便傳出了喪門星的名聲。

後來回到京都府後，她又對男主五皇子一見鍾情，憑藉著家人對她的愧疚，開始對男主死纏爛打，最後遭到黑蓮花女主報復，全家人都被她作沒了，溫甯侯府被抄家，她也一捲草蓆被丟去了亂葬崗！

溫阮忍不住扶額，有沒有搞錯？她不就睡了一覺，怎麼莫名其妙就穿書了？難道就因為她睡覺前罵了一句女主三觀不正？她這是招誰惹誰了？還有沒有言論自由了？

穿書就算了，為什麼偏偏就穿到了這個倒楣蛋女配身上啊？

溫阮突然頭疼得厲害，像是被針扎了一般，她忍不住緊按著太陽穴，企圖緩解一下，腦海中瞬間有了一段不屬於她的記憶，那是屬於原身的記憶。

在小姑娘的記憶裡，她是從小跟著爺爺長大的，而她這位爺爺應該就是溫家三兄弟口中的鬼手神醫。

鬼手神醫性格古怪，但對原身還算不壞，盡心盡力幫她調養身體，兩人的關係雖比不上尋常家爺孫的親近，但他算是原身從小到大身邊僅有的親人，原身對他還是很依賴的。

然而，今日一早，鬼手神醫突然過世了，小姑娘頓時嚇壞了，然後緊接著溫家三兄弟便趕了過來，自稱是溫阮的哥哥們，幫著她一同將鬼手神醫下葬。

突然面對三個陌生的哥哥，小姑娘頓覺手足無措，只能藉口要一個人靜靜，躲進了屋子裡，誰知道一不小心磕在床沿上，昏了過去。

再醒來時，她便取代了原身。

溫阮想到書中關於女配的情節，忍不住想要罵人，但又不得不逼迫自己冷靜下來，畢竟，保住小命要緊。

還好她現在只有六歲，女主才十二歲，劇情還沒正式展開，一切都還來得及！

不過，一想到門外的溫家三兄弟，溫阮這腦袋瓜子就嗡嗡地響，因為……女配在書裡的劇情馬上就要開始了——她書中的大哥溫浩然很快就要命喪在這深山老林裡，而她的「喪門星之路」也將正式邁出第一步！

不行，她說什麼都要搶救一下。雖然她不常看小說，但也清楚，書中的故事線一旦展開，再想要扭轉那可就難了。

這可是改變溫阮炮灰女配命運之門的第一步，她無論如何也要力挽狂瀾，救下溫浩然，扳回這一局才行！

雖然書中沒有交代溫浩然的具體死因，只說是死於頑疾，不過，溫阮卻覺得還是有很大的救治希望，畢竟她身為隱秘中藥世家的傳人，自幼習醫，精通醫理，擅長銀針之術，溫氏祖傳的三十六走針法她甚至比祖父還精湛幾分。

所以，治病救人這方面，溫阮還是有些信心的。接下來她得要找個機會，先幫溫浩然診脈看看病況才行。

以目前的情狀來看，溫阮不怕突然變成六歲的小孩，也不怕獨身在這異世生存，她反而有點不知道要怎麼和原身的家人相處。

她看過書，知道書中溫甯侯府的眾人對溫阮都很好，他們從沒有因為外界的傳言而把溫浩然的死怪罪到她身上，反倒還因為她從小流落在外，對她百般遷就。

就連為了救她而斷了腿的二哥溫浩傑、毀了容的三哥溫浩輝，也依然對這個妹妹疼愛有加，最後甚至為了她和女主作對，然後被設計丟了性命。

就算衝著這份家人間的溫情，溫阮也會竭力拯救他們的命運。

只是，溫阮自幼父母雙亡，也沒有什麼親近的兄弟姊妹，所以，對於突然多出來的三個哥哥和溫甯侯府一眾家人，她還是不太習慣。

就在溫阮萬般糾結之際，門外突然響起了一陣慌亂聲——

「大哥！大哥，你怎麼了？你別嚇我……」

溫阮一驚，連忙從床上跳下來，邁著小短腿朝著門口衝去。

「吱呀」一聲，木板門被推開，溫阮有些費勁地邁出門檻，這才看清門外的情況。原來是原身的大哥溫浩然昏倒了，而其他人顯然慌成了一團。

「你們別圍在一起，快把他抱到我師父的房間。」溫阮率先推開旁邊的房門，示意他們快進去。

溫浩傑最先反應過來，抱起溫浩然便進了屋，將他放在床上。

溫浩輝和溫阮也緊跟其後，來到床邊。

「二哥，怎麼辦啊？隨行的大夫還在山下，已派人下山去了，可最快來回也要一刻鐘，大哥他不會有事吧？」溫浩輝眼眶微紅，快急哭了。

今日要上山之前，一路隨行的大夫突然腹瀉不止，可能是水土不服，無法，他們只能把大夫留在山下，誰知現在竟突然出了這種狀況。

要知道，溫浩然每次暈倒，情況都很糟糕，輕則病情加重，重則危及性命。

溫浩傑年紀略大點，稍微沈穩些，但這會兒顯然也慌了神。

溫阮擠開兩人，想先幫溫浩然把脈，可看了眼略高的大床，又看了眼自己的小胳膊小腿，頗為無奈。「我搆不到，抱我上去。」

溫浩傑看到一雙小小的手臂朝他伸過來，先是愣了一下，然後連忙把妹妹抱到床沿上坐著。

兩兄弟沒多想，只以為妹妹是擔心大哥，想靠近些看看他。可誰知，溫阮卻把小手直接搭上了溫浩然的手腕，為他診起了脈，然後又掰開他的嘴，看了他的舌苔。

看到妹妹的動作，兩兄弟都有些不知其所然。

半晌後，溫阮淡淡地問道：「他是不是半年前身體突然變得虛弱？」

聞言，兩兄弟一驚，對視了一眼，眼裡傳達著同一個意思：難道妹妹懂醫術？

「是啊，就在半年前，大哥不知怎麼了，身子突然越來越虛弱，連御醫看了都找不到病因，只能開一些溫補的藥材，可是吃了也不見好，反而還越來越嚴重了。」溫浩輝說道。

那就沒錯了。溫浩然的脈象虛浮無力，時有時無，一般醫者都會以為是身體孱弱之症，但其實是中毒了。

常言道，醫毒不分家。作為醫學隱秘世家的溫家，自然少不了和各種毒藥打交道，溫阮自幼看的書分兩種，一是治病救人一類的醫書，二是製毒解毒一類的典籍。

她之前在溫家老宅子的書房裡看過，本毒藥典籍，上頭就有記載，溫浩然所中之毒名為「無形」，殺人於無形之意。

中毒者除身子日漸孱弱外，並無其他症狀，所以大多醫者都診斷不出，只知身體虛弱，便建議中毒者吃些補藥。但這正是此毒的陰險之處，因為這些補藥恰恰是這毒藥的催化劑，使中毒者的病症更加嚴重，直至心脈衰竭而死。

要不是溫阮曾經看過此毒的藥方及症狀描述，恐怕也很難在短時間內診斷出為中毒。至於解藥，溫阮也是知道的，那本典籍上亦有記錄。

典籍上共記載了上百種世間罕見之毒，包含如何製毒、中毒後的症狀及解毒之法。只是後來，那本典籍不知為什麼無緣無故就不見了，當時祖父怕被別有用心的人拿去做傷天害理之事，派人找了好久，但都沒找到。

最後沒有辦法，只能讓溫阮把這本書默了出來，留在溫家書房做備份，以防日後若有書上的毒藥出現，溫家後人亦有解毒之法。

溫阮沒想到，此毒竟然會出現在這裡，不知是巧合，還是另有玄機？

不過此時溫阮顧不上這些，溫浩然中毒已深，需盡快服用解藥，否則性命堪憂。

「他是中毒了。你們先在這裡看著，我去旁邊的藥房調配解藥。」說完，溫阮從床上跳了下去，直接走出房間。

「妹妹竟然會醫術？」溫浩輝滿臉震驚之色。

溫浩傑也很驚訝，半晌都沒反應過來。「妹妹從小由鬼手神醫帶大，應該是他教的吧？」

「肯定是這樣！妹妹竟然被鬼手神醫收做徒弟了？還是我妹妹厲害啊！」本來在溫浩輝心裡，溫阮就是最好的妹妹，這下子更是毋庸置疑了。

溫浩傑也一臉與有榮焉的表情。「嗯，咱們的妹妹最厲害！」

鬼手神醫一生癡心研究醫毒之術，各種藥材也很齊全，溫阮來到藥房後，很快便找到了解毒所需的藥材。

把藥材放進熬藥的罐子裡，倒入水後，放在煎藥的小爐子上，溫火慢慢煮著，三碗水最終熬出一碗藥。

溫阮端著藥走進屋子，溫浩傑看到後，忙迎向前接了過來。

「妹妹，妳怎麼自己端來了？燙著妳可怎麼辦？趕緊給我吧！以後再有這種煎藥、端藥的活，讓二哥來就行，二哥皮糙肉厚，不怕燙！」溫浩傑的表情做不了假，他是真的很關心自己的妹妹。

溫浩輝眼裡也滿是不贊同的神情，但他捨不得說妹妹，只能好聲好氣地說道：「妹妹，妳還小，之前是哥哥們不好，沒能在妳身邊陪著妳，以後不會了，妳有什麼事都可以找哥哥們，不要再一個人撐著了，知道嗎？」

溫阮心裡突然一暖，原來這就是被家人捧在手心裡的感覺。

她自小被祖父帶在身邊習醫，會說話後則被帶著背醫書典籍，會走路後便被帶著識藥辨藥，自有記憶以來，煎藥煮藥的事好像一直就在做，溫阮從來沒有想過，竟有人會因為這些事而擔心她。

「嗯，知道了。」對於這種家人間的親昵，溫阮發現她好像並不排斥，似乎還有些……渴望。「若藥涼了，會影響藥效，你們先把藥給……給大哥餵下，等他醒來，我再幫他診脈，若有餘毒的話，屆時我再來幫他施針。」既然以原身的身分活了下來，原身的家人自然早晚也是要認的，那便先從這三個哥哥開始吧。

「好好，我和三弟這就給大哥餵下！」不知為何，對於溫阮的話，溫浩傑本能的信服，連忙把藥給大哥餵了下去。

溫浩傑這樣毫無保留的信任，讓溫阮對他的好感又增加了幾分。「二哥，這裡就交給你們了，有事喊我。」

說完，溫阮便徑直走了出去，只留下欣喜若狂的溫浩傑，和懊惱萬分的溫浩輝。

「我沒聽錯吧？妹妹喊我二哥了！妹妹喊我二哥了……」溫浩傑興奮地在屋子裡走來走去，妹妹認他了，他怎麼可能平靜得下來？

溫浩輝一臉不甘心地看著溫浩傑。「……妹妹很快也會喊我的！」剛剛二哥不就是幫妹妹端了碗藥，所以妹妹才會接納他的嗎？溫浩輝暗暗決定，他也一定要多多幫妹妹幹活才行！

溫阮直接走到了廚房，時辰不早了，這會兒她的肚子已經唱起了空城計，她準備做些午飯吃。

廚房很乾淨，灶臺上廚具俱全，油、鹽等調味料也有序地擺放在旁邊，一看就是經常用的。不過想想也正常，山上只有鬼手神醫和原身兩人，平日裡肯定也是要生火做飯的。

走到放米糧的櫃子前查看，有米有麵，還有些紅薯類的粗糧，粗略估計一下，這些應該夠他們半個月的口糧。

又往旁邊翻了翻，竟然只有一小籃子雞蛋、幾根紅蘿蔔、馬鈴薯，至於新鮮蔬菜和肉類是沒有的。食材有限，可惜溫阮空有一身能辦滿漢全席的廚藝，卻毫無用武之地啊！

不過這也沒關係，靠山吃山，野菜、野味應該不會少。先簡單地做一些中飯，吃完後溫阮準備到附近看看。託上輩子經常跟祖父去山裡採藥的福，她的野外求生經驗是相當豐富的。

在溫阮愣神之際，廚房門口有動靜，她抬頭一看，是跟在溫家兄弟身邊的侍衛，只見他兩手竟然提著幾隻野雞、野兔。

「小姐。」侍衛把野雞放在腳邊，俯身朝溫阮行禮。

在現代，溫阮作為溫家的家主，私底下自然也有著一批人，這種場面倒也習以為常了，便輕「嗯」了一聲，讓他起身。「你要用廚房？」溫阮問。

「回稟小姐，屬下們不善廚藝，只會烤些野物，不用廚房。只是……」侍衛的臉上有些為難之色。「大公子每次暈倒醒來後，御醫都交代不能吃油膩之物，所以……」

生病的人脾胃弱，飲食不當確實容易引起脾胃不和，從而加重病情。

「哥哥們的午飯交給我吧，你們準備自己的就行。」外面有十幾個侍衛，溫阮現在這小胳膊小腿的，可做不了這麼多人的飯。

「屬下們的吃食不敢煩勞小姐。」

侍衛的態度謙卑有禮，但他通身冷然的氣質卻令人不可小覷，溫阮不禁多看了侍衛一眼。「你是府裡的侍衛嗎？叫什麼？」

侍衛略微遲疑了下，而後如實回道：「回小姐，屬下冷一，是老侯爺身邊的暗衛。」

冷一身為侯府的暗衛，按照慣例是不應該出現在人前的，但此次侯府的三位少主子來接小姐，老侯爺不放心，遂派了他們兄弟幾人，由暗轉明，貼身保護幾位主子的安全。

暗衛？溫阮有些了然，這應該是高門大院私下培養的勢力。一個「暗」字，即可表明這些人的身分不可輕易暴露，可冷一卻直接對她表明了身分。作為老侯爺身邊的暗衛，他的態度很大程度上也能看出老侯爺對她這個孫女的重視程度，而老侯爺的態度，即可表明侯府的態度。

「小姐，這幾隻野雞、野兔，需要屬下幫您處理好嗎？」冷一恭敬地問道。

溫阮點頭應了聲。「好。再叫個人過來幫我燒火。」

冷一開口應下，從院中叫來另一名暗衛幫溫阮燒火，而他自己則去到井邊，把野雞、野兔處理乾淨。

稍微琢磨片刻後，溫阮心裡已確定好了溫浩然的餐食——雞絲白米粥、雞蛋餅。清淡、好消化，正適合病人吃。

不過，對於溫阮現在這個六歲小豆丁的身高來說，這灶臺還是有點高啊！無法，她只能從院子裡搬進來一把小木凳，踩上後試了試，嗯，這下高度可以了。

白米洗乾淨入鍋，雞胸肉切成細絲加少許鹽，也放入鍋中，在小爐子上小火慢燉。

溫阮又拿出麵粉和雞蛋，加水調成了糊狀，放點鹽又攪了攪，然後在另一灶臺上攤起了雞蛋餅。

很快地，粥煮好，溫阮將剛剛在院子裡發現的小野蔥切成絲後撒入粥中。

雞蛋餅也煎好了，除了第一個火候沒掌握好外，其他雞蛋餅都還不錯，表面黃澄澄的，看起來就讓人很有食慾。

溫浩然的飯食準備好後，溫阮便開始做她和溫家其他兩兄弟的午飯。

鍋底起油，倒入蔥段、薑片炒出香味，隨後加入提前切好的紅蘿蔔和醃製好的雞胸肉，大火翻炒後，一大盤蔥爆雞丁就出鍋了。

然後，溫阮又做了幾道菜，紅燒兔肉、小炒肉片和野蔥炒雞蛋。

野蔥炒熟後特別香，味道飄得滿院子都是，無孔不入，直接把屋子裡的溫浩輝勾進了廚房。

「妹妹，這都是妳做的嗎？真香！」溫浩輝盯著案板上的菜，口水都快流出來了。沒辦法，這段時間忙著趕路，實在是沒吃好。

溫阮看到他的饞樣，眼底不自覺地染上一絲笑意。「大哥醒了嗎？」估算好藥效的時間，這會兒差不多該醒了。

「剛剛才醒，二哥在屋裡陪著呢。我過來看看妹妹，順便同妳說一聲。」溫浩輝回道。

「嗯。這份餐食是大哥的，你先送過去給他，他身子弱，禁不起餓。」溫阮把雞絲粥和雞蛋餅的盤子放在一個木板上，遞給了溫浩輝。

溫浩輝「喔」了一聲，接了過去，但走到廚房門口時，又轉過身看著溫阮，欲言又止了半天，才問道：「妹妹，妳是不是不喜歡我？」

溫阮一愣。「沒有啊。」

「那妳為什麼喊大哥和二哥，卻偏偏不喊我三哥？」溫浩輝越說越覺得委屈，卻又不敢怎麼樣，只能哀怨地盯著溫阮看。

溫阮眨著大大的眼睛，有些無辜，她這不是還沒來得及喊嘛！呃……突然覺得這個三哥有點呆萌。「三哥。」

小姑娘的聲音甜甜糯糯的，溫浩輝這下子滿足了，應了一聲後，滿心歡喜地離開了廚房。

看到溫浩輝這麼孩子氣的一面，溫阮不禁失笑。

「小姐，需要把飯菜端過去嗎？」燒火的暗衛問道。

「嗯，你先等一下。」溫阮把飯菜單獨分了一份出來。「這些是給你和冷一的，謝謝你們給我幫忙。其他的飯菜幫我一起端到屋裡去。」

燒火的暗衛剛要推辭，溫阮卻沒給他機會，端著一盤菜就走出了廚房。這時，冷一從門外進來，燒火的暗衛便把事情同他說了一遍。

看到桌上的飯菜，冷一有些意外，望著溫阮離開的方向，思索片刻後，說道：「小姐賞的，收下吧。」

溫阮進屋時，溫浩然已經起身，靠坐在床上，而溫浩輝正興高采烈地和他說些什麼。

把手中的菜放在桌子上，溫阮走到床前，看著溫浩然問道：「有沒有哪裡不舒服？」

溫浩然沒說話，只是看著溫阮，溫柔地笑著。

然而，從他期待的眼神裡，溫阮秒懂。「……大哥。」

這下溫浩然滿意了。剛剛二弟和三弟一直在向他炫耀，說妹妹喊他們哥哥了，作為大哥，他怎麼能輸給弟弟們呢？當然也要聽妹妹喊他一聲「大哥」才是。

溫阮給溫浩然診了脈，毒確實已解，還有些餘毒，稍後只需施針清一下即可。

溫家三兄弟聽後，全都鬆了口氣。

正好暗衛把飯菜送了進來，兄妹幾人便圍在餐桌旁用飯。

連溫浩然也下了床，端著雞絲粥和雞蛋餅，硬要陪他們一起吃。

看著豐盛的飯菜，又看了眼溫阮，溫家三兄弟心裡突然很不是滋味。想他們嬌滴滴的妹妹、侯府的嫡小姐，竟年僅六歲就會做飯，可見平日肯定沒少吃苦啊！

「妹妹，這些年妳受苦了。放心，哥哥接妳回家，妳以後再也不用自己做飯了。」溫浩輝看著溫阮，一臉心疼。

溫家另外兩兄弟亦是如此。

溫阮看著幾人，心裡有點無奈，但只能努力讓自己看起來像個六歲的孩子。

「三哥，我很喜歡做吃食，覺得很有意思，又怎麼會覺得苦呢？我還會做很多好吃的喔，以後都做給哥哥們吃！」裝小孩子真是太累了，溫阮覺得，簡直比治病救人和做吃食難多了。

溫浩輝不好拒絕妹妹的好意，只能嘴上先答應著，心裡卻暗暗決定，以後絕對不讓妹妹去廚房受累，可一筷子紅燒燜兔肉剛入口，他就有點後悔了，妹妹的廚藝也太好了吧！

香滑的兔肉味道鮮美，口感軟嫩，簡直比酒樓的大廚做的都好吃。

還有這道小蔥炒雞蛋，明明就是一道極簡單的菜，怎麼能這麼好吃？鮮嫩的雞蛋加上小蔥的清香，讓溫浩輝根本停不下筷子。

溫浩傑很瞭解他這個三弟，平常時對吃食甚為挑剔，能讓他停不下筷子，可見是真的好吃，於是，他也不做耽擱，加入了搶菜大戰。

看到兩個弟弟的樣子，溫浩然也躍躍欲試，卻直接被溫阮攔住。

「大哥，你剛解完毒，不能吃油膩的食物，還是喝點粥吧。」

「……」被妹妹當場逮到有點尷尬，溫浩然只得乖乖端起粥喝了起來，只是剛喝第一口，他眼睛就一亮，接著又吃了口雞蛋餅，一臉饜足。看了眼忙著搶食的兩個弟弟，溫浩然不由得也加快了吃飯的速度，深怕他們回頭來搶他的飯！

溫阮這時候還不知道，她這一頓簡單的飯菜，已成功地擄獲了三位哥哥的胃。不過，就算知道了，溫阮也不會意外。因為她的廚藝有多好，她自己也是很清楚的，畢竟她上輩子曾四處找大廚拜師學藝過。

而此時的廚房內，冷一和剛剛那位幫溫阮燒火的暗衛也正在大快朵頤，兩人對視一眼後，都讀出了同一個意思——以後在廚房幫小姐打下手這種好事，千萬不能被其他暗衛給搶了！

一頓午飯，溫家三兄弟成功吃撐了。沒辦法，溫阮只好又幫他們煮了些消食茶。半晌後，溫阮便開始給溫浩然施針，清除他體內的餘毒。

溫浩然躺在床上，衣襟大開，直接露出了胸口，耳根處有一抹不易察覺的緋紅。

溫阮跪坐在床沿上，下針快狠準，銀針接連落在各大穴位，銀針與皮膚的銜接處溢出絲絲黑血。大概一刻鐘後，黑血停止，溫阮俐落收針，餘毒已徹底清除。

溫阮這一手乾淨俐落的銀針之法，直接把溫家三兄弟驚住了！妹妹只有六歲，這醫術是不是有點太厲害了？

「好了，大哥，你可以把衣衫穿上了。」溫阮將銀針消毒後，重新放入銀針包裡。這副銀針是鬼手神醫留下的，溫阮試了試，覺得還算順手，就收了下來。

溫浩然回過神來，理好了衣衫，看著溫阮，溫柔地問道：「阮阮，妳的醫術是鬼手神醫教的嗎？他是不是妳師父？」

溫阮有原身的記憶，自然知道鬼手神醫其實並沒有教原身醫術，但在這個異世，她這一身醫術要想師出有名，就必須認下鬼手神醫這位師父。

正好，她順勢也可以借「鬼手神醫的徒弟」的頭銜一用，畢竟，鬼手神醫的名氣和影響力還是很大的。

「我不認識什麼鬼手神醫，我的醫術是爺爺教我的，他是我的師父。」身為一個常年隱居在深山裡的六歲小姑娘，當然不會認識什麼鬼手神醫了。「可是，爺爺死了，以後再也沒辦法教我醫術了……」溫阮低垂著小腦袋，情緒看來失落極了。相依為命的爺爺剛剛死了，一個六歲的小姑娘即使再早慧，被人提起這事來，難過傷心也是難免的，不然就太惹人起疑了。

「妹妹，妳別傷心，以後還有我和大哥、二哥陪著妳！」溫浩輝拉著溫阮的手說道。

溫浩然和溫浩傑也連忙上前安慰妹妹。

溫阮又傷心了一會兒，覺得差不多了，便適可而止，畢竟她以後可不打算真的把自己偽裝成嬌滴滴的六歲小姑娘，這樣多累啊。

她已經給自己定好了人設——一個早慧，且在醫術上天賦異稟的六歲小姑娘！天賦異稟，加上鬼手神醫之徒的名號，以後再使用醫術時，溫阮也不用有所顧忌了。

「哥哥們放心，我以後不會再哭了。師父說過，人死了，哭也沒用。」這麼冷酷無情的話，溫阮覺得很符合鬼手神醫性格古怪的設定。

聞言，溫家三兄弟面面相覷。溫阮口中的師父就是鬼手神醫無疑了，只是，妹妹好像被他教得有點……一言難盡啊！不過，還好妹妹還小，以後肯定能扳過來。溫家三兄弟在心裡自我安慰道。

「阮阮，我跟妳說一下咱們家裡的事好不好？」溫浩然不想讓妹妹繼續傷心，決定轉移她的注意力。

溫阮乖巧地點點頭，這也正是她所希望的，畢竟多說多錯，以後怕圓不回來就糟了。

「相較於其他的家族，咱們溫甯侯府其實很簡單，除了祖父上一輩有庶出的一些旁支外……」溫浩然簡單地把家裡的情況跟溫阮說了一遍。

溫甯侯府確實不複雜，她祖父因為寵妾滅妻，從小吃了很多苦，所以一輩子只娶了她祖母一人，孩子當然也都是祖母所生。

祖母共育有兩子兩女，溫阮的爹是長子，下面還有一個叔叔和兩個姑姑。受祖父影響，父親和叔叔後院皆只有一妻，均無妾室，所以他們這一輩的子女也都是嫡出。

父親共有三子一女，就是他們兄妹四人；叔叔家只有一子，同溫浩輝同歲，月份稍小幾月；大姑姑嫁給了當今聖上，是夏祁國已故元后，留下一子，便是當今太子；而小姑姑則嫁到了咸陽，育有兩子，長子比溫阮年長三歲，次子比溫阮小上一歲。

因此，溫阮是溫甯侯府這一輩中唯一的女子。

其實溫浩然說的這些，小說裡也有簡單地提到過一些，只不過沒有他講的詳細。

不過，想想也是，一個炮灰女配罷了，作者怎麼可能在她身上浪費太多的筆墨？她的存在就是為了凸顯女主，推動故事線發展的，說白了，就是一個工具人。

但是，此時聽到溫浩然的介紹，溫阮第一次意識到，這裡是一個真實的世界，不是簡簡單單的幾張紙而已。

「阮阮，咱們過兩日就回侯府好不好？」溫浩然覺得鬼手神醫人已經去了，而他身上的毒也解了，他們自然沒有留下的必要，不如早日回去，省得家人擔心。

「現在還不行！」溫阮連忙搖頭。按照小說，為了彰顯她喪門星的劇情設計，回京都府的一路上他們會先後遇到土匪打劫、被困在荒郊野嶺，還有災民暴動、瘟疫等等，可謂是比西天取經還難啊！所以，她必須留些時間準備一番，順便耽擱些時日，看看能不能錯過這波逆天楣運。「大哥，你中毒時日太長，如今毒雖然解除，但身子虧空得厲害，需要好好調養半個月才行，否則日後必然要體弱多病的。」

溫浩傑和溫浩輝一聽，也連忙勸說溫浩然，兩兄弟堅決表示要等他養好身子才能回去。

最後，幾人商定先給家裡去封信，把情況簡單地說一下，別讓他們擔心，然後等溫浩然養好身子，他們再啟程回京都府。

「大哥，你知道是誰給你下毒的嗎？」溫阮問道。

溫浩然稍顯猶豫，神色亦有些凝重。其實，剛醒過來時，二弟說他是中毒了，那時他心裡就有隱隱的猜測，只是沒有證據，尚未能確定，所以他也準備給祖父和父親去信，讓他們著手調查，看能不能找到什麼線索？

「我如果沒猜錯的話，大概是程家的人，只是我還沒想明白他們是如何下毒的。」溫浩然回道。

半年前他剛調入戶部不久，身體便突然開始虛弱，無奈，只能請辭在家調養，而頂替他職位的，正是程家的人。

其實，溫甯侯府和程家的梁子結得很深，這些年，他們對程家多有提防，只是怎麼也沒想到還是讓他們鑽到空子。

「這肯定不會猜錯，除了程家的人，放眼整個夏祁國，誰還製得出這樣的毒？」溫浩輝憤憤不平道。

為了大哥的病，溫甯侯府尋遍了京都府的名醫，連皇宮的御醫都請來了，硬是沒有一個人能發現他是中毒，要不是被妹妹發現，溫浩輝覺得估計大哥到毒發身亡那天，大家都還會以為他是病逝的。

而除了程家那個擅長製毒的庶女外，誰還有這個本事製出這種毒？

「程家？」溫阮有些意外，沒想到溫甯侯府早就對女主的家族有了防範，只是終究還是沒逃過作者這該死的設定啊！溫阮看兄弟幾人的神色，這個程家貌似已經和溫甯侯府有仇了，這也是她遲遲想不通的。按小說裡的設定，此時程家還沒和五皇子綁在一起，他們為什麼要對溫甯侯府下手？「他們為什麼要對大哥下毒呀？」溫阮問。

溫浩然便把程家人頂替他職位的猜測說了，溫阮恍然大悟，這大概就是書中女主提過的陰差陽錯了。

「妹妹，妳不知道，程家的人都不是好東西……」溫浩輝一臉義憤填膺，把關於程家的事娓娓道了出來。

程家是近幾年京都府突然冒出來的新貴，其家族底蘊遠遠不及那些世代封蔭的權貴，家族兒郎倒也沒什麼特別突出的，只是程家姑娘裡出了一位皇貴妃，寵冠後宮，無人能及，也讓程家一時風光無極。

其實這也不算什麼，但程家卻偏偏還出了一個對外宣稱醫術高明，但其實是擅長製毒的庶女，也就是女主，程嫣然。

在這個朝代，醫者的身分很高，生老病死是人之常態，所以即使是權貴人家也不願輕易得罪醫術高超的人，畢竟誰知道哪天會不會求到人家頭上？

這溫阮也能理解，即使在醫學發達的現代，各大隱世家族、政商名流也依然不敢輕易得罪溫家，因為越是身居高位者，越是惜命。

按溫浩然所說，大概兩年前，京都府接二連三有世家大族的人患上怪病，一眾大夫均束手無策，最終還是御醫初步診斷可能是中毒，但卻沒法解毒。

正是那時，這位程家庶女突然橫空出世，出手救治了眾人，一時聲名大噪，甚至有女神醫之稱。

可日子久了，眾人漸漸也發現了端倪，這位程家庶女在醫理方面並非精通，只能算是略知些皮毛罷了，可似乎很擅長毒術。

後續又接連有幾起侯門望族子弟疑似中毒的怪病，皆是紛紛被她治好。

這時，各府也紛紛有了猜疑，懷疑這些毒藥本就出於程家人之手，但卻苦於遲遲找不到證據，只能作罷，不過從此後對程家便多了份忌憚。

這兩年來，程家更是猖狂，甚至肆無忌憚地拿出一些毒讓別人研究，說是這位程家庶女想和眾醫者切磋，但其實卻是敲山震虎，因為至今為止，尚未有人能研究出解藥。

這些毒藥還只是明面上的，私下裡程家還製了哪些毒，就不得而知了，這就不得不令各大世家投鼠忌器、敢怒不敢言，畢竟，誰都怕這些毒被神不知、鬼不覺地用到了自家子弟身上。

溫阮雙手托腮，一臉凝重，她突然有種預感，不管她有沒有糾纏男主，女主似乎都不會輕易放過她這個炮灰女配的。

想到這兒，溫阮突然有點惱火。來呀，女主依仗的那本毒物典籍，她正好也看過，來正面對決啊，她溫阮還沒怕過誰呢！實在不行，要不就趁男女主羽翼未豐前，把他們幹掉？

當然，這些也都是氣頭上的想法，平靜下來後，溫阮覺得如果有得選，她還是不會選擇和女主硬碰硬的，畢竟人家可是作者的親閨女，她又不傻！

不過，現在也不是想這麼多的時候，她還是先好好琢磨一下眼前的難關吧，這比西天取經還難的返家之路，她得想個萬全之策才行。

第二章

半個月的時間，說長不長，說短也不短。

溫阮每日至少有一大半的時間要待在書房內，這裡除了有很多珍貴的醫書外，還有鬼手神醫的手劄，上面記載了他畢生的心血，有各類疑難雜症，還有他的獨門銀針之法，於是，她每日抱著手劄潛心研究，受益頗豐。

沒辦法，身處異世且前途凶險，她必須多點傍身的本事才行。

閒暇之餘，溫阮也會自嘲地想，要是祖父知道她竟然這麼努力研習醫術，怕是會從棺材裡笑醒吧？畢竟自從祖父去世後，她便徹底地放飛了自我。最近幾年來，溫阮生活得越發散漫，無牽無掛、自由自在是挺好的，但有時也會感到很空虛。

這兩天她也在想，為什麼自己能這麼快接受穿書這種匪夷所思的事呢？其實有一個很大的原因，就是她似乎對生活沒什麼牽掛，來到這裡對她來說就是換了個地方而已，沒多大差別。

至於她突然消失，身邊的人會不會擔心什麼的，溫阮更是沒有多想。既來之則安之是她一貫的原則，反正煩惱終究會戰勝煩惱，她又何必庸人自擾呢？

再說，眼前這些事就已經夠她操心的了。

關於此次回程之路的艱難，小說裡就是簡單地提了一句，根本沒有交代他們會在什麼時間、什麼地方，實際遇到什麼事情。這令溫阮不禁頭大，只能走一步算一步，見機行事了。

所以，這些日子除了研習銀針之法外，溫阮也在為回京都府做著充分準備。

除了書中那點聊勝於無的線索外，溫阮又陸續從溫家三兄弟那兒打聽了些情況，據他們所說，此次路途遙遠，倘若回程一切順遂，他們也要一個月的時間，因此她決定要備一些飲食和常用藥才行，以備不時之需。

趕路奔波，且經常要露宿荒郊野嶺，那食物方面首先要能耐放、方便攜帶。

於是，溫阮帶著暗衛們先把簡易版的掛麵給做了出來，這樣露宿野外時，摘點野菜下點熱呼的湯麵也不錯，總不至於只能吃烤肉。她還準備了幾罐醬肉和醬菜，暗衛在山裡獵了一頭野豬，所以又做了些豬肉脯，留著路上換換口味。

至於常用藥嘛，溫阮只準備了一些驅蟲和驅獸的藥粉，分給大家隨身攜帶，這樣路上也能安全些。除了這些，溫阮還準備了止血消炎的藥粉、退燒、解毒藥丸等等，還有一些其他野外生存的常備藥。當然了，她也會製一些毒藥，用來防身。

等離開時，溫阮還準備把鬼手神醫藥房裡的一些珍貴藥材，連同那些醫書、手劄通通都帶走，這些可都是好東西，留在這深山老林裡，那才是糟蹋。

這天，溫阮剛從書房出來，就碰到了早早等在門口的溫浩輝。

「妹妹，妳要的那些東西，冷一剛剛從山下都買回來了，妳現在要去看看嗎？」溫浩輝搓著手，一臉期待。

溫阮不禁失笑。經過這幾天的相處，她對這三位新上任哥哥的脾氣秉性也算是瞭解了些。

大哥溫浩然，人如其名，為人溫文爾雅、學識淵博，是名副其實的古代翩翩公子。

二哥溫浩傑，喜武不喜文，所以從小便習武，在山上的這些日子也每日同暗衛一起訓練，絲毫沒有懈怠，他的願望就是能夠上戰場殺敵。

三哥溫浩輝，則有些讓溫阮意外，他既不喜歡讀書，也不喜歡練武，偏偏喜歡做生意。別看他才十二歲，聽說老侯爺已經把府裡的幾間鋪子交給他打理，據說做得還有聲有色。

溫浩輝倒是有一點和溫阮很像，就是兩個人都喜歡美食，不過，溫阮是喜歡做美食，而溫浩輝是喜歡吃美食，尤其喜歡吃各類糕點。

這不，昨天幾兄妹閒聊時，溫阮順口說了句她喜歡吃蛋糕，於是，便被溫浩輝纏上了，非要讓她做給他吃。

沒辦法，條件有限，溫阮想著做些雞蛋糕好了，這個做法簡單又美味，她平時也很喜歡吃，因此便畫了模具，讓冷一看能不能找人做出來。

溫阮也沒多做耽擱，同溫浩輝一起來到了廚房，只見冷一還真找到鐵匠把模具打造出來了，廚房門口，還用石頭混泥砌出來個烤箱。

讓溫阮有些意外的是，她隨口提了句牛奶，竟也被冷一找到了，整整帶回來一木桶生牛奶。

思索片刻，雞蛋糕按照計劃多做一些，他們明天就要下山了，可以留一些在路上當做糕點吃，這個能放些日子。

至於那桶生牛奶，就做個雙皮奶吧，正好給大家當飯後甜點。

這是留在山上的最後一晚，明天一早眾人就要離開，溫阮決定把剩下的食材全都用完，做一頓豐盛的晚餐。

鍋裡燉上雞湯，晚上主食做雞絲米線。要說這米線，還真是多虧了這些內力強勁的暗衛們，在沒有機器的情況下，若沒有他們幫忙，溫阮覺得她這副小身板肯定是沒辦法把米碾成粉，然後再成粑做成熟米線的。

所以，今晚的雞絲米線，溫阮自然也為他們準備了一份。

除了米線，溫阮還做了糖醋排骨、紅燒獅子頭、麻婆豆腐，最後還把牆角邊的一小包花生用冷油炸了，趁熱放了點鹽和糖，冷卻後花生米會變得更脆。

一開始，溫阮並不清楚這個朝代有沒有為過世親人守孝的說法，後來問了溫浩然才瞭解到，這裡也有為親近之人守孝的習俗，但這裡的習俗卻又與中國的古代不同，簡單很多。

在這裡，家裡長輩過世，子孫後輩們只需身著素裝，在胳膊上繫一條黑帶，守孝一個月即可。

溫阮第一天便按照這裡的習俗換了素裝，繫上黑布帶，也算是為原身給師父盡了一份孝心，至於溫家三兄弟也是當天換上了素裝，以此表示對鬼手神醫的敬意。

至於守孝吃素的說法，這裡是沒有的，所以溫阮在吃食上才敢放開手腳去折騰。

晚飯很快就做好了，別看溫阮現在只有六歲的小身板，但她手腳麻利啊，當然，還有一個很大的原因，幫廚的人夠多！

這些日子，只要她一下廚，她那三個哥哥必會擠到廚房來幫忙，趕都趕不走。

當然，如果他們有事的話，也會讓暗衛過來打下手，像是洗菜、切菜等活計，全都不讓她沾手，算起來，她只需要動動嘴皮，關鍵時候掌勺就可以。

就像現在，一間小小的廚房，竟然擠進了四個暗衛來幫忙，怎麼看都覺得有點誇張，不過，溫阮也知道這是哥哥們對她的關心和疼愛，她自然也不好拒絕。

上輩子她親情緣薄，從小身邊只有祖父一個親人，而這輩子突然多了三位哥哥在身邊，經過這半個月的朝夕相處，感覺也還不錯。

如果溫甯侯府的那些家人們，真像書中寫的那樣對待她，那溫阮也願意真心地接受他們，守護這輩子的家。

溫阮想去喊溫家三兄弟吃晚飯，可剛走到廚房門口，卻被一個暗衛攔了下來，這個暗衛叫冷七，正是第一天幫溫阮燒火的那個。

「小姐，屬下有點事想請您幫忙。」冷七撓著頭，頗有些不好意思。

溫阮一愣，點了點頭，示意他繼續說。

「就是上次您給屬下的那個烤肉佐料，方不方便給屬下一個方子？我們想準備一些，路上用。」

第一次吃過溫阮做的飯後，冷一和冷七又暗暗地攬了幾次幫廚的活，當然每次都如願地分到了飯菜，可幾次過後，便被其他暗衛發現了端倪，他們差點被圍毆。

沒辦法，後來只能幾個暗衛輪流來。可是對冷七來說，吃過小姐做的飯後，哪還能吃得下那乾巴巴、沒滋沒味的烤肉？心裡那叫一個苦啊！

後來有天被溫阮發現了，隔天就給了他一包佐料，說是可以在烤肉時撒上去。這一撒可不得了，烤肉瞬間好吃了起來。

這不，那包佐料快用完了嘛，由煩勞小姐給他們調配佐料，那自然是不能的，所以這才厚著臉皮來找小姐要方子。

其實這個佐料，就是現代的燒烤調料，之前有位大廚給了溫阮一個燒烤調料的秘方，那天聽冷七說過後，她便順手做了一包給他。後來一想，回程的路上可能會用到，她便又做了不少，此時都在她屋子裡放著呢。

「方子我稍後給你，不過我已經準備了一些，回程這一路應該夠用。」溫阮說道。

冷七一聽，頓時樂得不行，別看他們小姐年紀小，可跟著她絕對有肉吃。

冷七突然想到一件事，小姐身邊的暗衛人選好像還沒確定下來，於是，他暗暗決定了，回去後一定要找他們首領說說，讓他來小姐身邊當暗衛！

溫阮話說完，便去招呼三個哥哥吃飯了。

飯桌上，兄妹幾人一如既往的和諧，溫家三兄弟忙著搶菜，溫阮則心滿意足地吃著想了好幾天的雞絲米線。

飯後，溫阮又把雙皮奶和雞蛋糕端了上來，給溫家三兄弟每人一小份，當作飯後甜點。

而門外的院子裡，暗衛們也難得地聚在一張石桌前，人手一碗米線，吃得不亦樂乎，石桌上還擺著雙皮奶和雞蛋糕，更是看得他們兩眼放光。

屋裡，溫浩輝終於要吃上他心心念念的雞蛋糕了！剛出爐的雞蛋糕，外面一層黃色的薄層，咬上一口，酥軟彈滑，口感細膩。

「妹妹，這個太好吃了！比我吃過的所有糕點都好吃！」溫浩輝三兩口就解決了一個雞蛋糕。

溫阮卻不以為然，這雞蛋糕就是普通的小吃罷了，哪有溫浩輝說的這麼誇張。

「三哥，你是第一次吃，覺得新鮮，再吃幾次就不會這麼認為了。」

溫浩輝沒和妹妹爭辯，只傻呵呵地笑了笑。「不會的，只要是妹妹做的都好吃，我妹妹是最好的！」

溫阮失笑，她算是看明白了，她這個三哥，就是妥妥的一個「妹控」。

「三哥，你騙人，日後等你娶了三嫂後，肯定會覺得嫂嫂比阮阮這個妹妹要好。」

溫阮忍不住想逗一逗幾位哥哥。「還有大哥、二哥，你們怎麼說？」

溫浩傑和溫浩輝兩兄弟還沒成親，媳婦什麼的太遙遠了，當然還是妹妹重要。

「妹妹最好！」兩兄弟異口同聲地說道，生怕晚一步會傷了妹妹的心。

溫阮饒有興味地看向沒說話的溫浩然，這位可是已經訂了媳婦的。

讓溫阮有些意外的是，溫浩然竟然成親了，並已有一子，剛滿一周歲，也就是說，她溫阮當小姑姑了！

當初看小說時比較隨意，就是大概翻了翻而已，所以關於溫浩然已成親生子的事，她還真不知道。

這突然升了一個輩分啊，溫阮托腮想著，那她是不是應該表現得再穩重些呢？

看著古靈精怪的妹妹，溫浩然有些無奈，這小丫頭明顯就是在故意調侃他們，可奈何兩個傻弟弟還一無所知。

不過溫浩然也很開心，妹妹現在這樣很好，不像前些日子剛見面那樣，和他們太生疏了。

「當然是……妹妹和媳婦一樣重要。」溫浩然回道。

聽到這個答案，溫阮「哼」了一聲，故作幽怨地說道：「看吧，果然是有了媳婦忘了妹妹啊！」

溫浩然一臉無奈。「阮阮放心，妳嫂嫂、爹娘還有祖父祖母都在等妳回去，他們都很喜歡妳。還有妳的小姪子，自他會說話起，家裡人都在教他喊小姑姑呢！」

聞言，溫阮心裡一暖，她知道溫浩然是怕她擔心回到侯府後大家不歡迎她，所以乘機在寬慰她。

溫阮當然也不會辜負他的好意，於是順著話說道：「真的嗎？小姪子真的會喊姑姑了？那我是不是要給他準備禮物呀？畢竟我是長輩呢！」

一個六歲的小姑娘，在那煞有介事地說自己是長輩，這怎麼看都覺得有點滑稽。

溫浩然忍著笑意，指了指面前的雙皮奶。「這個，他應該會很喜歡吃。」

「這個簡單，我還會做很多甜品，回去都做給小姪子吃！」溫阮拍著小胸脯承諾道。

「妹妹，妳順便也給三哥做一份唄！」

「還有二哥的，妹妹妳可不能忘了我啊……」

第二日一大早，溫阮和幾個哥哥先是來到鬼手神醫的墳前，同他道完別後，便直接下了山，踏上回京都府的路程。

溫甯侯府一行十幾人，除了溫家四兄妹外，本來有六個暗衛、六個侯府侍衛、一位隨行大夫。但其中一個暗衛，被溫浩然派遣回侯府送信，而那位大夫因水土不服太嚴重，十幾天前已由兩位侍衛護送回去。

北境之地，地廣人稀，相鄰的縣城之間往往相隔甚遠，所以，自路過上個縣城後，溫阮已經趕了兩天的路，據說最快也要明日晌午才能到達下一個縣城。

不過出發前，溫阮準備的也算充足，吃食方面不用擔心。至於住的方面，幸運的話，遇到村落時他們可以在村民家借住，不然就只能睡在馬車裡。

這一路走來還算安穩，溫阮稍稍放了點心，不禁猜測道，難道這波霉運還真被她給避過去了？

「阮阮，要是看書累了，可以讓妳二哥帶妳出去騎馬玩會兒。」溫浩然手裡拿著本書，正一臉慈愛地看著溫阮。

這些天，溫阮都是和溫浩然坐一輛馬車，溫浩然喜歡看書，經常書不離手，而溫阮閒來無事便把鬼手神醫留下的醫書拿出來看看，兩人倒是互不打擾，相處也頗為融洽。

溫浩傑和溫浩輝兩兄弟卻是閒不住的，不願被困在這馬車裡，便一路同侍衛騎馬隨行。

溫阮慌忙搖頭。「不要！外面太曬了，我才不要像二哥、三哥曬得那樣黑，不好看。」

溫浩然不禁莞爾，沒想到妹妹這麼小就如此愛美了，不過，小姑娘確實還是白點好看，像溫阮現在這樣就挺好的，粉雕玉琢，甚是可愛。

「妹妹，妳竟然嫌棄三哥……」溫浩輝剛來到馬車旁，就聽到了溫阮的話，頓時委屈得不行。

「二哥也聽到了，妹妹妳竟然嫌棄我不好看……」是溫浩傑的聲音。

溫阮一愣，眨了眨眼，有點無辜，她真的不是這個意思啊！

正當她想要解釋一二時，馬車外突然傳來一陣打鬥聲。

溫阮心頭一緊，危機意識驟起，難道該來的還是來了？

「怎麼回事？」溫浩然眉頭微皺，立即將車門推開。

溫阮也從馬車旁邊探出頭，看到前方幾百公尺的地方，有幾人似乎被什麼纏住了，距離有點遠，看不太清楚。

很快地，冷一從前方打探消息回來。「回少爺，是鎮國公府世子和陳尚書府的公子，他們被蛇群圍攻了，現在情勢很不好，屬下看著已經有人中了蛇毒。」

鎮國公府世子？不就是書中那個英年早逝的男子嗎？

想到小說裡對這位世子的描述，驍勇善戰、用兵如神，小小年紀就手擒敵方主帥什麼的，溫阮不禁對他有點好奇，伸長脖子往遠處看了看。

還有，大白天的被蛇群圍攻？他這是什麼鬼運氣啊？簡直比她這個倒楣蛋還要倒楣，怪不得要英年早逝呢！

「大哥，怎麼辦？要去救人嗎？」溫浩傑問道。

溫甯侯府和鎮國公府一向交好，他們的母親和鎮國公夫人更是閨中好友，這時候袖手旁觀肯定說不過去。溫浩然看了一眼溫阮，再說了，兩家還有另一層關係在。

可是，要如何救卻又是個問題，畢竟形勢比人強，這遠遠看著，蛇群的數量可不少，僅靠他們這些人，怕是也會被困住。

「冷一，你帶著暗衛看能不能用輕功把人帶出來，儘量不要和蛇群纏鬥，救出人後就撤。」溫浩然交代道。

「屬下領命。」

冷一剛準備帶著暗衛過去，卻被溫阮攔了下來。「等等，他們顯然是被蛇群纏住了，他們往哪裡撤，蛇群就往哪裡追，你們這樣上去肯定不行。」溫阮指著蛇群的方向說道。

眾人一看，果然如此，被圍攻的幾人中，也不乏輕功高強者，但都未能擺脫蛇群，顯然此法不可行。

「那怎麼辦？總不能見死不救吧？」溫浩輝知道袖手旁觀肯定是不行的，不禁有些著急。

被圍困的眾人顯然也發現了他們的存在，不過，他們卻沒有求救，反而引著蛇群往另一方向慢慢移去，似乎是怕波及到他們。

生死危急的關頭，還能想著不要連累無辜，溫阮突然對他們有了些好感。

「妹妹，妳可有法子？」不知為什麼，溫浩然就是覺得這個僅有六歲的妹妹會有辦法。

溫阮沒說話，轉身回到馬車裡，從一個包裹裡拿出幾包藥粉，遞給了冷一。

「這是驅獸的藥粉，待會兒你們過去時，把這些藥粉往蛇群裡撒，如果沒有效果的話，你們留心觀察一下蛇群攻擊人的規律，再回來告訴我。」然後，溫阮又拿出了一個藥瓶。「這是解毒丹，要是不小心被蛇咬傷了，要先服下一粒解毒丹，控制毒性蔓延。切記，不要輕易移動傷者，等我過去為你們醫治。」

聽到溫阮的囑咐，冷一等幾名暗衛無不動容。入暗衛營的第一天起他們便知道，誓死守衛主子是他們的職責，卻沒想到有一天會被主子放在心上，就算今日真是要喪命於此，也值了。

暗衛領命離開後，溫阮兄妹幾人由隨行的侍衛護著，留在原地等候。大概過了一刻鐘，遠處的打鬥聲終於停了下來，而冷一則帶著一個少年走了過來。

少年一身黑衣，身姿修長挺拔，肩寬腰窄，背脊挺得筆直，周身散發著冷漠疏離的氣息，有著不符合他年齡的沈穩內斂。

而最讓溫阮移不開眼的，是他的那張臉。五官冷峻，英眉挺拔，俊逸的面頰帶著一股冷酷剛毅，一雙冷峻雙眸深不見底，如穹中厲鷹般，似是能看透人心。

臥槽！這難道就是鎮國公世子？就衝著這身材、這顏值，絕對擔得起女主白月光的設定啊！

沒錯，在小說裡，這位鎮國公世子就是女主程嫣然的白月光，儘管之後女主和男主在一起了，這位也是頻頻出現在女主的回憶裡，是心頭好無疑了。

其實，溫阮有一個不為外人所知的隱藏屬性——顏狗。而這位黑衣少年的長相，完全符合她所有的審美。

當然了，她的顏狗屬性純粹就是欣賞，並沒有什麼非分的想法，就像她也會追星一樣，單純貪圖美貌的那種。

不過，話說回來，溫阮以前追的明星，都是在某一方面符合她的審美，還從來沒有碰到過像這位黑衣少年這樣，簡直就是長在了她的審美上啊，太養眼了！

墨逸辰遠遠走來，便感覺到有人一直盯著他看，待他走近後，才發現竟是一個嬌小軟糯的小姑娘，目光雖殷切了些，但並無惡意，他便沒多在意。

「多謝諸位出手相救。」墨逸辰抱拳向眾人行了一禮。

溫浩然微微頷首，作揖還了一禮。「世子客氣了，咱們兩府一向交好，豈有袖手旁觀之理？」

「我們有兩人中了蛇毒，不知溫公子是否有救治之法？」

剛剛冷一已經給中毒的人餵了藥，說可控制毒性，還說不讓移動傷者，但至於如何解毒卻不知，只說讓他們來問問公子，墨逸辰這才跟了過來。

溫浩然側身看向溫阮，無聲詢問她的意思。

溫阮也沒扭捏，一雙小手臂朝著墨逸辰伸了過去。

墨逸辰眉頭微皺，有些不解。

小姑娘歪了歪頭，眉眼彎彎，聲音軟軟糯糯。「不是要解毒嗎？你不抱我下馬車，我怎麼過去啊？」

「妹妹，二哥抱妳下來！」溫浩傑一臉警戒地看著墨逸辰，越過他，直接把人抱下了馬車，還遠遠地將兩人隔開來。

溫阮一愣。呃……哥哥啊，你是不是想太多了？我這副小身板才剛滿六歲好不好？還有，你們是不是防錯人了？想乘機占便宜的人應該是我吧？

妹妹？墨逸辰聞言，猛地看向溫阮，眸底閃過一絲異樣，眼神有些意味不明。

溫甯侯府的小女兒自小被鬼手神醫帶走，京都府無人不知，她看起來年齡符合，溫浩傑又稱呼她為妹妹，再加上溫家三兄弟對他毫不遮掩的防備，墨逸辰還有什麼不明白的？

面前這位小姑娘，怕就是溫甯侯府的小女兒溫阮。

「妳懂醫？」墨逸辰看向溫阮，確認道。

「對呀，不然怎麼會解毒呢？」溫阮故作懵懂狀，仰著小腦袋，一臉無辜地說道：「漂亮哥哥，你的問題好奇怪啊！」

直覺告訴她，面前這個少年不好糊弄，那雙似是能看透人心的眼睛可不會是白長的，溫阮得儘量讓自己像個正常六歲孩子的樣子。

再說了，越是美麗的東西越是有毒，顏控歸顏控，該有的戒心她還是有的。開玩笑，分寸這一塊，她一向可是拿捏得死死的，色令智昏什麼的，哼，不可能！

漂亮哥哥？溫家三兄弟的嘴角不禁抽搐了一下，看向墨逸辰的眼神帶了絲同情，應該沒有男人喜歡這種稱呼吧？

墨逸辰眉峰緊皺，眼底有著明顯的不贊同，可低頭看著一臉懵懂的小姑娘，斥責的話卻是怎麼也說不出口。

溫阮也沒再給他開口的機會，直接問道：「漂亮哥哥，還要解毒嗎？善意提醒一下，要是遲了，毒發身亡可不怪我喔！」

墨逸辰一噎，半天才憋出個字。「走。」

一行人很快來到現場，一共有兩人被蛇咬傷，其中一個侍衛是被普通毒蛇咬傷，之前冷一已給他吃了一顆解毒丸，也劃破傷口放了毒血，溫阮看已然無事，便在他的傷口上撒了些消炎止血的藥粉，防止感染。

可是另一位錦衣公子，情況就沒這麼樂觀了。他身上有多處被蛇咬傷，其中一處竟然還是被五毒蛇咬的，幸虧他剛剛服下解毒丹暫緩了毒性，不然這會兒肯定已喪命。

其他的傷口已無礙，只是被五毒蛇咬傷確實有些棘手，解毒丹恰巧解不了此毒，只是能暫時延緩毒性而已。

溫阮拿出隨身攜帶的銀針包，快速在傷口附近施針，暫時把毒素壓制住。

「他中了五毒蛇的毒，毒性強勁，千萬不要隨便移動。」溫阮的語氣不容置疑，稚嫩的臉上有著不符合她年齡的冷靜。「冷一，你施展輕功帶我往那邊的林子深處走走，我要找些藥材。」

「是，屬下得罪了。」冷一躬身領命，欲上前抱起溫阮。

只是，眼前人影一動，待冷一反應過來時，溫阮已被墨逸辰抱在懷中。

墨逸辰眸光微斂，讓人看不出思緒。「我同妳去找。」話落，墨逸辰沒給任何人反駁的機會，施展輕功，直接帶著溫阮朝林子深處飛去。

眾人一愣，待回過神時，兩人早已沒了蹤影。

溫浩輝氣得在原地跳腳。「冷一，你還愣著幹什麼？怎麼不去追啊？」

冷一很慚愧。「回三公子，屬下無能，輕功遠不及世子，追不上。」

溫浩輝。「……」

溫家三兄弟一臉焦急，卻又無可奈何。

此時中毒躺在地上的錦衣公子卻忍不住說道：「我說你們是不是太誇張了？以逸辰的身手，護個小姑娘安全肯定是沒問題的。」

這位錦衣公子正是禮部尚書之子，陳文宇。他平日是吊兒郎當的，在京都府時整日招貓逗狗，沒少招人閒。但此人雖不務正業了些，卻不是什麼大奸大惡的人，就是嘴貧了些。

都是京都勛貴世家的公子，陳文宇和溫家三兄弟自然也是熟悉的。

「你知道什麼？好好管好你自己吧！沒事你招惹蛇群幹什麼？」溫浩輝沒好氣地回道，他們又不是擔心這個。

陳文宇有些無辜，什麼叫他招惹蛇群啊？明明就是蛇群盯著他不放！從京都府出來的這一路也不知怎麼了，三天兩頭就有蛇攻擊他，只是都沒此次這麼大規模，這次真的是闖進蛇窩裡了。想到這兒，陳文宇不得不感慨，要不是有墨逸辰一路護著他，估計他早就魂歸西天了。

「喂，溫浩輝，那個小姑娘是誰啊？小小年紀挺厲害的，那一手銀針之術還真是驚到我了。」陳文宇剛一聽到自己中了五毒蛇的毒，當場嚇去了半條命，以為自己今天要命喪在這裡了，可沒想到看見小姑娘秀了一把銀針之術後，卻莫名安了心。

「那當然，她可是我妹妹！」溫浩輝一臉傲嬌地回道。

「妹妹?!」陳文宇的聲音一下子提高。「你親妹妹，溫阮嗎？」

「不然呢？我還能有幾個妹妹？」溫浩輝像是看白癡一樣地看了他一眼。

陳文宇驚得下巴都快掉了，溫阮，溫甯侯府剛出生就被鬼手神醫帶走的小病秧子。這麼多年來她從沒有回來過，京都府眾人暗地裡都在揣測，估計這位侯府小姐早都不在人世了。「那她豈不是逸辰的那位……小世子妃？」陳文宇終於知道溫甯侯府這三兄弟擔心什麼了，合著是怕妹妹被叼走呀！

不過話說回來，要是他有個這麼粉雕玉琢的寶貝妹妹，他也會擔心啊！

要說鎮國公府和溫甯侯府的這樁婚事，還要從現在的鎮國公夫人和溫甯侯夫人說起，也就是墨逸辰的娘和溫阮的娘。

未出閣前，兩人就是閨中密友，成親後，溫甯侯夫人先誕下一個兒子，也就是溫浩然，可鎮國公夫人卻多年未孕，後來才懷上墨逸辰，這同時溫甯侯夫人也有孕，也就是溫浩傑。

當時大家都說鎮國公夫人這一胎是兒子，而溫甯侯夫人這一胎懷相是女兒，就連有多年經驗的穩婆都這麼認為，於是兩位夫人一拍即合，便結了娃娃親，還交換了信物。

後來，鎮國公夫人果然生了位公子，可溫甯侯夫人沒多久卻也生了位公子，這下結親自然是沒結成。只是兩家夫人卻沒死心，於是便又商定，無論兩人誰先生出女兒，都要把這樁親事續上。

只是，鎮國公夫人生墨逸辰時難產，傷了身子，沒再有過孕，幾年後，溫甯侯夫人倒是又有孕，但還是生了位小公子，親事自然又沒續上。

之後數年，溫甯侯夫人都沒再傳出喜訊，兩家也死心了，便想著讓墨逸辰和溫浩傑結拜為異姓兄弟，也算是給這件事一個了結。但那時兩人都已知事，死活不願意，這事才不了了之。

其實，按照兩家的關係，墨逸辰和溫家兄弟應該關係很不錯才是，但奈何就是因為這樁親事的緣故，溫浩傑和溫浩輝自小便被人嘲笑，說是墨逸辰的小媳婦，為此，墨逸辰也沒少被人譏笑。因此，幾人從小便十分不對盤，互相看不順眼。

後來，墨逸辰八歲那年，被鎮國公帶去了邊境軍營，一去數年，去年才回到京都府，這才知道在他離開的第二年，溫甯侯府夫人竟然又有了一女，名為溫阮。

當時兩家交換的信物因為種種原因並沒有退回，所以，這樁婚事自然又落在了兩人身上，溫阮陰差陽錯便成了墨逸辰未過門的小世子妃。

再說溫阮這邊，身子突然被懸空，嚇得她差點尖叫出來，而在慌亂中，雙手本能地環住了墨逸辰的脖子，臉頰更是貼近他的鎖骨處，甚是親密。

墨逸辰的身子僵住，腳下一頓，差點踩空。

剛剛他也不知自己是怎麼了，竟然鬼使神差地就把人抱進了懷裡，當他意識到自己做了什麼時卻為時已晚，只能硬著頭皮施展輕功快速離開。

腳尖輕點間，一大一小兩個身影飛掠而過，很快便來到了林子深處，墨逸辰在空中打了個旋，兩人便穩穩地落了地。

這古代的輕功果然了得！溫阮忍不住感慨了一番。「漂亮哥哥，你真厲害！」

墨逸辰微微凝眉。「換個稱呼。」

看著墨逸辰極力忍耐的樣子，溫阮心裡一樂，頓時玩心大起。「那……我就叫你美人哥哥吧！」

墨逸辰的眉頭皺得更緊了，不過在看到溫阮眼底的那抹狡黠之色後，突然有些無奈，這小丫頭分明就是故意逗他，可是，他卻偏偏打也打不得，罵也罵不得。

想了片刻，墨逸辰還是堅持糾正道：「我叫墨逸辰，妳可以叫我辰哥哥。」

「喔，好吧。辰哥哥，我要採藥了。」溫阮說完也沒再逗他，真的開始認真找起了藥材。

醫書上記載，像這種野生的五毒蛇，毒蛇出沒之處，半徑三十公尺之內必有解藥，這就是大自然陰陽平衡、相生相剋的神奇之處。

溫阮剛剛觀察了蛇群的撤離方向，是這林子深處無疑，她又根據五毒蛇的生活習性，很輕鬆地便找到了她想要的解毒藥草。

採到藥後，溫阮剛想離開，卻意外發現了一小片野豆角，她連忙把手中的藥草塞給墨逸辰，然後去摘起了野豆角。

馬車上有她準備的掛麵，再配上野豆角，她的豆角燜麵啊！哥哥們有口福了！

墨逸辰不知溫阮這摘的什麼，只以為是解毒的藥草，看她似乎還需要很多的樣子，於是上前說道：「我來吧，妳在旁邊等著。」

溫阮也沒同他客氣，主要是這副小身板太不方便了，這野豆角的藤蔓長得高了些，以她現在的身高，摘起來太費勁。

「嗯嗯，好的。這個很簡單，從這裡摘下來就行。」溫阮為墨逸辰示範了一遍，然後便退到他的身後，把位置讓給了他。

墨逸辰「嗯」了一聲後，便認真摘了起來。

他的速度不慢，很快地兩人腳邊便堆起一小堆野豆角。溫阮覺得差不多了，便直接叫了停。

可當兩人準備離開時，卻又犯了愁。這一堆野豆角要怎麼帶回去呢？

「解毒的草藥，需要這麼多嗎？」墨逸辰有些懷疑地看著腳邊的這座小山，剛剛摘的時候沒留意，這會兒一細看，確實有點多。

「那不是草藥，這個才是。」溫阮揚了揚墨逸辰摘豆角前遞給她的藥草，然後又指了指腳邊。「這是野菜，我準備做飯用的。」

墨逸辰。「……」所以，他剛剛一直是在幫她摘野菜？

「要不，你把衣服撩起來，用衣襬兜住試試？」溫阮怕墨逸辰不願意，於是又補充道：「放心，待會兒做完飯，我會分你一份，肯定不會讓你做白工的。」

墨逸辰看到小姑娘眼裡明晃晃的期待，拒絕的話到了嘴邊卻說不出口。

大概僵持了幾十秒後，他突然撩起衣襬，開始把野豆角往裡放，溫阮見狀，也殷勤地過去幫忙。

很快地，兩人便帶著解毒的藥草和一堆野豆角回來了。

顯然，眾人看到野豆角後，同墨逸辰有一樣的疑問。

溫阮懶得和他們解釋，直接把藥草丟給了陳文宇。「直接嚼了嚥下去就行。」

這荒郊野嶺的，她可沒有罐子給他熬藥，所以，最簡單的方法，就是直接嚼了嚥下去。

陳文宇也很爽快，苦著臉嚼了起來。

藥草的苦澀汁液讓陳文宇整個臉皺成一團，看著甚是好笑。

「給你，甜甜口吧。」溫阮從隨身的小荷包裡拿了些酸杏乾遞給他，這酸杏乾是她在山上醃製的，酸酸甜甜的，味道還不錯。

陳文宇也不客氣，接過酸杏乾便吃了，入口就是一股酸甜的味道，直接壓住了草藥的苦澀，他這才算又活了過來。

「溫家妹妹，妳這酸杏乾不錯，哪裡買的？我看看能不能幫我家祖母帶一些。」

溫阮打量了他一眼，都這時候了還能想到自家長輩，這傢伙看樣子還是個孝順的。

「那你可能要失望了喔，這是我自己做的。」說完，溫阮還揚了揚小腦袋，一臉傲嬌，頗有小姑娘的姿態。

陳文宇一看樂了。「喲，沒想到溫家妹妹小小年紀，會銀針之術，又會辨識草藥，竟然還會做酸杏乾，真是厲害啊！怪不得妳三位哥哥把妳看得這麼緊，就是不知道最後會便宜哪家臭小子啊？」說罷，陳文宇還意有所指地看了墨逸辰一眼。

這傢伙一看就是個沒正經的，溫阮也懶得搭理他。「那是沒有你厲害呢，這引蛇藥粉都敢隨身攜帶！你是活膩了嗎？早知道就不費力氣救你了。」

什麼？引蛇藥粉？聞言，墨逸辰神色凝重。

陳文宇也一愣，臉色難看得厲害。怪不得他這一路這麼招蛇待見，原來問題出在這裡！

可是，也不對啊，他們之前也懷疑過他是不是身上沾了什麼東西，墨逸辰還特地找大夫來查了一番，卻什麼也沒發現，最後只能歸結於巧合。

「藥是下在這個荷包上。」墨逸辰指著陳文宇腰間的荷包說道。他這話不是詢問，語氣極為肯定。

溫阮點點頭，算是同意了他的說法。

其實，之前雖然大夫什麼都沒查到，但為了保險起見，墨逸辰還是讓他們一行人把全身衣服、配飾全都換了個遍，陳文宇自然也沒有意外，可他這個荷包是亡母的遺物，便沒換下來。

只是，墨逸辰還有一事不解。「荷包清洗過了，是什麼藥粉能有這麼強的藥效？」

雖然陳文宇沒把荷包換下來，但荷包已在水中清洗過數遍，按理說，即使被下藥，也早該被洗掉了才是吧？

這點溫阮卻不奇怪，因為此引蛇藥粉非尋常之物，準確來說，是一種毒藥，正是小說女主所依仗的那本毒物典籍裡的一味毒藥。

而這味毒藥的神奇之處在於，它能引來毒蛇之物。這類毒需下在人的貼身之物上，且此藥粉只要一沾上就去不掉，無論是水洗還是火烤，除非把沾著此藥粉的物件丟掉，或者灑上解藥。

其實，此種毒的解藥很簡單，普通的驅獸粉裡就含有解毒的成分，只是一般人想不到而已。

「這種引蛇藥粉很特別，算是毒藥的一種，水洗對它沒用。」說完，溫阮便拿出隨身的驅獸粉，灑了些在陳文宇的荷包上，除去了引蛇藥粉的藥效。「可以了，藥效已除，以後你就不用擔心蛇再纏著你了。」溫阮拍了拍手上沾著的藥粉，但似乎拍不乾淨，小手還是有白白的粉末殘留，令她有點苦惱。

墨逸辰看到溫阮皺著小眉頭，盯住雙手，於是便從懷中拿出一塊帕子，遞了過去。

「擦擦吧。」

溫阮先是一愣，可她剛想接過來，手裡卻被塞進了一塊白手帕，溫阮抬頭一看，溫浩然正一臉溫柔地看著她。

「浩然替阮阮謝過世子。只是男女有別，這種貼身之物確實有所不便，阮阮還是用我的比較妥當。」

墨逸辰握著手帕的手一頓，看了溫浩然一眼，什麼也沒說，把手帕重新放進了懷中。

溫阮卻沒太在意，只以為是古人保守，講究男女之防也正常。她拿著溫浩然的手帕擦完手，便直接還了回去。

「不過，我覺得你還是好好查查是誰把藥粉撒在你荷包上的吧，可不是每次都有這麼好的運氣遇到我喔！」溫阮看著陳文宇說道。

能在貼身之物上下藥，還知道此荷包對陳文宇來說很重要，他定是捨不得扔掉，這下毒藥之人一看就是他親近之人啊！

陳文宇嗤笑一聲，臉上帶著嘲諷。「還能是誰？希望我永遠回不去的，也不外乎就那麼幾位。」

陳文宇沒多說，溫阮自然不會多問，她本來就不是多管閒事的人，此次是正巧被她碰到了，也算是他們運氣好。

第三章

「溫家妹妹，妳剛剛灑在我荷包上的是什麼，解毒的藥粉嗎？」陳文宇有些好奇，溫阮是怎麼知道這種毒藥的，還會隨身攜帶解藥？

溫阮聳聳肩，一臉無辜。「不是啊，我又不是未卜先知，怎麼知道你們會被人下這種毒藥呀？只是碰巧，我做的驅獸粉裡有幾味藥可以解這種毒。」

陳文宇「喔」了一聲，不過對溫阮身上的那些藥粉有了興趣，這驅獸粉聽名字就知道是幹什麼的了，他們這出門在外的，特別是這北境地廣人稀，趕路就避免不了露宿郊野，如果能有些驅獸藥粉，想必會安全許多。

還有，剛剛劃開傷口放毒血後，溫阮給他灑在傷口上的藥粉，止血速度特別快，一看就是好東西啊！陳文宇覺得，他現在厚著臉皮討要，以鎮國公府和溫家的關係，他們應該不會拒絕吧？

陳文宇的眼珠子轉了轉。「對了，妳剛剛往我傷口上灑的又是什麼藥粉呀？涼涼的，感覺效果很好啊！」

溫阮沒多想，順口回道：「那藥粉是消炎止血的，能預防傷口感染。傷口感染的話就比較麻煩了，輕則截肢，重則要喪命的。」

聞言，墨逸辰若有所思，溫阮那藥粉他剛剛見識到了，效果確實很顯著，止血速度快。傷口感染他雖然不太懂是什麼意思，但之前在軍營裡確實見過不少士兵起初只是受傷，後來越來越嚴重，軍醫無法，只能截肢，但仍是有些人救不回來，為此喪命。

如果真的像溫阮所說，是因為感染所致，那這個藥粉若是能用到軍營中，豈不是會讓那些士兵免於斷肢，更甚者，亦能挽回很多人的性命嗎？

「那溫家妹妹妳看，咱們也算是自己人，妳能不能——」陳文宇腆著臉想討藥，話才說了一半便被墨逸辰打斷。

「妳這個消炎止血的藥粉，能供給西北軍嗎？」西北軍正是鎮國公府掌管的大軍，大軍的主帥是墨逸辰的父親。

溫阮一頓，沒想到墨逸辰會問這個。「現在這個藥恐怕不行，裡面有些藥材很珍貴，不太好找。但我有另一個藥方子，製藥所需的藥材都比較常見，應該沒問題。你是想要藥方嗎？我可以寫給你。」溫阮倒是沒想太多，如果用到軍營裡，能救下更多的士兵，也算是好事。

墨逸辰還沒說什麼呢，陳文宇就有點坐不住了。「唉，我說溫家妹妹，妳這也太大方了些吧？這藥方子又不是大白菜，豈能說給就給啊！」

夏祁國醫藥世家的藥方子都是代代傳下來的，平時哪家不是捂得死死的？想要成品藥還能談，想要藥方子那可是門都沒有的，這可都是造福後代的寶貝啊！陳文宇是典型的守財奴，看到溫阮這麼敗家，忍不住想提醒她一下。

其實，溫阮提出要給他藥方子時，墨逸辰心裡也很意外，不過他想到可能是因為她自小跟著鬼手神醫住在深山裡，心思單純，自然不會懂這些。

「不就是一個簡單的藥方子嗎？沒這麼嚴重吧？」溫阮覺得陳文宇有些大驚小怪，就是一個消炎止血的藥方子而已。

不就是一個簡單的藥方子？聽聽，這財大氣粗的勁，得有多少藥方子才敢這麼說啊！陳文宇忍不住捂住胸口，他不會承認的，他羨慕了。

可是，就算有再多，也不是敗家的理由啊！哪有平白無故就給了的，儘管這個人是未婚夫婿也不行，怎麼說也要爭取點好處才是！

陳文宇扭頭看向溫浩輝，這傢伙不是愛做生意、視財如命嗎？怎麼也不見他攔一下啊？

「藥方子是我妹妹的，你看我幹什麼？」溫浩輝忍不住翻了個白眼。別以為他不知道陳文宇在想什麼，他雖然愛財，但絕不會貪圖自家妹妹的東西。

陳文宇不死心，又看向溫浩然和溫浩傑，但很明顯兩人也皆是此意，陳文宇覺得自已簡直要氣死了，真是一家子的敗家玩意！

看到陳文宇的反應，溫阮不禁覺得有點好笑，這傢伙是守財奴無疑了，而且是連別人家的財都忍不住要幫忙守的那種。

「這個不急，到底是由溫家給軍隊供藥，還是向朝廷獻出藥方，等回到京都，咱們再議。」墨逸辰自然也不會讓溫家吃虧，看了溫浩傑一眼。他記得溫浩傑從小就有從軍的想法，但奈何溫甯侯府是太子的外家，所以做事一向謹慎，顧慮也多，這才一直沒有在軍中給溫浩傑謀得一官半職。所以，若溫阮最後真的要獻出藥方子，他大可從這方面入手，給溫甯侯府爭取應得的報酬。

溫阮自然沒有意見，看著也沒什麼事了，於是便招呼溫浩輝幫她一起處理野豆角。

「三哥，你幫我把這堆野豆角拿到河邊洗洗，一會兒我給你做好吃的。」

溫浩輝一聽有好吃，自然二話不說，什麼都聽妹妹的，捧著野豆角便朝著河邊走去。

而這邊，陳文宇一聽那堆不是藥草，竟然是野菜，頓時嚷嚷了起來。「我說逸辰，還有溫家妹妹，你們好過分啊，我這邊還中著毒呢，人命關天，你們竟然有閒心摘什麼野豆角？」

「可是，我知道你死不了啊！你看，你現在不就活得好好的嘛。」溫阮仰著小腦袋，眨了眨眼，神情甚是無辜，但說出的話卻能氣死人。

可是，陳文宇偏偏卻什麼也反駁不了，只能自己生悶氣，因為溫阮說的沒錯，他確實還活得好好的。

正巧這時，冷一走了過來，朝著溫阮行完禮後，說道：「小姐，您說晌午要做叫花雞，屬下們抓了些野雞，想來問問您，還做不做？」

「當然做了！走，先帶我過去看看。」溫阮跟著冷一離開，但走到一半突然想到什麼，於是回頭衝著墨逸辰說道：「辰哥哥，你放心，野豆角是你摘的，待會兒做完豆角燜麵，我會記得送給你一份的！」這次說完，溫阮便頭也不回的離開了。

而留在原地的陳文宇卻不停地朝著墨逸辰擠眉弄眼。「呦，陳哥哥？溫家妹妹這是在喊我嗎？」

聞言，墨逸辰頓了一下，扭頭睨了陳文宇一眼，眼神有點冷。

「知道了，喊你的、喊你的！」陳文宇下意識縮了縮脖子，有點慫。「不過，逸辰，之前是這丫頭生死未卜，你不好往人家溫甯侯夫人心裡插刀，再者，你也想用這樁婚事擋一擋你在京都的桃花，所以才沒提退婚的事，可現在人家小丫頭平安回來了，你打算怎麼處理啊？」

墨逸辰盯著溫阮的方向看了看，沒說話。

「話說回來，也許不用你提退婚，人家溫甯侯府就先提了。看看溫家三兄弟防你的那個勁，擺明了不想承認這樁婚事啊！其實呢，我覺得小丫頭挺好的，就是你們倆……」陳文宇邊說邊嘆了口氣。「不太合適。」

墨逸辰側過身看向陳文宇，眸子裡似有些不解。「哪裡不合適？」

陳文宇一怔。「你說呢？當然是年齡啊！小丫頭多大，你多大？你們之間整整差了九歲，你等得起嗎？」

不怪陳文宇大驚小怪，主要是夏祁國無論男女，年過十六即成年，家裡的長輩亦可為其張羅婚事，而十七、八歲已算晚婚。

若是墨逸辰真要等到溫阮成年，那豈不是要到二十五歲才能成親？那時，他同齡人的孩子怕是都讀私塾了吧！

墨逸辰眸光微動，看著溫阮的方向發愣。「有什麼等不起的？」

聞言，陳文宇蹭地站了起來，一臉震驚地指著墨逸辰。「墨逸辰，你不會吧？小丫頭才多大，你就對她起了非分之想？你就是個畜生！」

墨逸辰淡淡地瞥了他一眼。「別胡說八道，不是你想的那樣。」

他只是還沒有成親的想法，有這樁婚事在前面擋著，會給他省去很多麻煩，遠的先不說，就京都的七公主要是知道他退親了，肯定會更加纏著他，甩都甩不掉。

墨逸辰自小便不喜歡女人纏著他，嫌煩，他這次向陛下請旨外出辦差，也是被七公主煩得不行，懶得再在京都府待下去。

他覺得溫阮現在年紀還小，而且他好像也不討厭與她親近，所以，可以把她當作妹妹看待，等過幾年，她年齡稍大一些，他再尋個法子解除婚約也不遲。總歸是不會損害她的閨譽，亦不會耽誤她就是了。

溫阮看過冷一他們抓到的野雞後，頗為滿意，於是便帶著暗衛們一起做起了叫花雞。

說是一起做，其實，溫阮只是動動嘴，處理野雞、撒上佐料、裹上黃泥，然後埋進火堆裡等動作，全被冷一等人攬了過去。看到他們做起事來的麻利勁，溫阮不得不感慨，暗衛什麼的，果然都是全能的存在啊！

很快地，溫浩輝也洗好了野豆角，溫阮便和幾個哥哥一起從馬車上拿來鐵鍋，架在火堆上，開始做起了豆角燜麵。

溫阮把雞腹內一塊肥肉放在熱鍋裡炒出油，剛剛在小河邊順手摘了幾根野蔥，切成段加入鍋內，炒出香味，再把豆角絲倒進鍋裡，翻炒到變色後，加入調味佐料，最後倒水進去，然後把另一個鍋中半熟的麵條放在最上面，蓋上鍋蓋，悶上半刻鐘即可。

溫家幾兄妹圍在鐵鍋旁有說有笑，氣氛相當融洽，很快地鍋內的燜麵便好了，掀開鍋蓋，空氣中頓時瀰漫著燜麵的清香。

溫阮拿出碗筷，先盛出兩碗來，順手便遞給旁邊的溫浩傑。「二哥，你把這些給辰哥哥他們送過去吧，豆角是他幫我摘的，說好了要給他一份的。」

溫浩傑卻有些不情願。「妹妹，妳好像很喜歡世子，我聽妳喊他辰哥哥了。」憑什麼？妹妹當初喊他二哥時可是彆扭了好久呢，憑什麼第一次見墨逸辰，就喊他辰哥哥啊？

聞言，溫浩然和溫浩輝也看了過來。

溫阮一怔，喜歡嗎？應該是喜歡的吧，畢竟，貪圖美貌也是喜歡的一種啊！沒辦法，長得好看的人就是有特殊待遇，人生就是這麼現實嘛！

「嗯，喜歡啊！難道我不能喊他辰哥哥嗎？」溫阮問道。

溫浩傑聞言一噎。當然不能啊！可是他又不知該如何同妹妹解釋，只能抓耳撓腮地想說辭。

這時，溫浩然清了清嗓子，說道：「阮阮，這個稱呼確實不妥，他是鎮國公府的世子，妳要稱呼他一聲世子才妥當。」

溫阮「喔」了一聲，古代的稱呼這一塊她也不太瞭解，自然選擇聽溫浩然的，於是便應了下來。

溫家三兄弟這才滿意。

而溫浩傑這邊，則端著兩碗豆角燜麵，像是下定了很大的決心般，來到墨逸辰面前，把兩碗燜麵都塞到了陳文宇手裡。

然後，溫浩傑站在墨逸辰面前，一副壯士斷腕的樣子。「墨逸辰，咱倆結拜為異姓兄弟吧！」

墨逸辰抬眸，淡淡地瞥了他一眼，很嫌棄。「不要。」

溫浩傑一聽，頓時不樂意了。「你什麼意思？嫌棄我？」

墨逸辰沒搭理他。

旁邊端著兩碗麵的陳文宇實在忍不住了。「溫浩傑，不是我說你啊，一邊是粉粉糯糯的小未婚妻，一邊是不忍直視的你，你就說逸辰該不該嫌棄吧？」

溫浩傑轉頭瞪向陳文宇。「你廢話什麼？吃你的麵吧！」

陳文宇聳了聳肩，有點無辜，他也想吃麵來著，可是溫浩傑這傢伙沒給他們拿筷子來啊，難道要他用手抓？

「墨逸辰，你到底要不要結拜？」溫浩傑再次沒好氣地問道。真當他願意結拜啊？要不是為了妹妹，他死也不會想和墨逸辰結拜的！

溫浩傑想得簡單，覺得只要他和墨逸辰結拜為異姓兄弟，當年的那樁婚事自然就會作廢，妹妹以後和墨逸辰也不會再有任何瓜葛了。

只是溫浩傑最後的話，卻被趕過來送筷子的溫阮聽了個正著，又看到墨逸辰一臉不太情願的表情，溫阮便誤以為自家二哥在硬逼人家結拜呢，於是連忙上前解圍。

「二哥，你幹麼呢？結拜這種事也要人家世子願意才行，強扭的瓜不甜啊，我看還是算了吧！」溫阮覺得有些奇怪，明明溫浩傑一直都不太待見墨逸辰，怎麼這會兒又非要找人家結拜了呀？

不管怎麼樣，反正溫阮一直都明白一個道理，上趕著的不是買賣，所以，這會兒她還是把自家二哥帶走比較好。於是，溫阮將手中的筷子遞給墨逸辰後，便連忙拽著溫浩傑的衣袖離開。

「走，二哥，你陪我去看看叫花雞好了沒？我跟你說啊，這叫花雞可香了……」

聽著溫阮越來越遠的聲音，陳文宇覺得自己的口水都快流出來了，這叫花雞好像很不錯的樣子，要不厚著臉皮去蹭點？

只是，當陳文宇轉過頭，正巧看到墨逸辰一臉若有所思地盯著手裡的筷子，不禁有些好奇，便問道：「逸辰，想什麼呢？我可很少見你這樣愣神啊！」

聞言，墨逸辰收回思緒，把手中的筷子遞給陳文宇一雙，然後從他手裡接過一碗麵，說道：「沒什麼，吃麵吧！」

其實，墨逸辰只是有些奇怪，明明先前溫阮還喊他辰哥哥，怎麼突然卻變成了世子？難道是他在無意間惹著小丫頭了？

墨逸辰實在不擅長揣摩女孩子的心思，便決定先把這事放置一邊，他想著，還是找個機會同溫阮當面問清楚吧，若實在不行，哄哄小姑娘也無妨。

而一貫不喜哄人，尤其是哄女人的墨世子，卻絲毫沒意識到，他竟然在不知不覺間，生出了想要哄哄小姑娘的想法。

陳文宇可沒墨逸辰這麼多彎彎繞繞的心思，他接過筷子便直接吃起了麵，這連趕了好幾天的路，不是啃硬巴巴的乾糧，就是咬沒滋沒味的烤肉，這好不容易能吃一碗熱呼呼的麵，還等什麼呀。

一口爛麵入口，陳文宇眼睛一亮，立即扭過身看向墨逸辰。「逸辰，你不是不喜歡吃麵嗎？待會兒讓人幫你烤些野雞、野兔什麼的，這碗麵我幫你吃了吧，別浪費！」說完，陳文宇就要上手搶，卻被墨逸辰輕輕側身躲了過去。

「誰說我不喜歡吃麵？」墨逸辰眸子裡盡是狐疑，瞥了他一眼後，拿起筷子，優雅地吃起碗裡的麵。

得嘞，看到墨逸辰吃了一口麵，陳文宇便知道自己沒機會了。墨逸辰喜不喜歡吃麵他是不知道，但他知道，溫阮做的這豆角燜麵，估計很少有人不愛吃吧。

沒錯，一口麵吃進嘴裡，墨逸辰便明白了陳文宇的意圖。沒想到小姑娘年紀小小，一手廚藝卻是不錯，這麼簡單的食材，竟能做出這等美味的餐食。

相比於陳文宇不忍直視的吃相，墨逸辰卻一點也不像是從軍之人，反而更像一個優雅貴公子，只見他手指修長，執著一雙筷子，吃得不疾不徐，頗為養眼。

陳文宇很快就解決完碗裡的麵，吃得似乎不是很盡興。

「怪不得溫家那三兄弟這麼稀罕小丫頭，換我我也這樣啊！你說放眼整個京都府，哪家姑娘能有溫家妹妹這本事？會醫術就算了，畢竟她是跟著鬼手神醫長大的，可這小小年紀，廚藝竟然還這麼好，真是不得了啊！雖然小姑娘年紀小，還沒長開，但我瞧著，這以後樣貌定不會差就是了。逸辰，你別不信，我敢斷言，只要你們一退親，說不準溫家妹妹第二日就會被別家定下來了。」最後，陳文宇盯著溫家兄妹的方向，忍不住感慨道：「嘖嘖嘖，你看，她對她哥哥們多好，還費心思給他們做餐食，這要是我妹妹該多好啊！」

墨逸辰睨了他一眼，淡淡開口道：「你眼饞別人的妹妹做什麼？你妹妹們也不錯，整天想著要你的命，也是挺捨得費心思的。」

陳文宇一噎，不滿地瞪向墨逸辰，真是哪壺不開提哪壺！就他家後院的那幾個庶妹，真是不提也罷。

這次他荷包上的引蛇粉，一看就是他家那些庶出弟妹的手筆，畢竟，知道這個荷包對他的意義還能有機會下藥的人，莫過於就那麼幾個了。

「你有勁沒勁，提他們做什麼？掃興！」陳文宇不滿地嘟囔道。

墨逸辰沒搭理他，逕自站起身，撫了撫衣襬。

「你要幹麼？」陳文宇不解地問道。

墨逸辰神色坦然地道：「沒吃飽，去蹭些吃食。」提步便朝著溫家兄妹的方向走去。

陳文宇。「……」這麼不要臉的話，他是如何做到臉不紅、氣不喘地說出來的？

墨逸辰過來時，恰好叫花雞剛做好，眾人正圍在一起，從火堆裡挖出一個又一個泥疙瘩，墨逸辰有些懷疑，這泥疙瘩會好吃嗎？

不過，墨逸辰的求生慾還算強，即使心裡這般想著，也知道不能說出來。

可是跟隨在他身後而來的陳文宇就比較缺心眼，直接把心裡的想法嚷嚷了出來。

「你們這是在折騰什麼啊？嘖，這醜東西難道就是你們說的叫花雞？能好吃嗎？」

話落，陳文宇毫無意外地引來了周圍數道不滿的視線，其中包括溫家三兄弟、溫甯侯府眾暗衛，還有……墨逸辰。

「去去去，一邊待著，你才是醜東西！陳文宇，你會不會說話？」溫浩輝年紀小些，性子比較直，直接就開口懟了回去。

「就是！好不好吃關你什麼事？又沒人說要給你吃！」溫浩傑也是一臉不悅。

就連溫浩然這位翩翩公子都難得冷了臉。「陳公子，慎言！這是舍妹的心意，不管好壞，都不是隨便能讓旁人置喙的。」

溫甯侯府眾暗衛雖礙於身分，沒敢說什麼，但他們的眼神充分表達了他們的不滿。

這陳尚書府的公子，果然是個不識貨的，我們小姐做的東西會不好吃？

陳文宇訕訕一笑，識相地閉上嘴，識時務者為俊傑！

溫阮倒是沒在意，搖晃了一下小腦袋，老神在在地說道：「果然是逃不過的真香定律啊！」

陳文宇不解。「真香定律是何物？」

「待會兒啊，你就知道了。」溫阮眨了眨眼，一臉神秘。

墨逸辰雖然沒說什麼，卻直接用行動向眾人表明了他同陳文宇不一樣，他是不會嫌棄溫阮做的東西的。

「阮阮，我幫妳。」墨逸辰說著便俯下身，同溫阮一起把腳邊的泥疙瘩歸攏到了一塊兒。

溫阮歪頭看向墨逸辰，笑得有點甜。「謝謝世子！」

墨逸辰微微一愣，不知為什麼，突然覺得這聲「世子」格外刺耳。不得不承認，他還是喜歡小丫頭喊他一聲「哥哥」，哪怕是漂亮哥哥也好，至少不像「世子」這般生疏。

可當他剛想說些什麼時，溫阮卻徑直敲開了一個泥疙瘩，雞肉的鮮美香味瞬間直接飄到眾人的鼻尖，清香四溢，十分誘人。

眾人眼睛一亮，陳文宇更是直接擠到溫阮面前，對著地上的泥疙瘩，一臉垂涎。

「這玩意兒真香啊！」

溫阮一時沒忍住，噗哧地笑出聲。「看吧，這就是真香定律，打臉了吧？既然陳公子這麼嫌棄這個醜東西，那我們就不分給你了，免得礙著你的眼啊！」

陳文宇頓時一臉苦相。「別啊，溫家妹妹！是我有眼不識泰山，妳大人不記小人過，別和我計較！這叫花雞分我一份吧，以後妳就是我親妹妹！」

溫浩傑頓時不樂意了，直接抬腳踢開陳文宇。「誰是你妹妹啊？我警告你，陳文宇，收起你的小心思，我妹妹可不缺哥哥！」妹妹太出色了，總有人想來搶怎麼辦？

聞言，墨逸辰看向溫阮，若有所思。是啊，小丫頭確實不缺哥哥，這嫡親哥哥就有三個了，到了京都後，堂哥、表哥加起來又有不少，如果想當她的哥哥，怕是要費些心思。

溫阮可不知墨逸辰那暗戳戳想給她當哥哥的心思，這會兒她正忙著招呼自家親哥哥吃叫花雞呢！

溫家三兄弟自然也沒空搭理陳文宇，忙來到妹妹身邊，等投餵。

陳文宇可管不了這麼多，硬是厚著臉皮擠上前去，同溫浩輝分著吃一隻叫花雞。

溫阮把冷一喊了過來，給他們分了幾隻叫花雞後，又朝著墨逸辰招了招手，遞給他幾個泥疙瘩，指了指他身後。

墨逸辰一回頭，就看到自家的侍衛們正伸長脖子往這邊看呢！他頓時被他們氣笑了，不知道的還以為他平日裡虧待了他們呢！

既然是溫阮給他們的，墨逸辰自然不會拒絕，於是喚了一聲。「玄青，過來。」

不知從哪裡出來一名暗衛，一臉恭敬。「主子，有何吩咐？」

「把這些拿過去，你們分了吧。」墨逸辰輕聲交代。

「謝主子。」玄青眼底閃過一抹喜色，然後又衝著溫阮抱拳。「多謝小姐。」

他剛剛一直在暗處保護世子，知道是溫甯侯府這位小姐分給他們的，自然要道謝。

溫阮輕笑著搖搖頭，本來就不是什麼大事，他們家的暗衛和侍衛都在這邊吃著，也不好讓別人乾瞪眼吧？正好有多做的，便順手分給他們一些了。

墨逸辰抬了抬手，玄青會意地行了一禮，便起身告退。

「阮阮，我還沒有。」墨逸辰刻意壓低了聲音，微啞，細聽之下竟有絲哀怨。

溫阮一怔，猛一抬頭，正好撞上墨逸辰漂亮得有些過分的俊顏，呃……這張臉，再配上這樣的聲音，真真是太犯規了！溫阮哪受得了？連忙笑咪咪地把手中的叫花雞遞了過去。「給你，這個入味了，特別好吃！」

墨逸辰的嘴角微微地勾起，一貫冷峻的臉上竟浮現出一絲淺淺的笑意。「謝謝阮阮。」

「不客氣，世子要是喜歡吃，這裡還有。」溫阮忙擺了擺小手，心裡忍不住嘖嘖稱讚，真養眼啊！

她終於理解為什麼有些人只和長得好看的人玩了，下飯啊！溫阮咬了一口手中的雞腿，果然美味！

聽到溫阮仍然喚他世子，墨逸辰頓時有些食不知味了，猶豫片刻後，問道：「阮阮，我們是不是有什麼誤會？或者說，我惹妳不高興了？」

溫阮有些懵，圓圓的眼睛裡滿是不解。「沒有啊！世子為什麼會這麼問？」

墨逸辰眉頭微皺。「那妳之前明明還喚我哥哥，怎麼突然改口叫世子？」

「沒有沒有，只是覺得不妥當，你畢竟是世子嘛，身分在那兒擺著呢！」溫阮解釋道。

聞言，墨逸辰嘴角含上一抹淡淡的笑。「阮阮可能還不知道，咱們兩府是世交，妳母親與我母親更是多年的閨中好友，所以，世子這個稱呼太見外了。我年長妳一些，妳可以喚我一聲哥哥。」

大哥說「辰哥哥」這個稱呼不妥當，那肯定是不能再喊了，要不就……「那我喊你……世子哥哥？」溫阮試探性地問道。

墨逸辰輕搖了搖頭，輕聲解釋道：「京都府不只我一人是世子，妳要是喚我世子哥哥，怕是會引起誤會。不然，妳還是喚我為辰……」話說到一半，墨逸辰突然瞥到旁邊的陳文宇，於是話鋒一轉。「阮阮可喚我一聲逸辰哥哥。」

溫阮自然覺得沒問題，在她看來其實就是一個稱呼而已，沒這麼多講究，但這不是要入鄉隨俗嘛。她覺得，既然來到這夏祁國，只要不是違背原則的問題，誰的地盤誰作主，這是沒問題的。

「好呀，逸辰哥哥！」溫阮十分乖巧，稚嫩的小臉上掛著甜甜的笑意。

沒辦法，她要時刻提醒自己，她還是個寶寶，裝乖賣萌不能停，滿身馬甲不能掉！

看著面前言笑晏晏的小姑娘，墨逸辰心裡一軟，有個妹妹似乎還不錯，可惜他母親生他時傷了身子，給他生個妹妹的願望自然就落空。不過，沒關係，他以後待溫阮會如親妹妹一般。

溫阮這邊吃得開心，嘴角一不小心沾上些油漬，她自己卻絲毫未察覺，墨逸辰看見後，從懷中拿出帕子，傾身幫她擦了擦嘴角。「別動，沾了東西，我幫妳擦掉。」

聞言，溫阮倒也聽話，乖乖地讓墨逸辰把嘴邊的髒東西擦掉，心裡則不禁感慨，唉，真是長得帥就算了，竟然還這麼溫柔，加分，絕對加分！

不過，要是陳文宇知道溫阮此刻的想法，肯定會聲淚俱下地告訴她，這都是假象啊！戰場上的墨逸辰要多凶殘有多凶殘！

擦完嘴後，溫阮禮貌地衝著墨逸辰道了聲謝，墨逸辰輕輕一笑，氣氛很融洽。

可對溫家兄弟來說，這一幕卻異常礙眼，溫浩傑更是氣得恨不得踢溫浩輝一腳。

剛剛大哥找他有點事，兩人便把溫浩輝留下來盯著墨逸辰，誰知道這傢伙竟然只顧著和陳文宇搶吃的，真是成事不足、敗事有餘！

幸虧大哥讓他先回來看看，不然妹妹就要被拐走了！

「妹妹，妳和世子說什麼呢，這麼開心？」溫浩傑順勢坐在溫阮和墨逸辰中間，很自然地隔開了兩人。

「二哥。」溫阮看到溫浩傑，甜甜地喚了他一聲。「沒說什麼，就是世子說咱們兩府關係親近，我喊他世子顯得太生分了，讓我喊他哥哥。」

溫浩傑一愣，震驚地看向兩人，這墨逸辰不願和他結拜，難道是想著要和妹妹結拜成異姓兄妹？不過，要是這樣的話，也行吧？異姓兄長總比未婚夫婿要強些，只是妹妹總歸是閨閣女子，擅自和外男結拜，傳出去的話怕多有不妥。

「墨逸辰，若你真想做我妹妹的結拜義兄，也不是不可，不過，我覺得還是回到京都府後，由鎮國公夫人出面認下妹妹做義女比較妥當。」

溫阮一愣，墨逸辰要認她做妹妹？呃……有個長得這麼合她審美的哥哥，也不是不行啦，主要吧，就是挺突然的。

義兄？按理說，墨逸辰既然想把溫阮當妹妹看待，那認為義兄妹也不失為一個好法子，這樣兩人之間的婚約也有了妥善的解決方法。

畢竟，溫甯侯府和鎮國公府這樁婚約的箇中原委，整個京都府怕是無人不知，兩人之間年齡懸殊也確實不妥，如此解決，在外人看來，也說得過去。

但不知道為什麼，墨逸辰心底卻有些莫名的牴觸，似乎甚是不喜和溫阮之間綁上這麼個名分，但至於原因，他卻又說不出個所以然來。

煩悶不解間，墨逸辰的餘光突然瞥到溫浩傑，頓時恍然大悟，自他懂事起，便被母親逼著讓他和溫浩傑結拜，想必他對結拜的排斥，怕是根源就在此吧。

看到墨逸辰臉上的神情，似乎極為不願，溫阮忍不住扶額。她這二哥怕是會錯意了，人家根本就沒這個意思吧？不過，話又說回來，溫浩傑是不是和結拜這事槓上了啊！

「大哥，你回來了呀？快來這邊坐！」正巧這時溫浩然過來了，溫阮連忙轉移話題，趕緊把結拜這茬揭過才是。

「嗯。」溫浩然應了聲，徑直坐在溫阮的一旁。「你們在聊些什麼？」

「那個，沒聊什麼啊！」溫阮怕溫浩傑哪壺不開提哪壺，又趕緊問道：「對了，大哥，我記得你之前好像說，咱們是明日晌午就能到齊林縣城，是嗎？」

溫浩然倒是沒發現溫阮的心思，開口回道：「嗯，沒錯。只是今晚要委屈阮阮睡馬車了，明日到了齊林縣城，大哥一定找家上好的客棧，讓妳好好休息。」

溫阮忙擺手說不辛苦，這些日子，只要露宿郊野，她哪次不是一人霸占著最大、最舒服的馬車？要是再抱怨的話，那可真是太不應該了。

看到妹妹懂事乖巧，溫浩然心中甚是熨貼，也沒再多說什麼，反而轉頭看向墨逸辰。「不知世子接下來是去何地？」

要是不順路的話，待會兒休整後，自是要分道揚鑣。

墨逸辰神色如常地說：「正巧，我們也去齊林縣城，可順路同行。」

聞言，溫浩然也沒說什麼，既然同路，他自是沒有理由拒絕墨逸辰。「不知世子和陳公子此次出京都所為何事？若方便的話，可否透露一二？」

剛好陳文宇和溫浩輝這邊也終於搶完最後一隻雞腿，消停下來。陳文宇揮了揮手，大剌剌地說道：「都不是外人，這有什麼不方便說的？臨河縣發生水災，正好屬於西北軍的管轄地界內，我和逸辰此次是奉旨去賑災的。」

溫浩然眉頭微皺，似有不解。「既然要去臨河縣城，你們為什麼會途經此處？」按理說，從京都府直達臨河縣城，不應該經過此地才是。

「這不是近日青山縣境內土匪為患嘛，為了避免麻煩，逸辰才領我們繞道此處。」陳文宇解釋道。要是平日裡，這些土匪對他們來說不足為懼，只是此次他們急著趕路，不太方便與他們糾纏。

溫浩然點點頭，那就沒錯了，青山縣與臨河縣相鄰，若從京都府一路直達臨河縣，確實需要經過青山縣。

水災？臨河縣？土匪？溫阮突然意識到什麼！古代醫療條件差，水災之後往往會伴隨著瘟疫爆發，那這豈不就是書中為她這個炮灰女配量身訂製的情節設定嗎？

災民暴動、瘟疫、土匪，妥妥的致命三連擊啊！

還好還好，溫阮拍了拍自己的小胸脯，有些慶幸，幸虧他們選的這條路線，不用經過臨河縣和青山縣。

本來，溫家三兄弟一致選的是另一條路線，覺得那條路線雖是繞道而行，但途徑之地多豐盛富饒，居民村落較密集，這樣溫阮路上也會少受些苦。

而那條路線，恰好要經過臨河縣和青山縣。

但溫阮卻十分堅持換成了現在這條路線，她是這麼想的，小說裡溫家兄弟十分在乎原身這個妹妹，那回程的路線多數也是這般考慮的。

既然如此，那她就反其道而行，換掉路線，這樣作者在書中的那些設定，說不定就能躲過啊！現在看來，竟還真被她陰差陽錯猜中了，也算是躲過了那致命三連擊啊。

只是，溫阮有些同情地看向墨逸辰和陳文宇，他們彷彿就沒這麼幸運了。

溫阮隱約記得小說中提到，墨逸辰是染上瘟疫而死，難道就是這次？

也是，據她所瞭解，這個朝代似乎還沒有應付瘟疫的辦法，往往是一旦疫情爆發，就只能屠城燒村，會造成很多人的死亡，經常出現十室九空的情況。

這也意味著，一旦有人染上瘟疫，迎接他的命運多是等死。

溫阮雖與墨逸辰相處時間尚短，但也算融洽，看得出來墨逸辰對她也頗為照顧，再說，就衝著他長在她審美上這一點，溫阮也萬分不希望他為此而喪命的。

察覺到溫阮的目光，墨逸辰不解地詢問道：「怎麼了？阮阮是覺得有什麼不妥嗎？」

溫阮想了想，無論是衝著鎮國公府與溫甯侯府的關係，還是她本人對墨逸辰的良好觀感，她都做不到袖手旁觀，至少也要給他些警示才是。

「沒什麼，就是剛剛聽逸辰哥哥提到水災，便想到師父曾說過，水災過後多伴有瘟疫爆發，所以，便想著提醒你們要多加小心。」溫阮一臉認真地說道。

聞言，墨逸辰一怔。「阮阮，這是鬼手神醫說的？」

這自然不是鬼手神醫說的，但溫阮為了讓這套說辭取信於人，只能點頭應了下來。

「嗯，師父透過多年的觀察發現，水災過後十有八九會爆發瘟疫，還有戰爭後若有大量屍體未能及時處理，也會釀成疾病，進而爆發瘟疫。」

溫浩然若有所思，許久後才開口說道：「三年前，南方水患後，確實伴有瘟疫爆發。」

「五年前，西北軍同敵軍大戰後，由於未能及時清理戰場，也爆發過小規模的疫情。」那次的事情墨逸辰記得很清楚，當時死了很多人。

看樣子，鬼手神醫所言非虛，這下在場的眾人都平靜不了了。

陳文宇心顫顫的。「那怎麼辦？逸辰，臨河縣咱們還去嗎？」

墨逸辰神色凝重。「我們是奉旨前去賑災的，沒有選擇。」

是啊，他們是奉旨辦事，別說現在還沒有爆發瘟疫，就是已經爆發了，他們也只能硬著頭皮過去，否則違抗旨意，亦是死路一條。

氣氛驟然凝結，眾人沈默不語，皆是一臉凝重之色。

墨逸辰思索片刻後，抬頭看向溫阮。「阮阮，妳可有應對瘟疫的方子？」

溫阮搖搖頭，耐心解釋道：「瘟疫分為很多種，誘因不同，自然所呈現的症狀亦有所不同，現在沒辦法提前預知。」治病講究對症下藥，現在是何種瘟疫尚且不知，藥方子自然也是開不出來的。

眾人有些失望，但似乎又覺得是意料之中，畢竟，瘟疫可是自古以來就讓人聞風喪膽的存在。

「不過，我有一些水災後預防瘟疫發生的法子，如果嚴格執行，能極大程度地降低瘟疫爆發的可能性。」

溫阮清脆的聲音還夾著幾分稚嫩，但對眾人來說卻猶如天籟。

墨逸辰臉上閃過一抹喜色。「那就有勞阮阮同我們講講。」

溫阮點點頭，緩緩說道：「其實，像水災後爆發的瘟疫，大多是因為環境衛生不好引起的，洪水會把淹死的牲畜及垃圾的病菌帶到人們生活的每個角落，自然也就容易誘發疾病。所以，第一條，那些災後被洪水浸泡過的食物千萬不能吃，還有水源也要注意，要選沒被洪水浸漬的乾淨水井，且一定要燒開後才能飲用。另外，災後地區要做好消毒工作，可用艾草薰燒後殺菌——」

「那個，溫家妹妹，我打斷一下，請問何為消毒？何又為殺菌？」陳文宇撓撓脖子，不好意思地問道。

溫阮一怔，突然反應過來，這些是現代醫學用語，怪不得他們聽不懂，於是想了想後說道：「算了，這些醫術上的東西你們也不懂，不如我直接寫在紙上，你們照著做吧。」

「好。此地沒有紙墨，等明日到了齊林縣城再寫也不遲。」墨逸辰說道。

溫阮自是沒意見，點頭應了下來。

溫家兄弟當然也不會提出異議，畢竟是關乎到黎民百姓的大事，即使他們再不喜妹妹與墨逸辰有所交集，這時也會以大局為重，先忍一忍。

「要不然，溫家妹妹妳同我們一起去臨河縣吧？」陳文宇小心翼翼地問道。

儘管溫阮年齡不大，但經過這小半日的相處，陳文宇對她的醫術卻是很信服，不知為什麼，他就是相信只要有小丫頭在身邊，就算真出現了瘟疫，亦能迎刃而解。

「不行。」沒想到最先提出反對意見的人竟然是墨逸辰。「此去臨河縣極凶險，阮阮年幼，絕不能讓她涉險。」墨逸辰神色肅然，看著陳文宇的眼神滿是不贊同。

溫家三兄弟也紛紛瞪向陳文宇，目光忿然。

陳文宇摸了摸鼻子，有些心虛，呃……好像惹眾怒了。

溫阮聳聳肩，沒發表任何意見。去臨河縣？別鬧了，她好不容易才脫離了書中的故事線，哪有再主動送上門的道理？

所以，臨河縣溫阮是絕對不會去的。不過，瞥了墨逸辰一眼，她倒是可以給他一些抑制瘟疫的特效藥丸，雖不能說百分百有用，但延緩病情肯定沒問題。能有充足的時間請大夫，這也算是給墨逸辰多了一分保障，免得他真的英年早逝啊！

第四章

翌日晌午，溫阮一行人順利來到齊林縣城。因急著趕路，眾人還沒來得及吃午飯，於是找本地人打聽一番後，便直接朝齊林縣最大的酒樓趕去。

正值飯點，酒樓裡人來人往，他們過來的時候，二樓雅間已滿，於是只能坐在一樓的大堂。幾人點了酒樓的一些招牌菜後，便在等菜的空隙喝起了茶。

正在這時，樓上的雅間突然傳來一陣躁動，隨後一間房門被人猛地拉開，從裡面跑出一個男子，懷裡還抱著一個三、四歲的小男孩，神色焦急地下了樓。

酒店掌櫃忙迎上去。「這位公子，請問您是有何事？」

男人的聲音顫抖得厲害。「最近的醫館在哪裡？我兒子被東西卡住了嗓子，麻煩快帶我去找大夫！」

眾人這才看清，男子懷裡的小男孩已經被憋得臉色發青，顯然是有東西卡在了喉嚨裡，情況看來十分危急。

溫阮連忙從椅子上跳下來，跑到男子身邊，拉著他的衣袖說道：「你快把他放下來，他快撐不住了！」

男子急著出門找大夫，突然看到一個小姑娘攔住他，忙說：「小妹妹，妳聽話，快放手，弟弟病了，我要帶他去找大夫。」

「叔叔，我就是大夫，我可以治好弟弟。」溫阮仰著小腦袋解釋道。

不過，男子顯然不相信她，仍想掙開她出去找大夫。看到小男孩的情況越來越不好，黃金急救只有三分鐘，溫阮也有些著急了，語氣不免有些嚴厲。「你要是不想他死，就快把他放下來！」

男子一瞬間被溫阮震住，愣愣地把懷裡的男孩放了下來。

溫阮連忙上前，站在小男孩的身後，兩手臂從身後繞過，伸到他的肚臍與肋骨中間的地方，一手握成拳，另一手包住拳頭，然後不停的捶打。

小男孩的哭聲越來越弱，喉嚨間的異物卻遲遲未出來，男子這時也反應過來了，想上前去阻止溫阮，卻被趕過來的墨逸辰攔住。

溫浩然此時也趕了過來。「薛大人，在下溫甯侯府溫浩然，那是我妹妹，她略懂些醫術，這會兒是在救令公子。」

說來也巧，這位男子是戶部侍郎薛成義，溫浩然曾經的頂頭上司，而他的父親正是當朝薛太傅。

「胡鬧！她自己都還是個孩子，你們別攔著——」

薛成義話音未落，小男孩突然猛地咳了幾聲，從嗓子裡直接咳出了一粒拇指大小的花生米，這才終於緩過勁來。小男孩看著嚇得不輕，哇地一聲哭了出來。

溫阮沒有哄孩子的經驗，頓時手足無措，忙把他推到了墨逸辰腿邊。「你快哄哄他！」

墨逸辰一愣，低頭看著身下哭得快喘不過氣的小男孩，眉頭微皺，默默往旁邊移了移。「薛大人，你來。」

薛成義這才反應過來，連忙上前抱起幼子，輕聲安撫著。

許是小孩子善忘，不一會兒小男孩便被哄好，停止了哭鬧。

這時，薛成義的小廝也拽著個大夫趕了過來。「大人！大夫我帶來了，快讓他給小公子看看！」

大夫險險穩住，一聽小廝稱薛成義為大人，再看他的通身氣派，便知這人非富即貴，自己惹不起，直接就跪了下來。「大人恕罪，草民學術不精，這被異物卡住喉嚨極是凶險，草民真的沒有法子，您還是另請他人吧，千萬別耽擱了！」不是大夫推辭，是他確實沒這個本事。被異物卡住的病例他以前也遇到過，但一直苦於找不到合適的救治之法。

薛成義連忙讓小廝把大夫扶起來。「你快快起身，我知道你並非推託，自是不會為難你。犬子剛剛被人救了，異物也吐出，現已無礙。」

說完，薛成義把懷中的兒子交給旁邊的小廝，俯身朝溫阮行了一禮。「薛某多謝小姑娘搭救之恩！剛剛多有冒犯，還請見諒。」

溫阮忙搖了搖頭，說道：「不客氣，舉手之勞而已。」

薛成義卻不這樣認為，可能對於這小姑娘來說是舉手之勞的事，但對他們薛家來說可是大恩。這小孩被異物卡住有多凶險，他自然是知道的，畢竟當年他幼弟就是被異物卡住，窒息而死。雖然薛成義也沒再多說，卻暗暗把這份恩情記在心中。他轉身看向旁邊的溫浩然，道：「溫公子，你說這小姑娘是你妹妹？」

「正是舍妹，溫阮。」溫浩然回道。

薛成義點點頭，原來是溫甯侯府的女兒。聽說她自幼被鬼手神醫帶走，如今應是要被接回去。薛成義剛想說什麼，卻被一個匆匆趕來的小丫鬟打斷了。

「大人！老夫人聽說小公子被異物卡住，嚇得暈過去了，您快去看看啊！」

「在下有事，等改日回到京都府，一定登門道謝！」薛成義臉色一變，朝著眾人抱拳作揖，然後，便拉著剛剛請的那位大夫，匆匆離開了。

這一插曲很快便被揭過，溫阮等人繼續在酒樓用餐，因為墨逸辰他們有公務在身不好耽擱，今日便要出發趕去臨河縣。

而溫家幾兄妹決定在齊林縣城停留一晚，稍作休整，再加上接下來也不順路，於是，幾人只能在此分道揚鑣。

從酒樓出來後，眾人便找了家客棧，找小二要了些筆墨紙硯，溫阮口述，墨逸辰代筆，不久，簡易版的災後瘟疫預防手冊便出爐了，裡面包括如何防疫，以及當疫情出現後該如何隔離、消毒等注意事項。

當墨逸辰一行人收拾妥當，準備離開時，溫阮在客棧門口攔住了他們，她噠噠噠地跑到墨逸辰面前，踮起腳尖，把手裡的一瓶藥直接塞到他懷裡。

「逸辰哥哥，這瓶藥給你！如果，我是說如果啊，你要是不小心染上瘟疫，可以先服用這瓶藥，能抑制病情惡化，然後再快快去找大夫啊！還有還有，你們到了臨河縣後，特別是你，一定一定要小心才行！」成敗就在此一舉，可千萬不能就這麼掛了啊！

墨逸辰蹲下身來，看到溫阮臉上關切的神情，心裡一暖，聲音柔和道：「嗯，阮阮放心，我會小心的。乖，妳先回京都府等我。」

說完，墨逸辰輕拍了拍溫阮的頭，似是在安撫她，然後便徑直縱身上馬，準備離開。

溫阮最終還是沒忍住，衝著他又喊了一句。「若情況危急，你也別硬撐著，記得讓人來尋我！」

墨逸辰一身黑衣坐在馬背上，氣質冷峻，但那一貫冷漠疏離的臉上竟難得出現了絲笑意，直達眼底。「好，我記住了。」

墨逸辰等人離開後，溫家幾兄妹便回了客棧，碰巧在房間門口遇到了薛成義，和他一同前來的還有一位老人家，以及溫阮中午救起的小男孩。

原來，他們也住在這家客棧。

見到來人，溫家三兄弟忙行禮。「學生見過薛太傅、薛大人。」

薛太傅現在京都府的梓鹿書院擔任夫子，而梓鹿書院正是供皇子、皇女以及達官顯貴的子女進學的學堂，溫家三兄弟亦是在此書院進學的。

薛太傅略一揮手。「不用多禮，老夫聽說是你們救了我孫兒，特帶他過來致謝。」

「太傅言重了，救小公子的是學生的妹妹。」溫浩然畢恭畢敬回道。

聞言，薛太傅看向他身邊的小姑娘，只見她身著一身素衣，乖巧地立在那裡，小小的臉上稚氣未脫，但五官精緻，是個粉雕玉琢的小丫頭。

溫阮也在暗暗打量這位薛太傅，這位太傅看著已年過花甲，兩鬢略染灰白，但依舊精神矍爍，可能是常年為人師表的緣故，看著有種不怒自威的氣場。

看到他看向自己，溫阮並沒有躲閃，反而大大方方地衝著他甜甜一笑。「太傅好，是我救了弟弟呢！您別看我年紀小，我可是很厲害的喔！」

溫阮的童言童語惹得眾人輕笑出聲，薛太傅也親和地道：「嗯，小丫頭不錯。」

溫浩然隨即便提出讓眾人進房間聊。

薛太傅自然沒有拒絕，他們這麼多人堵在客棧的廊道上，確實不合適。

進了房間後，小二送來上好的茶水和糕點，閒聊過後才得知，原來薛太傅老家竟然在臨河縣附近，此次他們一家返鄉正是省親祭祖的。

眾人聊了一會兒後，薛太傅竟然開始考校起溫家三兄弟的學識。溫浩然平日裡書不離手，薛太傅提的問題他倒是應對自如，可溫浩傑和溫浩輝兩兄弟就慘了，果然是無論什麼年代，學渣都怕遇見老師啊！

溫阮同情地看了兩兄弟一眼，果斷去找屋內唯一的小男孩玩，省得待會兒薛太傅一時興起，再要考校她學問，那可就不美妙了。

小男孩此時正安靜地待在他爹爹的懷裡，看到溫阮走過來，忙掙扎著下來。「姊姊，妳是來找軒軒玩的嗎？」

溫阮點點頭，軟聲說：「嗯，軒軒弟弟，咱們去側間玩吧？」

小男孩很開心，牽著溫阮的手便朝著側間走去，當兩人來到側間後，軒軒神秘兮兮地看著溫阮問道：「姊姊，妳是不是也怕被祖父檢查學業，才躲進來的呀？」

溫阮一囧，她的心思有這麼明顯嗎，竟被一個三、四歲的小屁孩給看穿了。

「是啊，姊姊很不喜歡讀書呢，所以軒軒，你要救救姊姊喔！」溫阮眨了眨忽閃忽閃的大眼睛，可憐兮兮地說道。

軒軒一臉慎重地點著小腦袋，頓覺自己肩負重任。「姊姊放心，之前妳救了我，這次換我救妳！」

看到軒軒握著小拳頭，用著軟乎乎的小奶音向她抱拳保證的樣子，溫阮頓時被萌得不行，忍不住伸手戳了戳他肉乎乎的小臉，手感果然不錯。

軒軒被戳臉也不在意，反而盡心地幫溫阮想辦法。「姊姊，妳躲在這裡不行喔，祖父很聰明的，肯定會找到妳，不如我們去祖母那裡吧？以前我每次不想被祖父抓去默書，都是去祖母那裡躲著的。」

溫阮一愣，怪不得他能看穿自己的心思呢，原來這小屁孩也是這麼想的。不過話說回來，他才這麼小，就要被祖父抓著默書，是不是太慘了點？這換誰誰不躲啊？

只是，現在去打擾小傢伙的祖母不太合適吧？晌午那會兒不是說老人家暈倒了嗎？這會兒怕是還在休息。

但是，溫阮還沒來得及表達自己的想法，便被小傢伙直接拽出了側間，來到薛成義面前，小聲地問道：「爹，我帶姊姊去祖母房間玩，可不可以呀？」

薛成義一臉慈愛。「那你不能吵到祖母休息才行。」

小傢伙連聲保證，然後拉著溫阮便跑了出去，一路跑進薛老夫人的房間。

軒軒這小傢伙，一看就是被家裡人養得很好，虎頭虎腦的，別看只有三、四歲，力氣還真不小。

溫阮跟在軒軒身後走進屋子，正巧遇到一個小丫鬟從裡間走出來。

「小公子，您來看老夫人了？老夫人剛醒，正說讓僕婢去找您呢，您快進去吧！」

軒軒「嗯」了一聲，拉著溫阮的手，朝裡間跑去。「祖母，軒軒帶姊姊來看您了，就是她救了我呢！」

一進去，溫阮便看到一位老夫人躺在雕花紅木的大床上，旁邊還有個嬤嬤正在伺候她喝藥，看到軒軒帶著溫阮進來時，臉上閃過一絲意外。

「妳就是溫甯侯府的那個小丫頭？」薛老夫人之前聽說救了她孫兒的小丫頭年紀不大，只是沒想到會這麼小。

溫阮乖巧地點點頭。「是的，老夫人，我叫溫阮。」

「好孩子，謝謝妳救了軒軒。我都聽說了，當時情況危急，要不是妳，軒軒可就危險了。之前軒軒的小叔叔就是這麼沒的……」觸及到薛老夫人的傷心往事，她說著說著竟然哭了起來。

看到薛老夫人哭，溫阮頓時有些不知所措。怪不得午時，老太太一聽軒軒被異物卡住便直接暈了過去，原來背後還有這個緣故。

一旁的軒軒也嚇得不輕，慌忙爬到床沿上，用小手幫祖母擦眼淚。

這時，旁邊的嬤嬤趕緊上前勸。「老夫人，您身體重要，可不能再哭了，看把咱們家小公子心疼的，都快急哭了。」

薛老夫人這才意識到自己失態了，忙接過嬤嬤手中的帕子擦乾眼淚，又緩了一會兒才說道：「是祖母不好，嚇著溫家姐兒和軒軒了。」

溫阮忙搖頭。「老夫人，您別傷心了，我知道一套被異物卡住的救治方法，可以教妳們的，這樣以後您就不用擔心了。」

溫阮想得簡單，覺得既然薛老夫人的小兒子曾為此喪命，可見此事在她心中的芥蒂很深，所以，如果能掌握救治方法，也算是一種慰藉。

「不會醫術也可以學會嗎？」薛老夫人身邊的這個嬤嬤是從年輕時便跟在身邊的，自然也知道老夫人的心結。

溫阮點點頭。「可以呢，我現在就給嬤嬤和老夫人示範一下，很簡單的，妳們看完就知道了。」

於是，溫阮拉著軒軒，當著兩人的面把現代的那套哈姆立克急救法講解示範了一遍，然後又手把手地教了嬤嬤幾遍，直到她熟習後才作罷。

薛老夫人和嬤嬤一臉感激，而溫阮仍是不驕不躁，一副乖巧的模樣，薛老夫人真是越看越喜歡。

不知想到什麼，薛老夫人突然轉過頭問軒軒。「你祖父和你爹呢？」

軒軒縮了縮小腦袋，有點心虛地說道：「祖父在考校溫家幾位哥哥的功課，我和姊姊怕被叫去默書，便來祖母這邊躲躲。」

溫阮忍不住扶額，軒軒這小傢伙是不是太誠實了點？這種事情不都是要千方百計瞞住的嗎？他倒好，人家隨口一問，他就全抖出來了，真是不知人間險惡啊！

對上溫家老夫人打趣的目光，溫阮不禁紅了小臉。

薛老夫人笑了笑，沒說什麼，她吩咐丫鬟端來幾盤糕點。「沒事，你們兩個小傢伙放心在這兒待著，吃些糕點。要是你祖父來抓人，祖母自會幫你們擋回去。」

軒軒忙樂呵呵地應下。

看著小傢伙一副習以為常的樣子，溫阮恍然大悟，怪不得小傢伙敢這麼肆無忌憚，原來是知道薛老夫人肯定會罩他啊！

溫阮也沒客氣，應下後，便和軒軒兩人坐到桌前，一人拿起一塊桂花糕，吃得小臉鼓鼓的，甚是可人疼呢。

此時溫家兄弟這邊，薛太傅考校功課終於告一段落，只是，他一回頭，卻發現屋裡早沒了溫阮和軒軒的身影，於是看向坐在一旁喝茶的薛成義。「兩個小傢伙呢？」

薛成義放下手中的茶盞。「他們倆在這裡待不住，去母親屋裡了。」

「也好，你母親喜歡熱鬧，有兩個小傢伙在，她一定很開心。」薛太傅捋了捋鬍子，一臉欣慰地說道。

薛成義不知想到什麼，突然看向溫浩然。「我見你似乎已無礙，身子這是痊癒了？」

溫浩然之前也是在戶部任職，算是薛成義的下屬，當初他辭官的原因，薛成義自然有所瞭解，而且這半年來，溫甯侯府遍尋名醫的事，他也是有耳聞。

溫浩然自是沒有隱瞞。「回大人，在下確實已痊癒。」

薛太傅和薛成義點點頭，倒也沒有意外，溫甯侯府與鬼手神醫之間的淵源，他們也是略有聽說，下意識便認為溫浩然是被鬼手神醫所治癒。

鬼手神醫的醫術自是沒人質疑，薛太傅曾與鬼手神醫打過幾次交道，於是順口關心了一句。「鬼手神醫他近來可還好？」

「我們去的時候，鬼手神醫他老人家已經過世。」溫浩然神色認真，沒有絲毫隱瞞。

薛太傅愣怔了片刻，顯然沒料到會聽兒這樣的答案。

溫浩然停頓了一下，然後，把事情的始末簡單地同薛太傅父子說了一遍。

聽完後，薛太傅頗為遺憾地嘆了口氣。雖然近十幾年來，鬼手神醫銷聲匿跡，行蹤神秘，但夏祁國有他這樣醫術高超的人，還是安定很多人的心，只是沒想到他竟然就這麼去了。

薛太傅突然想到什麼，有些不確定地看向溫浩然，問道：「既然你們到的時候，鬼手神醫已過世，那你的病又是如何痊癒的？」

溫浩然遲疑了一瞬，最後還是選擇如實回答。「我妹妹是鬼手神醫的徒弟，自幼跟在他身邊習醫，她在醫術上天賦頗高，算是勉強出師了。」

聞言，薛太傅和薛成義對視一眼，皆是一副震驚之色。溫浩然的病竟然是那個小丫頭治好的？如果他們沒看錯的話，她也就六、七歲的樣子吧？整個京都府名醫和宮中御醫都束手無策的病，竟被一個六、七歲的小丫頭給治好了，這也太匪夷所思了吧？

溫浩然剛剛之所以猶豫，也正是考慮到這一點。溫阮尚且年幼，這名聲傳出去還不知是好是壞，但這事怕是也瞞不住了，有心之人只要稍稍打探便會發現端倪。反正不管怎樣，溫浩然決定，他們兄弟幾人就算拚上整個溫甯侯府，也定會護妹妹周全。

薛太傅和薛成義震驚歸震驚，卻都沒懷疑這件事的真實性，以他們對溫甯侯府的瞭解，溫浩然等人自是不會拿這種事情做文章。

薛太傅博學淵源，見多識廣，略一深思後，便已釋然。溫阮自幼跟在鬼手神醫這樣的醫者身邊習醫，再加上天賦異稟，六、七歲就出師，也不是不可能的事。

「這小丫頭不錯，是你們溫甯侯府的福氣啊！」薛太傅不禁感慨道。

要知道，不論在夏祁國，還是在其他諸國，若哪個家族能出一位真正醫術卓然的人，整個家族的地位自然都會水漲船高。

如果溫阮有學到鬼手神醫七、八分醫術的話，那回到京都府後，這小丫頭可就不得了了，而這溫甯侯府在京都府的地位，怕是也會動一動了。

溫家三兄弟沒有薛太傅想得這麼深，他們只是單純地把溫阮當成家人，在他們心裡，溫甯侯府就是溫阮最大的靠山，他們不需要溫阮為溫甯侯府做什麼，只要她開心就好。

薛太傅飽經世故，看人眼光一向銳利，所以溫家兄弟的心思自是逃不過他的眼睛，心底也不禁暗暗感慨道，這溫家三兄弟倒也算是一片赤誠之心。

溫阮從薛老夫人房裡回來時，薛太傅父子正準備離開，見她回來，遂又坐了下來。

「小丫頭，聽妳大哥說，妳是鬼手神醫的徒弟，還已經出師了，很厲害啊！」薛太傅笑得很和藹，想到溫阮之前說自己很厲害時那滑稽的模樣，語氣中不禁帶著些戲謔的成分。

溫阮煞有介事地點著小腦袋，故作天真地說道：「嗯嗯，是有點厲害喔，師父都經常誇我是小神醫呢！」

薛太傅不禁失笑。「喔？那我有沒有這個榮幸，讓咱們這位小神醫幫我診診脈呢？」

溫阮假裝為難了一下。「那好吧，看在您指導我哥哥們功課的分上，我就勉強幫您診脈吧！」說完，溫阮便爬到薛太傅旁邊的椅子上坐好，小手直接搭在薛太傅的手腕上診起了脈。許久後，溫阮把手收了回來。「太傅，您是不是年幼時生過一場大病，那病來勢凶猛，雖然後來化險為夷，但身子骨也虧空得厲害，後來養了很多年才養回來啊？」

薛太傅心思浮動，雖面色如常，但心裡卻頗為震驚。他小時候確實得過一場大病，極其凶險，僥倖才活了下來，但也因此纏綿病榻數年。只是，這事時隔太久，連御醫替他診平安脈時都未曾察覺出，可這小丫頭卻能輕易發現，可見她的醫術遠遠比他預料的要出色。

薛太傅點了點頭，說道：「小丫頭說的沒錯，老夫年幼時確實生過一場大病，曾命懸一線。」

溫阮的小腦袋一揚，擺出一副頗為傲嬌的樣子。「您這些年調養得不錯，舊疾是沒什麼大礙了，只是您這新病怕是有些不妥啊！」溫阮故意賣了個關子。

聞言，薛成義直接站了起來，一臉緊張地拉著溫阮問道：「什麼新病？我父親身子怎麼了？」

薛太傅倒是很平靜，抬了抬手，示意薛成義坐回去。「成義，別急，你讓小丫頭慢慢說。」

一屋子的視線齊刷刷地看著溫阮，她倒是不慌不忙地問道：「太傅，您是不是有夜間盜汗的症狀，睡眠也不好，經常夜間醒來便再無睡意，而且最近食慾也不振？」

「沒錯，父親確實有這些症狀，看了不少大夫，也吃了許多藥，但都沒什麼起色。」薛成義憂心忡忡地道。

薛太傅臉上終於有了抹謹慎之色。「那依小丫頭之見，老夫這病可還有機會痊癒？」

溫阮點點頭。「自然是能的，只是這病僅靠服藥還不行，尚需太傅自己配合。」

其實，薛太傅生的也不是什麼大病，夜間盜汗之症是氣陰兩虛所致，開幾副藥即可，至於其他的問題主要是憂思過度引起的脾胃疾病及睡眠不好，只要病人放寬心態，再輔以藥物，很快便可痊癒。

「小丫頭妳儘管說，老夫自當配合。」薛太傅說道。

聽到薛太傅保證，溫阮頗為滿意地點了點小腦袋，開始交代醫囑。

「您這主要是思慮過甚引起的，病雖不是什麼大病，但長久拖下去也是會危及性命，所以千萬不能掉以輕心。我給您開幾副藥先吃著，但切記平日裡要放寬心，不要多思多慮，心情好了，身體自然會好。」

薛太傅看溫阮頂著張稚氣未脫的小臉，說出的話卻這般老氣橫秋，忍不住想要逗弄她一番。

「可是這放寬心說著容易，做起來卻很難，老夫確實是不知該如何才能不去多思多慮，小丫頭妳說這要怎麼辦呢？」薛太傅故作為難地問道。

溫阮搖了搖頭，擺出一副頗為無奈的模樣。「唉，你說你們這些大人怎麼這麼麻煩，整日都在煩惱些什麼啊？你們就說吧，若事情總會有辦法解決的，你又何必煩惱呢？若事情最終沒有辦法解決，那你煩惱又有何用呢？所以，想這麼多幹麼呀？船到橋頭自然直，煩惱終會戰勝煩惱啊！」

薛太傅頓了頓，看向溫阮的目光有些詫異，回過神後竟大笑了起來，笑聲聽著甚是開懷。

「妳這小丫頭倒是有意思，沒想到老夫活了這麼多年，自以為也算活得有幾分通透了，但今日一看，竟還沒有妳一個六歲小兒豁達。」薛太傅神情難得的放鬆。「沒錯，既然煩惱解決不了任何事情，又何須再煩惱？好一句船到橋頭自然直，煩惱終會戰勝煩惱！」

溫阮一臉傲嬌，從椅子上跳了下來，碰了碰正在發愣的溫浩然。「大哥，你想什麼呢？幫我個忙唄！」

溫浩然這才回過神來，剛剛溫阮的一席話，也讓他思索了許多，給了他很多感觸。

「沒什麼。阮阮，有何事讓大哥幫忙？」溫浩然語氣溫和地問道。

溫阮說道：「大哥，我想給太傅開幾副藥，你能替我執筆嗎？」

溫浩然自然不會拒絕，起身去裡間拿來筆墨紙硯。溫阮口述，他記述，很快地藥方子便寫好了。

溫阮接過藥方子又核實了一遍，這才遞給了薛太傅。

「那老夫就謝過小丫頭替我醫病了。」薛太傅接過藥方子，收進袖中。「不過，我看妳的樣子也是識字的，為何要讓妳大哥代筆開藥方？」

還能是為什麼呀？當然是她的字太醜了啊！可是這說出來似乎有點沒面子吧？

於是，溫阮靈光一閃。「我大哥的字好看呀！這不是為了表示對您的尊重，才讓我大哥執筆的嘛！」

薛太傅似笑非笑。「我怎麼覺得，是妳這小丫頭的字沒法見人吧？」

被拆穿了，溫阮也不惱，反而煞有介事地狡辯道：「我還小呢，字寫得不好，不是很正常嗎？再說，我都這麼厲害了，字要是再寫得好，還給不給旁人活路了？」

呃……這麼傲慢的話從溫阮口中說出，眾人卻莫名覺得很有道理的樣子。

薛太傅也被溫阮逗樂了，於是順著她的話說道：「沒錯，字多練練總會好的。妳這年紀，回到京都府正好要去梓鹿書院進學，不如到時候就拜在我門下吧？」

溫阮一愣，上學？難道要去背那些四書五經、之乎者也？

「還是別了吧，我又不參加科考，也不用入朝為官，去書院幹什麼？學那些沒必要吧？」溫阮一臉抗拒，小臉都快皺成一團了。

古代不都崇尚「女子無才便是德」嘛，怎麼還硬逼著人家進學呀？想當年溫阮上學那會兒可是最討厭背文言文的。

薛太傅顯然不贊同溫阮的說法，遂有些嚴厲地道：「胡鬧！妳怎麼能有這種想法？夏祁國一向民風開放，女子即使不用科舉，但也不能目不識丁，特別是世家貴女，哪個不是自幼入書院進學的？」

「我識字的，沒有目不識丁。」溫阮弱弱地辯駁道。

薛太傅睨了她一眼，問道：「那妳平日裡都讀過些什麼書？《三字經》、《千字文》背了嗎？」

按京都府世家的慣例，溫阮這個年紀，都已啟蒙了。

溫阮一愣，合著她剛剛是白躲了，終究還是沒有逃過要默書的命運啊！

「那個……醫書算嗎？」溫阮猶豫了一下。「其實我會背很多醫書，要不，我背給您聽聽？」

薛太傅。「……」

薛家父子倆離開後，溫家兄妹幾人圍坐在桌前，臉色微微有些凝重，似乎在思考些什麼。

「大哥，你說薛太傅會不會搞錯了？這程貴妃和淑妃之間一向水火不容，兩人怎麼可能有何不尋常？」溫浩輝忍不住問道。

剛剛薛太傅臨走之前，說了句耐人尋味的話，他說：「凡事不能只看表面，比如宮中的程貴妃和淑妃，看似針鋒相對，但私下如何卻尚不能輕易下定論。」

溫浩然卻不贊同溫浩輝的說法。薛太傅是誰？當今聖上的授業恩師，德高望重，遠見卓識，向來高瞻遠矚，絕不是無的放矢之人，他既然能說出這種話，那必然是發現了什麼。

這些年，後宮之中，程貴妃和淑妃之間一向不和，爭得不可開交。

程貴妃背後是那個擅長製毒的程家，又頗得盛寵，但因無子嗣，平日裡自是讓人少了些防備之心。

而淑妃卻不然，她雖無恩寵，卻有一個已然成年的五皇子，且母家是當朝丞相府，自是不容小覷。

這些年來，五皇子在朝堂上隱隱有與太子抗衡之勢，但因太子自幼德才具備，頗有治世之才，又是名正言順的正統皇位繼承人，這才險險壓五皇子一頭。

後宮之事與前朝之爭息息相關，如果真像薛太傅所說那般，程貴妃和淑妃在做戲給眾人看，那所圖為何，便不言而喻了。

「此事非同小可，我立刻去信給祖父和父親，讓他們私下查查，也要給太子提個醒才是。」溫浩然說著便走向裡間，拿出筆墨紙硯，準備把薛太傅的原話和他的猜測都寫到信中，然後囑咐冷一即刻出發，盡快把信送回溫甯侯府。

溫浩傑和溫浩輝兄弟二人也跟著進了裡間。

但溫阮卻沒有動作，深深陷在自己的思緒中不可自拔。

臥槽！難道她當初看的是一本假小說？

不是說女主和男主情定終身後，程家才被迫綁在五皇子身上的嗎？但現在看來，完全不是這麼回事啊！說好的瑪麗蘇無腦愛情劇呢？怎麼轉頭就變成了宮鬥諜中諜的戲碼了？溫阮頓時有種智商被侮辱的感覺！

還有，這還沒回到京都府，就讓人有種危機四伏的感覺真的好嗎？

翌日一早，溫家三兄妹吃完早膳後，便來同薛太傅一家拜別。昨夜，他們幾人商量了一番後，一致覺得京都府局勢尚且不明，他們不放心家人，所以便不再多做耽擱，還是早早回去的好。

「姊姊，等我回到京都府，能去找妳玩嗎？」軒軒拉著溫阮的手，依依不捨地問道。

「當然可以啊！我在京都府還有個小姪子呢，到時候他也能陪你玩呢！」

溫阮也是昨天才知道，原來軒軒這個小傢伙的母親生他時難產過世了，他自小跟在祖母身邊長大，平日裡不免孤單了些。可能是感同身受吧，溫阮想到了現世的自己，對他也不由得多了些耐心。

小傢伙一聽又有小夥伴陪他玩，頓時高興得不得了。「好呀好呀！那姊姊等著我，祖父說我們很快就能回去了！」

薛太傅看自己的孫子竟然這麼黏溫家的小丫頭，不禁覺得有些好笑，但同時又有些欣慰，畢竟，孩子之間的感情才是最純粹的。

「溫家小丫頭，昨日軒軒的祖母已同我說了，謝謝妳把那套異物卡嗓的救治方法教給我們。」薛太傅和薛老夫人夫妻幾十載，自是知道薛老夫人的心結有多重，養軒軒時更是親力親為，整日裡擔驚受怕，就是怕孫兒步上小兒子的後塵。

溫阮卻擺了擺小手。「這不算是大事，您不用客氣的。其實這種急救的小常識，我也希望能讓更多的人學會，這樣也能挽回很多遺憾不是？」

溫阮很清楚，自己沒什麼聖母心，做不到懸壺濟世、醫者仁心什麼的，但像這種舉手之勞就能挽救一條生命，甚至一個家庭的事，她還是挺願意做的。

薛太傅聞言有些意外。「小丫頭，妳這一身本事，難道就沒想過做一些名垂青史、造福後世的事？」

聞言，溫阮的小眉頭微微皺著，圓圓的眼睛裡滿是不解。

「比如，妳可以挑選些在醫術上有天賦的人，傳授他們醫術，等他們學有所成後，再放他們到各地，進而造福於民。」薛太傅想了想，又補充道：「要傾囊傳授、不藏私，且持續開展。」

其實，這麼多年來，因為各地醫者嚴重緊缺的問題，薛太傅也陸續同一些醫學世家提過此提議，但聽到「傾囊傳授、不藏私」時，便被紛紛婉拒了。

想來也能理解，醫術超群的世家大族，獨門技藝、祖傳秘方都是家傳的，這些籌碼是整個家族傳家立世的資本，相對於造福於民，他們更看重家族的傳承昌盛。

但各行各業，固步自封都是其發展的最大障礙，薛太傅隱隱有些期待，希望溫阮這個小丫頭能給他不一樣的驚喜。

「我不想！」溫阮拒絕得很乾脆。開玩笑，這本質上不就是開醫學院嗎？而且是從頭打造醫學體系的那種！很累的好不好？「我不想名留青史，這些虛名什麼的，到時候我死都死了，要來能幹麼？造福於民更是你們這些為官之人該做的事，關我何事？我師父可說過了，吃力又討不了切實利益的事，絕不能幹！」

薛太傅沒想到溫阮會講得這麼直白，但他卻沒覺得反感，至少比起之前找各種說辭拒絕他的那些人來說，這種坦率的態度反倒讓人舒服得多。

於是，薛太傅略一遲疑後，試探地說道：「那咱們換個說法，不為名留青史，也不為造福於民，如果只是為了溫甯侯府，為了妳的父母、哥哥們呢？京都府的事，我想妳哥哥們應該同妳說過一些，溫甯侯府作為太子的外家，現在的情況，用腹背受敵來形容毫不誇張吧？」薛太傅頓了一下，繼續循循善誘道：「妳以溫甯侯府的名義開家醫館，私下裡培養一批可用之人，假以時日把分館開到夏祁國各地，造福於民是其一，其二嘛，亦能給溫甯侯府眾人多一份保障，何樂而不為呢？」薛太傅諱莫高深地道：「小丫頭，妳要知道，人活在這個世上，想要活得肆意，必須要有些依仗才行。」

在揣摩人心方面，薛太傅確實稱得上老奸巨猾，雖只見了溫阮兩次，他卻能輕易看出她與溫家兄弟的情誼，於是以此為切入點，讓她動搖。

「太傅，我妹妹年紀尚小，她不懂這些，而且，她以後也不用懂這些。」溫浩然臉上滿是不贊同之色。「我們兄弟幾人再不濟，也定會拚盡全力護妹妹一世無虞的，我們就是她最大的依仗。所以，薛太傅，您多慮了。」

溫浩傑和溫浩輝也跟著重重地點頭。

「不，她懂，至少比你們以為的要懂得多。小丫頭，妳自己說是與不是？」薛太傅目光幽深，似是已把溫阮看穿。

第五章

離開齊林縣城後，又連趕了數日的路。一路上，如非必要，溫家幾兄妹甚少耽擱。

就在昨日，送信的冷一也終於回來了，同時帶回了侯府的信件。

信裡說，侯府已經派人暗地裡盯著程家與丞相府，太子那邊也按照這個線索查了一番，竟然真的查出了一些端倪，也因此挖出了好幾個暗探。要不是溫浩然他們此次送信及時，險些被這些暗探誤了大事。

溫阮他們這才稍稍放下心來，相比於敵暗我明，如今至少讓他們對敵人有所防備，算是不幸中的大幸。

其實，這些日子，溫阮也一直在思考薛太傅的話，不可否認，他最後那句話確實說到了溫阮的心坎裡。

在現世裡，她自幼學醫，不論寒冬酷暑，她皆未鬆懈，除了不想辜負祖父的期待外，還因為她很早就明白了一個道理：人生在世，若想要過得肆意，就需先習得一身本事。

後來也證明這個道理是對的，因為一身引以為傲的醫術，她不用看別人的臉色行事，更不用為了幾張鈔票奔波，她活得肆意，也活得夠自我。

可是一朝來到這異世，她倚仗的一身醫術依然能讓自己活得肆意，但今非昔比，她已不是孑然一身，有了溫甯侯府這個牽掛，那這份倚仗就略顯不足了些。

所以，關於培養勢力的事，似乎也未嘗不可。只是此事仍需從長計議，等回到京都府後再做打算吧。

「阮阮，下馬車休息一下吧，估計傍晚前便能到咸陽城。」每趕一段路，溫浩然便會讓溫阮下來活動活動，怕她憋壞了。

溫阮應了一聲，便從馬車上直接跳了下來，結果一個踉蹌，她差點摔倒，幸虧溫浩傑早早等在馬車旁，才險險扶住她。

「妹妹，妳小心些，摔傷了怎麼辦啊？下次還是讓二哥抱妳下來吧。」溫浩傑一臉不贊同地嘟囔道。

溫阮衝著他甜甜一笑，乖巧地應著，至於下次照不照做那就另說了。

「大哥，小姑母家裡的情況，你先同我說說唄！」溫阮走到一棵大樹旁，找了塊石板坐了下來。

溫甯侯府二姑奶奶現居住在咸陽，此次溫家兄妹路經此地，沒有過門而不入的道理，自是要上門拜訪的。

「小姑母她是十年前嫁給了京都齊府的嫡次子，小姑母嫁人後，沒過幾年便跟著小姑父到地方為官，她現在膝下共有兩子，長子令衡九歲，阮阮可喚他衡表哥，次子令羽五歲，比阮阮妳小一歲，是表弟，而小姑父現任咸陽城巡撫。這一別數年，小姑母也甚少回京，不過還好，之前聽祖父說，今年年底小姑父應該就能調回京都府，到時候離得近了，一家人也能多走動，照應一些。雖然多年未見，不過我記得小姑母性情甚是溫和，待人也和善，所以，大哥覺得阮阮一定會很喜歡她的。」

聽完溫浩然的介紹，溫阮笑著點了點頭，心裡大抵也有了些瞭解。

此時正午剛過，他們歇腳的地方正位於官道旁邊，人馬車輛自是會多一些，溫阮看著來往的路人，不禁愣起了神。

正巧這時，幾匹馬從不遠處奔馳而來，遠遠瞧著，最前面那匹馬上的人一襲黑衣，溫阮先是一喜，以為是墨逸辰，可待行近後才發現並不是，心裡不禁有些失落。

「逸辰哥哥他們應該早到臨河縣城了吧？也不知道那邊現在怎麼樣了？」這一別快小十日了，溫阮估摸著他那邊該發生的事應該都已經發生了。

水災、瘟疫都不是小事，也不知道他們進展如何？可千萬別出什麼差錯啊！

溫家三兄弟沒想到溫阮會突然提到墨逸辰，互相對視了一眼後，似乎在猶豫些什麼。

溫浩然低著頭，漫不經心地理著衣角。「阮阮，大哥想了想，覺得有些事情還是應該讓妳知曉。」

聞言，溫阮有些茫然地抬頭。什麼事啊？哥哥們怎麼突然這麼嚴肅？難道是墨逸辰那邊傳來了什麼不好的消息？

「大哥，是臨河縣城那邊有什麼消息嗎？」溫阮緊張地問道。

溫浩然搖搖頭。「妳別擔心，臨河縣城那邊沒事。我要說的，是妳和墨逸辰的事。」

沒事就好，溫阮如釋重負地鬆了口氣。可是，她和墨逸辰能有什麼事啊？溫阮一頭霧水地看向溫浩然，示意他繼續說下去。

溫浩然想了想措辭，說道：「阮阮，其實，妳和墨逸辰之間有一樁婚約，他應該算是妳的……」於是，溫浩然把這樁婚約的前因後果詳細地闡述了一遍。

聽完，溫阮傻了，所以墨逸辰竟是她名義上的未婚夫婿？

呃……這古代熟悉的情節啊，盲婚啞嫁什麼的，果然挺齊全的。

溫阮恍然大悟，怪不得呢，她之前還覺得這三個哥哥有點誇張，她明明才六歲，他們竟然這麼早就開始提防她這顆白菜身邊可能出現的豬了，好像就怕自家白菜被拱了似的。原來鬧半天，是自家的白菜早被那頭豬預定了，只是還沒有機會拱而已！溫阮突然有些理解三個哥哥的做法了，這換誰誰不會千防萬防啊？畢竟豬和白菜都在眼前啊！

「所以，二哥，你之前要和墨逸辰結拜也是為了我？」溫阮雙眸清亮，不可思議地看向溫浩傑。

溫浩傑不好意思地撓撓頭。「嗯，我就想著這事是因我而起，若是當年我願意與墨逸辰結拜，這婚約也就不會落在妹妹身上了。」

溫阮簡直要笑噴，她這個二哥實在太可愛了，竟然為了她，硬逼著自己去和一直看不順眼的人結拜！他確定這是結拜，不是結仇？

「阮阮，這樁婚約妳怎麼看？妳想認下來嗎？」溫浩然的神色異常認真。「或者說，妳喜歡墨逸辰嗎？」

喜歡墨逸辰？溫阮愣了一愣，有些哭笑不得地看向溫浩然，她現在這副身子只有六歲呀，他竟然就這麼直白地問她這種事情，是不是有點不太合適啊？她可還是個寶寶呢！

還有，溫阮再次嚴重懷疑，她當初看了一本假小說！

不過溫阮也清楚，這婚約定是不能認的。沒錯，她是挺喜歡墨逸辰的，但這種喜歡只是單純身為顏值粉的喜歡，她保證絕對不摻雜任何情感因素。

當顏狗可以，把自己搭進去那可是堅決不行的！

「大哥，你們想太多了吧？我和墨逸辰根本不可能，我們之間可是差了九歲啊！」溫阮非常肯定地說道。「墨逸辰和二哥同歲，按理說也差不多到了成親的年齡，頂多再推遲個兩、三年的時間，可我才多大呀？鎮國公府那邊可等不了這麼久。所以啊，你們不用擔心，這婚事肯定會作罷的。」

聞言，溫浩輝質疑道：「可是，如果他們等得了呢？那妳豈不是就要嫁給墨逸辰？」

在溫浩輝看來，其實九歲也沒有很懸殊啊，畢竟自家妹妹這麼好，還是很值得墨逸辰等一等的。

溫阮毫不猶豫地反駁。「不可能，墨逸辰可是鎮國公府世子，還是武將，日後定要征戰沙場，刀劍無眼啊，鎮國公府肯定是希望他盡早成親，早早留下子嗣的，怎麼可能讓他等這麼久啊？再說了，大哥剛剛也說過，這樁婚事之所以拖到現在，本就是個意外，鎮國公夫人與娘親交好，因這幾年我生死未卜，他們才沒有提起解除婚約之事。可現在不同了，我平安回了侯府，那到時候兩府長輩聚在一起，找個理由把這件事解決掉就可以了啊！其實，我覺得二哥的法子就不錯，不管是二哥和墨逸辰結拜，還是鎮國公夫人認我做義女，反正只要別耽誤了人家就行。」

聽了溫阮的一番分析，溫家兄弟幡然醒悟。他們忽略了墨逸辰到了適婚年齡的問題，他是柔姨的獨子，衝著柔姨和母親的關係，他們溫甯侯府也是萬萬不能耽誤了他的。

由此看來，這樁婚約確實是不合適了。

溫浩然思考了一瞬後，說道：「阮阮說的有道理，只是，我怕柔姨會顧及與母親的情誼，不好開口提及此事。既如此，回到京都府後我同爹娘說一聲，不如就由咱們主動提及退婚之事，這樣也省得柔姨為難。」

溫阮自是沒意見，反正這樁婚約本就是陰差陽錯，由誰提，結果都一樣，說不定到時候，她還真能多個長在她審美上的義兄呢！嘖嘖嘖，整日看著有多養眼啊！

不過，這一切的前提是，墨逸辰要平平安安地從臨河縣城走出來啊！可能是出於同為炮灰的惺惺相惜之情吧，想到這兒，溫阮又忍不住為他擔心了。

此時臨河縣城內，被溫阮牽掛的墨逸辰，仍是一身束身黑衣，正襟危坐於書桌前，面前放著一堆公文，而下首是地方的官員在彙報災情。

細看之下，便能輕易發現墨逸辰眼圈下淡淡的烏青，一看就知道他肯定已好幾天沒有好好休息過了。

墨逸辰深知賑災的重要性，但凡賑災過程中稍有不慎，便有可能引起民變，釀成動亂，反生禍端。所以，自來到臨河縣城，他便馬不停蹄地展開賑災事宜，嚴格約束官員商賈，避免有人乘虛而入，乘機斂財，更親赴賑災前線發放賑災糧，替受災百姓修葺房屋。

至於溫阮那套預防瘟疫的措施，為防止下面的人陽奉陰違，墨逸辰是親力親為，力求嚴格按照瘟疫預防手冊行事，避免爆發瘟疫。

不過，這些日子的辛苦總算沒白費，賑災事宜也算告一段落了，賑災糧已發放到災民手中。

但此時卻面臨一個新的問題，水災損失了大批農作物，儘管朝廷已決定減免賦稅，但若接下來無收入，受災百姓怕是撐不了多久了，因此墨逸辰召集臨河縣上下官員來，正是為了商討此事，力求找到一個解決的法子。

「世子，按照慣例，水災後朝廷必要興修水利，屆時可以雇傭災民，這樣亦能給他們增加些收入。」一位官員站出來說道。

但另一位年長一些的官員卻反駁道：「災民數量太多，興修水利怕是請不了這麼多人。」

「那能否上報朝廷，再撥一批賑災糧呢？先幫助臨河縣城的百姓度過這段青黃不接的日子，等下一批農作物成熟就好了。」一個官員問。

陳文宇搖了搖頭。「朝廷賑災自有數額限度，此次臨河縣城已是最高限度了。」

誰也沒料到臨河縣城的災情會如此嚴重，良田屋舍皆被波及，牽扯範圍廣，損害程度大，僅安置流民及貧民的支出便所費不少。

「那若是……」

屋內眾官員展開了激烈的商討，但最終仍沒有一個可行的舉措。

隨著最後一位彙報官員的聲音落下，屋內接踵而至的便是落針可聞的靜默。

墨逸辰眉頭微皺，似乎在思索什麼，骨節分明的修長手指有節奏地敲著桌子，讓屋內眾人倍感壓抑，下首的官員更是噤若寒蟬。

其實，墨逸辰的神色自始至終沒什麼變化，但正是這種不怒自威的氣場，讓屋內眾人越發不安。就在一些官員考慮著是否說些什麼時，書房的門被人自外推開，玄青突然像一陣疾風似地衝了進來。

玄青朝墨逸辰抱拳行禮。「主子，剛剛傳來消息，下田村發生瘟疫，已有數位村民上吐下瀉後昏迷不醒！」

墨逸辰驀地起身，臉色大變，眼神冰冷地看向下首的一眾官員，斥問道：「這是誰負責的村子？」

一位官員顫巍巍地走出來，撲通跪地。「世子恕罪！下田村是下官負責的，但下官願拿性命擔保，下官真的同該村的里正下達過防疫的官文，衙役也親自到該村示範過防疫流程，只是不知為何會——」

墨逸辰沒聽他說完，徑直繞過他，邊往外走邊交代道：「傳令下去，派衙役把下田村圍住，進出村莊皆不准，違令者可就地斬殺！還有，速速去尋大夫趕去下田村。」

陳文宇在縣衙的院子裡攔住了墨逸辰。「逸辰，你這是要去哪裡？」

墨逸辰一臉平靜。「下田村。」

「你瘋了？那裡發生了瘟疫，旁人躲都來不及，你是不要命了，還要往前湊？」陳文宇驚呼出聲，死死地拉著墨逸辰的胳膊。

墨逸辰盯著陳文宇，說道：「我奉旨來賑災，出現疫情只能過去坐鎮，不然誰去？」

「隨便派個人去不就行了？其他賑災官員不都是這樣做的嗎？你沒必要讓自己身處險境！」陳文宇堅持道。

墨逸辰表情漠然，卻異常堅持。「別人我管不了，但我不能眼睜睜地看著那裡的村民被活活燒死。」

沒錯，若是墨逸辰派其他官員前往下田村，按以往的慣例，下田村的人估計要凶多吉少，最後大多是要焚燒整個村子。

但墨逸辰卻不想這樣做，至少那些沒有患上瘟疫的人不應該為此而喪命。

陳文宇終是沒有攔住墨逸辰，但他也跟著來到下田村，隨行而來的還有縣衙的衙役，大家都嚴格按照瘟疫預防手冊行事，穿上簡易的防護服，在進出村的各個路口設置路障，把瘟疫爆發區域嚴格控制了起來。

此時下田村的村長帶著村裡那些未染病的後生，站在路障內十公尺開外的地方，同墨逸辰等人說明瘟疫的情況。

原來，下田村的水源全被洪水污染了，按照縣衙下發的文書要求，他們要去隔壁村挑水供日常食用，一開始幾天還好，每家每戶都能遵守，只是日子一久，就有幾戶人家開始偷懶，直接飲用自己村裡的井水，然後便相繼出現了上吐下瀉、昏迷不醒的狀況。

這時眾人才慌了，而正巧今日是縣衙定期巡查的日子。墨逸辰當時安排衙役下到各地，本是為了怕有人隱瞞瘟疫，釀成大禍，沒想到還真被他們及時發現了。

下田村的村長看瞞不住了，便向縣衙彙報了情況。由於他們有按照之前防疫的要求，把出現病症的病人隔離了起來，這才沒讓瘟疫再擴散開來。

村子裡有讀書人，自是知道以往出現疫情後封村燒村的慣例，因此看到衙役封村後，頓時坐不住了，這才和村長一同過來看看情況。

「大人，您有帶大夫過來嗎？」村裡一個年輕後生不安地喊道。

他們都明白，若是有大夫，那說明官府還沒有放棄他們；若是沒有，估計下一步就是要焚燒整個下田村了。

墨逸辰說道：「我是此次賑災的朝廷官員，你們放心，大夫正在路上，稍後就到。」

此時，一名衙役正好帶來了一個白鬍子的老頭，好像是縣城藥館的老大夫。

「大人，城裡的大夫一聽是瘟疫都不願前來，只有這位東城醫館的李老大夫願意過來。」

聞言，墨逸辰朝著老大夫抱拳行了一禮。「有勞您了。」

老大夫連忙回禮道：「不敢當。老夫身為醫者，治病救人乃是本分。」

墨逸辰微微頷首，沒再多說什麼。隨後，老大夫被帶進村子，而村外也開始按照墨逸辰的要求，安營紮寨。

他們算是瘟疫的接觸者，自然沒辦法再回到縣城，而糧食補給和水等生活所需品，墨逸辰來之前也已安排妥當，臨河縣城那邊會每日派人把這些東西放在百公尺開外的指定地點，自有衙役會去取來。

安排妥當後，一行人回到帳篷中，只是剛走到門口，墨逸辰便突覺眼前一黑，直直地倒了下來，緊接著便傳來玄青的驚呼聲——

「主子……」

傍晚時分，溫阮兄妹幾人終於趕在城門關上前進入咸陽城。

馬車行駛在城內的大道上，溫阮在馬車裡有些坐不住了，於是便跪坐在座位上，掀起簾子往外瞧。

咸陽城不愧是府城，這繁華程度與他們一路走來的那些縣城、村落簡直大相徑庭，鱗次櫛比的屋舍、寬廣平整的大道、衣著光鮮的行人，古色古香中透著低調的奢華，溫阮眼冒星光，看得津津有味。

溫阮的反應被溫浩然盡收眼底，心裡不禁有些心疼，想妹妹堂堂溫甯侯府嫡小姐，卻自幼養在鄉野，京都府那些世家女眷習以為常的繁華，在妹妹這裡，卻是從未見過的新奇。

都說小姑娘間都愛做比較，妹妹看到咸陽城便這般反應，不知回到京都府後，看到那些名門貴女平日裡的吃穿用度和做派，會不會更羨慕呢？是不是到時候也會覺得委屈？溫浩然越想，心裡越不是滋味。

其實，這事還真是溫浩然腦補太多，不過他又哪裡知道，溫阮可不是什麼沒見過世面的鄉野丫頭，在現代裡，她什麼沒見過啊？不管是車水馬龍的摩登都市，還是大片紅磚尖頂的歐洲城堡，哪個不比這咸陽城來得美輪美奐、繽紛多樣？

歸根究柢，溫阮之所以突然對這咸陽城這麼感興趣，很大的一個原因就是，她很閒！

沒錯，就是閒的。整天坐在馬車裡，沿途不是荒郊野嶺，就是村舍農地，乍一見這咸陽城的繁華，溫阮可不就一下子來了興趣？自是要好好觀賞一番才是。

要說新奇嘛，還是有的，但這羨慕真不至於，委屈就更談不上了。

「阮阮，妳若喜歡，明日哥哥們陪妳逛逛。」溫浩然輕聲說道。

一聽能逛街，溫阮頓時來了興趣。穿過來這麼久，她都快忘了逛街是什麼感覺了。

「好啊好啊！大哥，你要準備好銀兩喔，我可不只逛逛這麼簡單呢！」

逛街怎麼可能不買東西啊？無論什麼朝代、什麼年齡的女人，購物都是天性啊！

溫浩然笑著應了下來。「放心，妳三哥有銀子。」

算起來，溫浩然雖已成家，但私房的銀錢竟還不如年幼他不少的溫浩輝豐餘。

溫浩輝打小喜歡做生意，當和他年齡相仿的世家子弟還在遛狗、逗鳥時，溫浩輝便開始琢磨著怎麼從這些紈袴子弟手中賺銀子了，比如，低價收購狗和鳥這些玩物，找人馴服調教後，當作寵物轉手高價賣給那些世家子弟，這左右手一折騰，可謂是讓溫浩輝賺了個金缽滿滿。

後來，老侯爺看他對行商感興趣，便給了他幾間侯府的私產鋪子試手，誰知才半年的時間，溫浩輝竟把這些鋪子轉虧為盈，光分成又讓溫浩輝狠狠賺了一筆。

所以，溫浩輝絕對是他們兄弟三人中銀了最多的。

「大哥說的對，妹妹，明日妳想買什麼就買什麼，千萬別給三哥省銀子，三哥賺的銀子都是給妳花的！」溫浩輝不知什麼時候騎馬來到馬車旁，連忙附和道。

溫阮眼睛一亮。「真的？三哥，你確定你的銀子都要給我花？」

溫浩輝毫不猶豫地點點頭，理所當然地回道：「當然了！妳是我妹妹，銀子不給妳花還能給誰啊？」

哇！溫阮心滿意足地拍著小手，這有人養的感覺還真是很不錯！

溫浩然和溫浩輝看到妹妹這麼開心，也均是一臉滿足之色。

因天色漸晚，道旁的人家屋內已亮起了燈火，溫家幾兄妹也未多耽擱，直接朝著咸陽城巡撫府邸趕去。

很快地，馬車便停在一座府邸前，大門口早早有人等在那裡，見到溫阮他們下了馬車，一個小廝忙迎了過來，另一個小廝則直接趕回內院稟報。

不到一盞茶的功夫，院內就稀稀落落的有了動靜，厚重的大門打開後，一群人從裡面蜂擁而出，領在前頭的是婦人裝扮的女子，手裡牽著兩個男孩，身後跟著一群丫鬟、婆子。

待走近後，早已候在馬車旁的溫家三兄弟上前行禮。「姪兒見過姑母。」

「姪女見過姑母，姑母安。」溫阮緊跟其後，俯身行了一禮。

「這一別數年，沒想到大哥的兒女竟都長這般大了。」溫嵐忙上前扶起四人，眼裡閃過淚花，然後視線一一掃過溫家幾兄妹，最後落到溫阮身上。「這就是阮阮吧？自從妳出生，姑母還未見過妳呢！」溫嵐說著便拉起溫阮的小手。

溫阮乖巧地笑著。

「昨日聽人來報，說家裡的哥兒、姐兒要過來，小姐高興得一宿沒睡好呢，今日一早便打發小廝在這兒守著，就盼著能早早地見到哥兒、姐兒。」說話的是林嬤嬤，她是溫嵐的陪嫁嬤嬤，自幼便是溫甯侯府的家僕，後來做了溫嵐的奶嬤嬤，對溫甯侯府和溫嵐自是忠心的。

「讓姑母費心了。」溫浩然微微俯身。

溫嵐搖搖頭，看著溫家幾兄妹，一臉欣慰之色。

這時，溫嵐身側的小男孩待不住了，拉著她的衣袖，一臉不開心地嘟囔道：「娘，妳是不是忘記我和哥哥了？」小男孩正是溫嵐的次子，那個比溫阮小一歲的小表弟，齊令羽。

溫嵐這才反應過來，剛剛只顧著高興了，確實忘記介紹自家兩個兒子。「令衡、令羽，快來見過你們表哥、表妹。喔，對了，令羽，阮阮年紀比你大些，你要喚她表姊。」

齊令衡畢竟比齊令羽年長幾歲，稍微穩重一些，聽到母親的話後，便俯身行了一禮。「大表哥、二表哥、三表哥好。小表妹好。」

齊令羽也跟著兄長有樣學樣。「大表哥、二表哥、三表哥好。小表姊好。」

溫家幾兄妹隨後還了一禮。

說實話，溫阮已經有三個哥哥了，再多一個表哥也沒覺得有什麼，但這個小表弟嘛，她還是挺稀罕的，特別是他抱拳行禮的樣子，憨態可掬，很是可愛。

「小姐，府裡已經備好晚膳，幾位哥兒、姐兒趕路辛苦了，先讓他們進府用膳吧？」林嬤嬤開口說道。

溫嵐一聽，自是沒有不應的道理，於是忙招呼眾人進了府。

這府邸是咸陽城巡撫的官宅，庭院不深但也不淺，分為內外院，外院是待賓宴客之用，內院是家眷居住的地方，溫家幾兄妹是親戚，自是可以跟著溫嵐進到內院。

從正門進入後，走過一長廊便繞進內院，內院裡面曲徑相通，眾人沿著石徑小路，不疾不徐地進到一幽靜院子，便是溫嵐的靜蘭苑。

溫阮暗暗地打量了一圈，不禁有些奇怪。這大戶人家不是都注重尊卑有序、規矩禮儀的講究嗎？按理說，小姑母應該住在主院，而非這偏院才是吧？雖然疑惑，但溫阮也未多問，跟著溫嵐進了院子。

來到主屋正廳後，林嬤嬤便帶著幾個丫鬟去大廚房端膳食。

溫嵐則招呼溫家幾兄妹坐下來用些茶水，稍作休息。溫家幾兄妹連著齊令衡、齊令羽依次入座，丫鬟上了茶水、點心後，便退了下去，正廳內只留下他們一家人，嘮些家常。

上首溫嵐正同溫家三兄弟聊著溫甯侯府的近況，而下面，齊令衡和齊令羽正在熱情地招呼溫阮吃點心，特別是齊令羽，小嘴巴拉巴拉的，不停地同溫阮介紹哪種糕點好吃。

突然，齊令羽不知想起了什麼，噠噠噠地跑進內室，端出了個碟子，遞到溫阮面前。「小表姊，妳吃這個綠豆糕，我特地留給妳的！這可是林嬤嬤親手做的，特別好吃，我平日裡最喜歡吃這個糕點呢！」

溫阮看著碟子內稀稀落落的幾塊糕點，又看了看吞著口水的齊令羽，不禁覺得這小團子真是太招人稀罕了，自己明明就想吃得要命，卻還要強忍著給她吃。

「表弟，咱們一起吃吧。」溫阮拿起一塊綠豆糕遞到齊令羽面前。

齊令羽有些掙扎。「可是……這是我特地留給表姊的啊……」

溫阮卻不容他拒絕，直接塞到了他肉乎乎的小手裡。「一起吃。」隨後，溫阮又拿起一塊遞給齊令衡，示意他也一起吃。

可齊令衡卻搖了搖頭，笑著說道：「表妹吃吧，我不喜吃甜食。」

齊令羽嘴裡塞滿了綠豆糕還不忘幫哥哥作證，小腦袋頻頻點著，模糊不清地說道：「鍋鍋……不稀飯吃。」

溫嵐終於注意到了他們這邊的動靜，看到齊令羽的樣子，不禁笑罵道：「你這臭小子，不是說綠豆糕要留給表姊的嗎？怎麼又吃到你嘴裡了？」

聞言，齊令羽的小臉刷地一下紅了，不好意思地躲到齊令衡的身後。

「姑母，妳別笑表弟了，是我硬逼著他吃的，不信妳問表哥。」溫阮忙幫小團子解釋。

齊令衡點了點頭，剛想替弟弟辯解兩句，卻被匆匆趕來報信的守門婆子打斷了。

「稟夫人，老爺正帶著程姨娘朝咱們院來了！」

程姨娘？溫阮扭頭看向溫浩然，不是說她小姑母夫家是沒有妾室的嗎？那這位程姨娘又是何方神聖？

在京都府，齊府的門第遠遠沒有溫甯侯府顯赫，溫嵐嫁到齊家，是屬於低嫁。

當年，溫甯侯府的長女被選為太子妃，一入皇家，便已身不由己，尤其是納妾之事，更是關係到皇家子嗣，溫甯侯府老侯爺雖不忍長女為此鬱鬱寡歡，卻也無可奈何。

於是，溫甯侯府老侯爺在小女兒及笄後，便放出消息，他們嫁女只有一個要求——四十無子才可納妾。齊府這位姑爺當時亦是應了下來，溫甯侯府這才嫁女的。

可如今溫嵐膝下有兩位嫡子，齊家這位姑爺的後院卻突然出現了個程姨娘，實在令人費解。

「林西苑那邊的人怎麼又過來了？還和爹一起，肯定又是來欺負娘的！」齊令羽的小臉上滿是氣憤，不滿地嘟囔道。

齊令羽的聲音不大，但在他身旁的溫阮卻聽得很清楚，於是微微側身低聲問齊令羽。「表弟，程姨娘是你爹的妾室嗎？」

齊令羽點點頭，一臉不喜道：「嗯，我不喜歡她，也不喜歡他們院裡的二哥和三姊。」

「二哥和三姊？」溫阮一臉冷然，語氣中帶了絲寒意。「你這二哥和三姊也是你爹的孩子？」

齊令羽覺得有些疑惑，表姊怎麼會問這麼奇怪的問題？二哥和三姊當然是爹的孩子啊！但他還是乖乖地點點頭。「我討厭他們，自從他們去年突然來到家裡後，不僅搶了娘的院子，還總是欺負我和哥哥，可是爹卻總是偏袒他們！」

去年才突然出現的？溫阮心裡隱隱有了猜測，齊令羽既然喊那位程姨娘的一對兒女為二哥、三姊，可見這兩個孩子比她這個表弟還要年長一些。

呵，溫阮心底忍不住冷笑一聲。看來她這位好姑父這一手暗渡陳倉用得是爐火純青啊，竟能瞞著她姑母和溫甯侯府在外面偷偷養了這麼久的外室！

只是，既然都選擇瞞這麼久了，又為什麼會突然挑破？而且現在竟然還要堂而皇之地帶到他們面前？溫阮不禁思索，到底是什麼原因讓他們變得這麼肆無忌憚？

溫家三兄弟也均是一臉不解地看向溫嵐。

溫嵐臉上的笑在聽到婆子彙報後便僵住了，面對自己的姪兒們，溫嵐眼神閃躲，袖子裡的手攥得發白。她是真沒有料到，齊磊明知今日她的姪兒、姪女會進府，竟還敢明目張膽地帶著程嫣雯過來，這是要公開打他們溫甯侯府的臉啊！

溫嵐心裡恨得不行，卻又無可奈何。去年中秋節那天，齊磊突然帶著程嫣雯母子三人上門，說要納這個女人進門，給兩個孩子名分，那時，溫嵐才知道，原來齊磊竟在外面養了這麼多年的外室，而他們的那個兒子竟只比令衡小一個月！

溫嵐自是不願善罷甘休，可誰知程嫣雯卻來頭不小，娘家正是那個出了位皇貴妃的新貴程家，而且她一母同胞的妹妹，竟是程家那位擅長製毒的庶女程嫣然！溫嵐這才明白，他們為何敢這般有恃無恐了。

這些年雖在外地，但京都府的局勢，溫嵐也有所耳聞，她自是知道溫甯侯府的處境，也不忍家中父母為她擔心，於是，溫嵐不得不投鼠忌器，硬生生忍下了這口氣，同意以姨娘的身分讓程嫣雯進門，進而也承認了她兩個孩子的身分。

只是溫嵐沒想到，進府後他們越來越得寸進尺，現在竟然都這麼不管不顧了。

溫家幾兄妹心裡大概有了猜測，溫浩輝有些沈不住氣，剛想開口詢問什麼，卻被溫浩然一個眼神制止住了，時機不對。院子裡明顯有了動靜，看來該來的人已經到了。

很快地，門口的簾子被丫鬟挑開，溫阮終於見到了她這位小姑父，表面瞧著儀表堂堂，一副溫文爾雅的樣子，果然還是應驗了那句話，人不可貌相啊！

跟著一同進來的還有一對母女，溫阮暗暗打量了一番，應該就是那位程姨娘和她的女兒。女人大概二十五、六歲的樣子，是個我見猶憐的美人；而她身邊的小女孩大概七、八歲的樣子，自從進屋便是一副趾高氣揚的樣子，可見平日裡沒少囂張。

幾人一進屋，齊令衡和齊令羽兩兄弟便立即圍到溫嵐身旁，一左一右站著，看著他們的眼神充滿了警戒之色。

溫浩然兄弟三人礙於齊磊是長輩，雖心有不滿，但還是俯身行了一禮。

溫阮倒是沒什麼動靜，兀自坐在椅子上，輕晃著兩條小腿，一副根本沒把幾人當回事的樣子。

程嫣雯自是注意到了溫阮，但她先是朝著溫嵐福身行禮，然後才看向溫阮的方向，故作無知地問道：「姊姊，這位是妳家姪女嗎？奇怪，按理說，她這個年齡，家裡也該教規矩了才是，怎麼卻不見她過來向長輩行禮呢？」一狀似突然意識到什麼，程嫣雯立即又一副誠惶誠恐的模樣道：「姊姊恕罪！我並不是說妳家姪女不知禮數，妳千萬別誤會妹妹呀，都是妹妹的不是！」

溫家三兄弟和溫嵐皆是氣得不輕，但溫家三兄弟礙於是外男，不好與程嫣雯爭執什麼，而溫嵐剛想發作，便又被程嫣雯直接打斷。

「老爺，你快幫雯兒跟姊姊解釋解釋，雯兒真沒有這個意思！」程嫣雯一副欲語還休的模樣，好似她受了多大委屈似的。

齊磊眼底閃過一抹心疼之色，似是安撫般地拍了拍程嫣雯的手，清了清嗓子說道：「雯兒一向不諳世事，口無遮攔慣了，夫人妳要大度一些，不要太斤斤計較。」

溫阮表面上茫然四顧地看著眾人，內心卻不停地飆髒話。臥槽！好一個清純無辜、不諳世事的盛世大白蓮啊！這顛倒黑白、自說自話的能力果然名不虛傳。

還有她這位好姑父，說他是渣男都是在誇他，背信棄義在先，寵妾滅妻在後，現在竟然還有臉說出這種話，果真是人不要臉，天下無敵！

溫阮眸光微動，瞥了眼程嫣雯的方向，嘴角勾了勾。好啊，妳給我裝白蓮是吧？那可就別怪我……灌妳一壺綠茶了！

「咦，難道妳就是阮阮的大姑母嗎？」溫阮歪頭看著程嫣雯，一副天真無邪的模樣。「可是，不對啊，哥哥明明告訴我，大姑母已經過世了。那妳是誰？為什麼要冒充我大姑母啊？」

齊磊和程嫣雯的臉色驀地一變。溫阮的大姑母是誰？那可是當今太子的生母，當今皇上的結髮妻子，已故的元后！冒充她？這可是大不敬的之罪！齊磊和程嫣雯就算是再肆無忌憚，也不敢接下這麼大一頂帽子，除非是活得不耐煩了。

溫阮可沒給他們解釋的機會，又狀似自言自語地說道：「也不對呀，妳應該不是在冒充我大姑母，不然妳應該喊我小姑母為妹妹才是，而不是姊姊呢！那妳究竟是誰啊？明明長得就比我小姑母要老很多，卻偏偏要喊她姊姊，真的很奇怪呢！」

程嫣雯臉色一僵，但還是要強顏歡笑。「阮阮，妳誤會了，我沒有要冒充誰，我是妳小姑父的姨娘。」

溫阮恍然大悟地「喔」了一聲。「姨娘不就是妾室嘛，這個我知道喔！」接著，她小臉突然一皺，不甚情願地說道：「可是，我說這位姨娘，妳好像不太懂規矩啊？我是溫甯侯府的嫡小姐，妳只是區區一個妾室，我為主，妳為僕，怎麼可以直呼我的名諱呢？」說完，溫阮再次不太贊同地看了程嫣雯一眼，然後又扭頭看向一旁的溫浩然。

「還有，大哥，你騙人！你之前不是說小姑父答應祖父不納妾的嗎，那這程姨娘是怎麼回事啊？她不就是個妾嗎？」

溫浩然先是一愣，待看到溫阮眼中一閃而過的狡黠之色，便明白了妹妹的意圖，自然不會拆她的臺。「阮阮，大哥怎麼可能騙妳呢？當時，小姑父確實答應過祖父不納妾，白紙黑字可是立了字據的。妳若不信，待回到溫甯侯府，我找祖父把字據拿給妳瞧瞧。」

「喔，不用這麼麻煩，咱們都是自家人，我相信大哥就是了。」溫阮仰著小腦袋，眼睛裡滿是對溫浩然的信任，只是不知她想到了什麼，臉色突然一變。「那這樣的話，小姑父豈不就是話本子裡那種背信棄義的小人嗎？」說完，溫阮忙往旁邊移了移，嫌棄地看了齊磊一眼。「師父交代過我，要遠小人、近君子。」

溫阮話落，緊接著便是一陣落針可聞的靜默，甚至能清楚地聽到屋內人的抽氣聲。齊磊的臉色瞬間難看到了極點，陰沈地瞪著溫阮，眼中閃過一抹怨毒的光，和他剛剛那副溫文爾雅的形象大相徑庭，毫無疑問，這才是他的本來面目。

看到齊磊變臉，溫阮的神色淡淡，似乎被瞪的人根本不是自己一般，仍一臉無辜地回瞪著齊磊，似乎為了證明自己沒說錯，她還煞有介事地點了點小腦袋。

齊磊看到溫阮的樣子，幾乎要被激怒了，突然朝溫阮所在的位置走了一步，而這時，溫家三兄弟則直接攔在溫阮身前。

溫浩然淡淡地、象徵性地訓斥了溫阮一句。「阮阮，小姑父是長輩，妳不可無禮，快道歉。」

溫阮當然知道要適可而止，齊磊畢竟還是小姑母的夫婿，她仗著年幼無知奚落了他一番，也算是先替小姑母和溫甯侯府小小出了一口惡氣，至於其他的，就不是她一個小孩該插手的了，還需要家裡的長輩們拿主意才行。

不過，做戲自然是要做全套的，溫阮故作不滿地撇了撇嘴，裝出一副不太情願，卻又礙於齊磊的長輩身分才不得不妥協的樣子。

「阮阮年幼無知，若有冒犯，還請小姑父不要同我計較，多多見諒。」溫阮微微俯身，行了一禮，算是請罪。

齊磊的臉色仍然很難看，只「哼」了一聲，沒再多說什麼，但也能看得出來他似乎在極力克制自己，畢竟，像他這種道貌岸然的偽君子，理智稍微回籠些後，還得繼續裝下去不是？

既然暫時不能再惹她這位小姑父，那溫阮自然而然就把矛頭對準了程嫣雯，沒辦法，柿子挑軟的捏是人的劣根性嘛！再說，她茶都煮好了，豈能浪費？這壺熱騰騰的綠茶，就算程嫣雯她不喝，溫阮都要給她灌下去！

「大嬸，我實在很好奇，有個問題想問問妳呢！」溫阮仍是一臉天真狀。

程嫣雯一愣，半晌才反應過來，溫阮這句田間農婦的稱呼竟是在喊她！她頓時氣得不行，但又不能發作，只能強忍著。「小姐，您請問。」

「妳是有娘親生，沒娘親養嗎？」溫阮神色淡淡，嘴角卻微微勾起。

聞言，程嫣雯一臉的不可置信，氣得胸脯起伏不停，指著溫阮，半天都說不出話來。

「好啊，這就是你們溫甯侯府教出來的好女兒！小小年紀便口出污言穢語，與那街上潑婦有何區別？」齊磊指著溫阮，口氣不善地訓斥道。

溫阮卻明知故問。「咦？你們為什麼反應這麼大？我這個問題很難嗎？」說完，溫阮似有些困擾般皺著小眉頭，小聲嘟囔了句。「不應該啊，有就有，沒有就沒有嘛，明明就很好回答。」

程嫣雯和齊磊看著溫阮一臉無知的茫然之色，瞬間有種一拳打在了棉花上的感覺。

程嫣雯身旁的齊思思一張小臉憋得通紅，快忍不住了。來之前她娘交代過她，說溫阮雖是溫甯侯府的嫡女，但其實就是個野丫頭，而她儘管只是個庶女，但在學識涵養上卻要比一個野丫頭強得多。所以，她自進門後，便極力克制自己，為的就是讓爹爹看看，她可比溫阮那個死丫頭更有大家貴女的風範，等日後回到京都府，爹爹也一定會更看重她的。

可是，溫阮竟敢這般羞辱她娘！齊思思再也控制不住自己，一個箭步衝到溫阮面前，罵道：「溫阮，妳這個野丫頭，妳才有娘生沒娘養呢！」

溫家三兄弟和齊家的兩兄弟忙上前攔住齊思思，一臉警戒之色，似乎怕她傷到溫阮。

但溫阮好像一點也不在意，歪著小腦袋，瞪大眼睛看向齊思思。「哇，妳怎麼知道？」

齊思思一愣，顯然沒料到溫阮會這麼不按常理出牌，竟硬生生地接下了她罵人的話。

「我身體不好，出生沒多久便從我娘身邊離開了，自幼跟著師父長大，所以算是有娘親生，沒娘親養吧。」溫阮點著小腦袋，煞有介事地解釋道。

原來溫阮的那句「有娘親生，沒娘親養」竟是這個意思。齊磊和程嫣雯聽到這，臉色好了很多。看來只是小兒的無知，並非有意要羞辱他們。

「不過，大嬸我和妳不一樣呢！我很快就能回到我娘身邊了，我年紀還小嘛，教一教總能變好，可是大嬸妳就不一樣了，妳都一把年紀了，怎麼還會像我這般無狀啊？真是太不應該了啊！」溫阮說著，還煞有介事地安慰道：「我也知道，這不能怪大嬸妳，主要是妳娘太不稱職了。」

看程嫣雯的臉色變得像調色盤一樣精彩，溫阮心裡那是一個樂啊！

程嫣雯顯然在努力平息怒意，似乎想要開口說些什麼扳回一局。

但這種時候，溫阮怎麼可能會給程嫣雯開口的機會？當機立斷地截了她的話。

「身為妾室，未經當家主母召喚便私自來主母的院落，自作主張是為一不該；當妾的竟敢和主母姊姊妹妹的稱呼，目無尊長是為二不該；閨閣女子竟暗地裡給人做了這麼久的外室，寡廉鮮恥則是三不該。這些都是妳實打實做出來的，我可沒冤枉妳喔！」說罷，溫阮還頗為同情地看了程嫣雯一眼。「妳自己說說吧，妳娘是不是太不稱職了？既然都要把妳送給別人家做妾了，怎麼就不好好調教調教呢？真是太不講究了，這不是禍害別人嘛！啊，妳娘不會也是給人做妾的吧？」溫阮故作驚訝狀，一副不敢置信的樣子。「老天爺啊，一家子妾呀，難道當妾也能家傳？」隨後又看了看旁邊的齊思思，似是發現什麼一般，溫阮忙瞪大眼、捂著嘴。

齊思思瞬間被激怒了，指著溫阮的鼻子罵道：「妳這是什麼眼神！說誰一家子妾呢？我外祖家是京都府的程家，我娘的姑母可是皇上的貴妃！」

溫阮插著腰，仰著小腦袋看著齊思思。「我大姑母還是皇上的皇后呢！這麼算來我也沒說錯啊，妳娘是我小姑母家的妾室，妳娘的姑母是我大姑母家的妾室，可不都是妾嘛！還有，我家是溫甯侯府，我表哥是當今太子，所以……」溫阮不屑地朝著程姨娘母女挑了挑眉。「我都還沒說什麼呢，妳們，有什麼好顯擺的？」

屋內瞬間一片寂靜，丫鬟們皆恨不得把腦袋塞進脖子裡，生怕被波及。

而屋內的主子們則神色各異，一時之間，誰都未先開口。

第六章

齊思思還是個小丫頭，手段及心智都尚未練到家，被溫阮幾句話便堵得啞口無言，只能氣得直跺腳。

程嫣雯自是不甘心，但也只能自認倒楣，都到這會兒了，如果她還沒有發現溫阮是在故意刁難，那她簡直白活了。

只是有一事，程嫣雯怎麼也想不明白，像溫嵐這種沒什麼手段的女人，竟會有這麼一個難纏的姪女？小小年紀便如此，長大了可還得了！

「妾身不才，一母同胞的妹妹正是京都府有些名氣的程家那位懂醫的女兒，程嫣然。」程嫣雯的嘴角不著痕跡地翹了翹，眼底露出隱隱得意之色。

溫阮一愣。程嫣然？程嫣雯？臥槽，這位程姨娘竟然是女主的姊姊？怪不得敢這麼橫！

不過，溫阮嗤笑一聲，這麼快就亮底牌了，可見已黔驢技窮。再說了，話都說到這個分上了，她怎麼可能慫？

「哇，那妳妹妹還挺厲害的，但這麼一比啊，大嬸，妳確實是不才了。」溫阮邊說，邊頗為一本正經地點了點頭。「不過，妳還挺有自知之明的嘛，這點不錯。」

溫阮的不按常理出牌，顯然把程嫣雯氣了個半死，但礙於身分，還有要維持平日裡在齊磊面前溫柔可人的樣子，有些話她不能說得太直白，所以，她自知今日討不了好，只能先作罷了。

但齊思思卻沒打算放過溫阮，只是她剛想開口，便被程嫣雯攔了回去。

「姊姊，妹妹身子有些不爽利，恕妹妹先行告退。」程嫣雯向溫嵐微微俯身，然後又柔情款款地看向齊磊。「老爺，雯兒胸口悶得厲害，您能先送我們娘倆回林西苑嗎？」

程嫣雯自是不會讓齊磊留在這裡的，於是偷偷朝著齊思思使了個眼色。

齊思思立即拉住齊磊的袖子撒嬌。「爹，您就送我們回去吧！您難道忘了，上次娘暈倒時差點掉進水裡的事了嗎？」

齊磊本來還有些猶豫，一聽齊思思的話，立即改了主意，說道：「你們姑姪幾人多年未見，那我就不留在這裡打擾你們敘舊了。」

說完，齊磊便和程嫣雯母女倆朝門外走去，只是臨出門前，他卻突然回頭，略有深意地看了溫阮一眼。

齊磊和程嫣雯母女離開後，屋內一時靜默無聲。齊家兩兄弟圍在溫嵐身邊，似是在無聲安慰她；而溫家幾兄妹面面相覷，他們是晚輩，長輩房裡的事，他們也不好主動提起，主要是怕這個度掌握不好，傷了溫嵐的面子。

正巧這時，林嬤嬤帶著丫鬟們端來了晚膳，溫嵐強打起笑意，招呼大家上桌吃飯。眾人落坐後，心思各異，有一搭、沒一搭地聊著，但誰也沒主動提起剛剛的事，一頓飯吃得食不知味。

晚膳後，溫浩然有意想和溫嵐聊聊，但顯然溫嵐在迴避些什麼，以他們趕了一天路太累了為藉口，讓他們先進去休息。

無法，既然溫嵐不願提起，溫家幾兄妹自然也不好逼迫她，只能先離開。

溫家三兄弟先把溫阮送回了她的院子，也沒著急離開，而是屏退丫鬟、小廝後，兄妹幾人圍坐在外廳裡，似是要商議些什麼。

溫浩然面色如常，只是細瞧著便能發現他眼底的凝重。「小姑母家的事，你們怎麼看？」

「還能怎麼看？這齊家欺人太甚！當時說好了四十無子方可納妾，可你們看，那程姨娘的女兒看著比令羽都還要大些，他們難道真當我們溫甯侯府無人了嗎？」溫浩傑忿忿不平道。

溫浩輝也是一臉氣憤之色。「就是！我看小姑母也是太好欺負了些，小姑父納妾這事她還替他們瞞著，竟然都沒有同祖父、祖母說。要不是這次恰好被我們碰到了，難道還要一直替他們瞞著不成？不過，今天還是妹妹厲害，三言兩語就把他們說的顏面盡失，要不是礙於他們是長輩，我都要拍手叫好了！」溫浩輝看著溫阮，一臉崇拜。

溫阮頗有些不好意思。「難道哥哥們不覺得我太咄咄逼人，失了大家閨秀的體統，給溫甯侯府丟人了嗎？」

「怎麼會呢？」溫浩傑和溫浩輝異口同聲地說道。

「反正別的府怎麼樣我不管，咱們溫甯侯府的女兒無論如何都不能受欺負就是了！所以阮阮，以後妳可千萬別像小姑母這般忍氣吞聲，無論遇到什麼事，都不要委屈了自己，有哥哥們給妳撐腰！」溫浩輝信誓旦旦地說道。

溫浩然也揉了揉溫阮毛茸茸的小腦袋，說道：「阮阮，大哥知道妳雖年幼，但心裡有成算，說實話，今天看到妳為小姑母出頭，大哥很欣慰。但大哥也希望妳記得，像今晚這種事情，若我和妳二哥、三哥不在場的話，妳千萬別強出頭，以免傷了自己。」

今日在靜蘭苑裡，齊磊被激怒後的反應，以及齊思思一副恨不得上手撕了溫阮的樣子，溫家三兄弟自是都看在眼裡。雖然齊磊作為長輩，應不會做出什麼出格的舉動，但齊思思就未必了，萬一兩方廝打起來，溫阮年幼一些，是會吃虧的。

看到三位哥哥眼底的擔憂之色，溫阮心裡甚是熨貼，不過，他們顯然多慮了，量力而為、審時度勢什麼的，是她一貫堅持的原則。

溫阮不知該如何同他們解釋，於是握著小拳頭，故意插科打諢道：「哥哥們，放心好了，我打架可是很厲害的，定不會吃虧喔！」

溫家三兄弟當然不會放心，只是溫阮卻沒給他們多說什麼的機會，直接把話題又轉了回來，把今晚從齊令羽那裡偷偷打聽到的消息，一股腦兒全說了出來。

「什麼?!他們竟然還有個兒子，而且居然只比令衡小了一個月！」溫浩傑驚得直接從椅子上彈了起來。

溫浩輝和溫浩然也沒比他好到哪裡去。

溫阮聳了聳肩說道：「所以啊，咱們這位小姑父，就是一個道貌岸然的偽君子。依我看，他當時根本就不是誠心要娶小姑母的，只是貪圖溫甯侯府的權勢罷了。」

「太欺負人了！明日我就親自去質問質問咱們這位小姑父！枉他還是讀書人，我倒要看看他要如何狡辯？」溫浩輝咬牙切齒地說道。

「三弟，你先別衝動，此事明日我先和小姑母談談。」溫浩然若有所思，這件事最重要的還是溫嵐的態度。

「大哥說的對。三哥，即便你去質問了咱們這位小姑父，估計也會是徒勞無功。你別忘了，這個程姨娘被藏了這麼多年，偏偏去年的時候，他們自己揭到了小姑母面前，這是為什麼啊？無非就是有所依仗了唄！」溫阮譏諷道。

溫浩傑目光憤然。「依仗？什麼依仗？不就是程家嗎？」

溫阮點點頭。「準確來說，是程家那位擅長製毒的庶女。你們可別忘了，咱們小姑父那位程姨娘，可是人家一母同胞的親姊姊。」

聞言，溫浩然面色一沈，他想的比其他人要多一些。去年中秋？不正是他身體開始抱恙的時候嗎？他們這位小姑父，卻恰好選擇在那個時候把這位程姨娘帶到小姑母面前，這究竟是巧合，還是別有隱情？

程家對溫甯侯府出手、程家與五皇子的關係，還有小姑母家的這位程姨娘，看來事情遠非他們想的這麼簡單。溫浩然覺得，他明日必須先同溫嵐面談後，再做打算。

溫阮看到溫浩然的神情，自是知道他的憂慮，遂開口安慰道：「大哥，不管你和祖父他們接下來有何打算，但你們定要記得，程家有位擅長製毒的庶女，而溫甯侯府，有我。」

昨夜，溫家幾兄妹聊得有些晚了，所以溫阮一早被丫鬟喊起來的時候，整個人還有些懵懵的，要不是丫鬟說，她小姑母在等她吃早膳，她定是要躺下來繼續睡的。

溫阮不習慣丫鬟貼身服侍，屏退丫鬟後，自己穿上衣服，洗漱一番後，這才跟著丫鬟出了院子，朝著她小姑母的靜蘭苑走去。

只是路過花園時，溫阮突然聽到前方吵吵鬧鬧的，丫鬟、小廝圍了一圈，似乎有人在此爭執。她本來不想節外生枝，正準備繞路而行，卻突然聽到人群裡傳來齊令羽的哭聲，於是忙帶著丫鬟上前查看。

待走近才發現，齊令羽不知被誰推倒在地，而齊思思和一個看著比她年長幾歲的小男孩則站在一旁，正一臉幸災樂禍地看著地上的齊令羽。

溫阮不用猜都知道，這個小男孩定是齊思思的哥哥。以大欺小、以多欺少，簡直太不要臉了！

溫阮自是不能眼睜睜看著齊令羽被欺負，連忙上前把他從地上扶起來。「表弟，你有沒有傷著哪裡？」

齊令羽看到溫阮，臉上先是一喜，然後看了眼齊思思兄妹，有些擔憂地說道：「表姊，我沒事，妳別擔心，咱們快走吧！」

「走？朝哪兒走？」齊思思徑直擋在了兩人面前。「哥哥，就是這個野丫頭，她昨天罵了娘，還罵了我，你今天一定要好好收拾他們！」

齊令羽這個小團子明明自己就怕得不行，眼眶裡的淚水還在打轉呢，但偏偏倔強地擋在了溫阮面前。

「你們要幹麼？不許欺負我表姊！」

溫阮看著齊令羽小小一團，卻義無反顧地要保護她，心裡不禁有點暖，於是，再看向齊令羽時，目光中不禁帶了些慈愛。

不過，溫阮自是不會眼睜睜地看著自己和齊令羽受欺負。她粗略地估計了下敵我實力，懸殊有點大啊，就她和齊令羽這小身板，真打起來，自然不是齊思思和她那位哥哥的對手，硬碰硬肯定是要吃虧的，看來只能智取了。

於是，溫阮突然朝著齊思思兩兄妹的身後，正經地福身行了一禮。「阮阮見過小姑父，小姑父安。」

齊思思兄妹兩人真以為齊磊來了，於是忙轉過身去行禮，可就在他們轉身之際，溫阮拉著齊令羽就跑，待齊思思兄妹兩人反應過來時，溫阮和齊令羽已經跑出去好遠了。

齊思思自然不會善罷甘休，在溫阮身後窮追猛趕，而由於溫阮和齊令羽人小腿短，兩方之間的距離逐漸被拉近，眼看就要被他們趕上了，無法，溫阮只能默默地從腰間的銀針包裡，拿出了一根成人手指長短的銀針，準備用來防身。

溫阮怎麼說也是一個成年人的靈魂，她本來不想用這般手段對付兩個孩子的，但眼看她和齊令羽的人身安全受到威脅，自然也就顧不了這麼多了。

正巧在這時，溫阮遠遠地看到齊令衡正往這邊走來，於是拉著齊令羽便朝著齊令衡跑去，邊跑邊喊道：「表哥，我和表弟在這兒呢！」

齊令衡看到兩人後，自是加快了步伐，和溫阮他們很快便碰上了，而同時，齊思思兄妹也趕了過來。

齊令衡不解地問道：「你們在做什麼？」

「哥，他們……要欺負我和表姊……」齊令羽氣喘吁吁地告狀。

溫阮也忙點頭附和道。

齊令衡立即把溫阮和齊令羽兩人擋在身後。「思思、令琪，你們不要太過分了，小心我告訴爹！」

「齊令衡，我說你是真傻還是假傻啊？爹哪次聽過你們靜蘭苑的？」齊令琪譏笑道。

「就是！就算我們待會兒把你們揍了，那最後受罰的也只會是你們！」齊思思插著腰，一臉蠻橫地說道。

溫阮一聽，不樂意了。「齊思思，妳有沒有腦子啊？最後誰會受罰我不清楚，但現在是我們人多，挨揍的也只能是你們兄妹吧？」

齊思思像是聽了什麼天大的笑話似的，指著齊令衡和齊令羽說道：「你們人多又怎麼樣？妳問問他們，他們敢動手嗎？」

溫阮聞言，忙扭頭看向齊令衡和齊令羽，當看到兩人躲閃的眼神時，頓時明白了。臥槽！太窩囊了！被欺負成這樣了竟然還不還手？這兄弟倆一看就是平日裡沒少被這樣欺負！

溫阮頓時火冒三丈，恨鐵不成鋼地說道：「齊令衡、齊令羽，你們給我聽著，你們是我溫阮嫡親的表哥和表弟，你們身上也流著溫甯侯府的血，所以，誰都不能欺負你們！」話落，溫阮便像個小炮仗似的，嗖地朝著齊令琪、齊思思兩兄妹衝了過去。

在齊令衡和齊令羽兩兄弟愣怔的當口，溫阮已經與齊思思交上了手，她借著出其不意的優勢，利用衝勁把齊思思撲倒在地，又趁著齊思思和齊令琪驚愕之際，小拳頭如雨點般落在齊思思身上。

懂醫的人自然熟知人體穴位，別看溫阮人小勁也小，但拳拳落在人身上四肢的脈絡骨縫之間，既能讓挨打的人疼痛不已，事後卻又查不出任何端倪，說白了，就是讓齊思思有苦說不出！

突如其來的痛楚讓齊思思尖叫出聲，她竭力想要掙開溫阮的束縛，但不知為何，她的四肢被溫阮鎖得死死的，根本動不了，別無他法，她只能向愣在一旁的齊令琪求救。

「哥，你還愣著幹什麼？還不快幫我把這個死丫頭拉開！」

齊令琪這才回過神來，忙蹲下身去扯壓在齊思思身上的溫阮。

可溫阮豈會如他意？趁著他彎腰之際，一腳踢上他的腹部，齊令琪直接就摔了個四腳朝天。

眾人均是一臉錯愕，沒想到溫阮這小小人兒竟這般凶狠，不僅解決了齊思思，竟還能把半大小子的齊令琪一腳踹翻在地。

在大庭廣眾之下，被溫阮這個乳臭未乾的小丫頭給踹了，齊令琪頓時惱羞成怒，又怎能輕易嚥下這口氣？於是從地上爬起身後，便目露凶光地朝著溫阮走去。

溫阮此時壓在齊思思身上，無暇分身，眼看齊令琪就要過來了，只能乾著急。

正在此時，齊令衡和齊令羽兩兄弟衝了過去，攔住了齊令琪。

齊令琪自是不依，直接推倒了齊令羽，想要繞過兩人去拽溫阮。

齊令衡當然不會袖手旁觀，於是兩人很快廝打在一起。

而齊令羽也急了，一屁股從地上坐了起來，衝向齊令琪便是一陣撕扯狂拽，小拳頭更是毫不客氣地落在他身上。

二對一，很快地，局勢便見分曉。

溫阮趁著打人的空隙，分神看了一下齊令衡他們，不由得鬆了口氣，還好她賭贏了。

以昨日對齊令衡、齊令羽兩兄弟明裡暗裡的觀察，他們確實對程姨娘母子幾人十分忌憚，但溫阮卻莫名相信，他們不會眼睜睜地看著她被欺負，於是率先挑起這場群架，目的就是不讓他們一直這麼包子下去，要學會反抗！

看到他們毫不留情地落在齊令琪身上的拳頭，溫阮放心了不少，於是便重新開始全身心投到與齊思思這場單方面的毆打中。

毫無疑問，現場一片混亂，兩方廝打中，溫阮他們占盡了優勢，齊思思和齊令琪兩兄妹被他們按在地上摩擦，整條小路上，只聽得到他們兩兄妹的哭喊求饒聲。

熊孩子打架，各方家長自是要聞訊而至的。

溫嵐和溫家三兄弟本來正在靜蘭苑等幾個孩子過來用早膳，遲遲未等到不說，派出去查看的小廝竟匆匆趕來回稟，說是他們在半道上和林西苑的兩個孩子打了起來！

這一聽還得了？溫家三兄弟一想到溫阮軟軟糯糯的小小一團，和人打架這種事定是要吃虧的，因此甚至顧不上等溫嵐，三人立即便催著小廝帶路，率先趕到了現場。

只是，事情似乎不像他們預料的那般。平日裡總是見誰都笑咪咪的妹妹，此時正壓在齊思思身上，惡狠狠地掄著小拳頭，衝著身下的人就招呼了過去，簡直可以說是殘暴！

溫家三兄弟看得目瞪口呆，三人的目光在空中接觸，同時傳達出了一個意思——原來昨日溫阮那句「我打架可是很厲害的」並非是說說而已啊！

就在溫家三兄弟愣怔之際，溫嵐帶著嬤嬤、丫鬟們也趕了過來，而與此同時，程姨娘也帶著人過來了，兩邊的丫鬟、小廝忙上前把幾位小主子拉開。

程姨娘一臉焦急地從丫鬟、小廝手裡接過齊思思和齊令琪，來來回回查看著。

齊令琪終於得了自由，掙開程姨娘，叫嚷著就要衝過去，卻被程姨娘眼疾手快地拉了回來。

齊思思狠狠地盯著溫阮，帶著哭聲喊道：「我不會放過妳的，妳給我等著！」

溫阮立在一旁，輕蔑地瞥了眼齊思思，「哼」了一聲，道：「等妳幹什麼？再來被我揍一頓嗎？」

「就是！你們這些手下敗將，有什麼好叫囂的？」齊令羽一貫都是被欺負的那一個，這次難得占一次上風，於是也學著溫阮放狠話。

齊思思和齊令琪氣得又要衝過去，卻被程嫣雯吩咐丫鬟、小廝直接攔了下來。

程嫣雯臉色難看至極，此時甚至顧不得偽裝了，一臉狠戾地道：「夫人，思思和令琪雖是庶出，但也絕不能任人欺負！此事我定會稟報老爺，自是不會這樣算了！」

說完，她便帶著一對子女離開，看架勢是去告狀無疑了。

而溫阮和齊令衡、齊令羽三個惹了禍的正主，自是也被溫嵐和溫家三兄弟帶回靜蘭苑，細細盤問。

靜蘭苑正廳內，溫嵐和溫家三兄弟坐在廳上，溫阮、齊令衡、齊令羽三個小蘿蔔頭則齊排排地立在廳內。

齊家兩兄弟還算有些闖禍後的自覺，紛紛低垂著小腦袋，做足了等待認罰的姿態；而溫阮卻倔強地昂著小腦袋，腦門上就差刻著「我沒錯」三個大字了。

「今日的事，與表哥、表弟無關，是我先動手的，他們是為護著我才打架的。不過，雖然是我先動的手，但也是齊思思他們兩兄妹逼的……」溫阮把前因後果一股腦兒地說了出來，包括他們是怎麼欺負齊令羽，又是怎麼滿園子追著要打他們，最後還沒忘了把過錯攬在自己身上，把齊令衡和齊令羽摘出去，也是十分夠義氣了。

齊令衡、齊令羽兩兄弟自然是不會讓溫阮替他們承擔打架的責任，忙紛紛把過錯攬回自己身上。

「是我沒有照顧好表妹和弟弟，帶著他們二人打架的。娘，您要罰就罰我吧。」齊令衡道。

齊令羽也不甘落後。「都是我的錯，我要是能躲著點二哥和三姊，不被他們欺負，表姊和哥哥也不會為了我打架了。」

溫阮一聽不幹了，立即拉過齊令羽，一本正經地教育道：「表弟，你不能這麼慫包，被欺負了哪有躲著的道理？這樣下次只會被欺負得更慘！我跟你說，下次再遇到這種情況，你就趁著他們倆落單的時候，叫上幫手直接用拳頭招呼他們，見一次打一次，直到把他們打服為止！還有，打架這種事也是要講技巧的，不能只拚蠻力知不知道？等改日我教教你和表哥，拳頭打在人身上的什麼位置最疼，事後又能不留下痕跡。就拿今天我打齊思思來說……」

屋內眾人一臉驚愕，看到溫阮煞費苦心地在那同齊家兩兄弟傳授她的打架經，顯然也是沒想到這打架竟還有這麼多學問。

溫嵐和溫家三兄弟均是一臉哭笑不得，而溫嵐身邊的林嬤嬤臉上卻閃過一抹欣慰之色。

聽著溫阮越說越離譜，溫浩然的眉毛不自覺地輕跳幾下。「阮阮，武力並不能解決問題，有時候反而只會招來惡果。妳且記得，今後遇事不能再這般衝動，忍一時風平浪靜，退一步海闊天空，懂不懂？」

溫阮搖了搖頭，一臉無辜地回道：「不懂呀！我只知道，忍一時越想越氣，退一步越想越虧。」

溫浩然。「……」感覺這個妹妹教不好了怎麼辦？歪理一套一套的。問題是，似乎還很有道理的樣子……

「大哥，我知道你們都在想什麼，你們不就是覺得我們今日打了齊思思兄妹兩人一頓，會為小姑母招來麻煩嗎？只是你們有沒有想過，表哥跟表弟以往肯定沒少忍吧？結果卻是既未風平浪靜，也沒有海闊天空，表弟仍然會被齊思思兄妹欺負。由此可見，一味地退讓，只會讓他們更得寸進尺而已。」溫阮語重心長地解釋道。「還有，小姑母您有沒有想過，表哥和表弟尚且年幼，若長此以往下去，您難道就不怕養成他們懦弱怕事的性子嗎？」

聞言，溫嵐一怔，顯然從未想過這個問題，她不禁看向齊令衡和齊令羽。罷了，是她這個做母親的太軟弱，總是瞻前顧後，最後受苦的還是她的孩子。不過，就算為了兩個孩子，有些事情，也是時候要好好考慮一番了。

半晌後，溫嵐看著溫阮幾人，道：「時間不早了，先讓丫鬟伺候你們重新梳洗，然後過來用早膳。」

齊令衡、齊令羽先是一愣，隨後眼裡滿是擔憂。

齊令衡有些急迫地說道：「娘，若您不罰我們，爹那裡……」

「無事，此事自有娘來擔著。再說了，錯不在你們，就算你爹想要偏袒也不能太明目張膽。放心，娘有法子應付。」溫嵐回道。

齊令衡還是不放心。「可是，娘，爹他——」

「好了，衡兒，早膳該涼了，別讓你表哥和表妹餓著。」溫嵐徑直打斷了齊令衡的話，抬了抬手，吩咐丫鬟帶他下去。

無法，齊令衡只能作罷，跟著丫鬟們去側室收拾，但他眼底的擔憂之色卻絲毫未減。

用完早膳後，溫浩然被溫嵐留在靜蘭苑，顯然有事要與他商議，而溫浩傑和溫浩輝則帶著溫阮和齊家兩兄弟出了門，準備去逛逛咸陽城。

還別說，這咸陽城白日時確實熱鬧，街道上熙來攘往，道旁小販林立。很快地，馬車便停在一間鋪子前。

「妹妹，這家祥瑞德是咸陽城有名的銀樓鋪子，旁邊還有一家布莊，待會兒也可去瞧瞧。」溫浩輝隔著馬車的簾子說道。

溫阮應了一聲，掀開簾子逕自下了馬車。

齊令衡、齊令羽兩兄弟跟著溫浩傑和溫浩輝騎馬，這會兒正好也趕了過來，幾人便一同進了銀樓鋪子。

古代飾品樣式比較單一，主要就是一些頭飾、步搖、耳環等，金銀質地偏多，當然也有玉質飾品，不過樣式就那麼幾種。溫阮看了一圈便覺得沒什麼意思，領著眾人又去了旁邊的鋪子。

就這樣，一家鋪子一家鋪子的逛下來，大半個時辰便過去了，最後眾人來到了一家茶樓歇腳。

包廂裡，溫浩輝有些鬱悶地看著溫阮。他怎麼也沒料到，逛了這麼久，溫阮竟然只給自己買了一些吃食，搞得他頓時覺得沒了用武之地。

「妹妹，妳是不是擔心三哥銀子不夠呀？逛了這麼一大圈，怎麼就只買了這些便宜的蜜餞果子？」溫浩輝悶悶不樂道。

溫阮一愣。「沒有啊，這不是還給表哥跟表弟一人買了套文房四寶嗎？還有這珍珠玉翠步搖，可是花了三哥好幾百兩銀子呢！」

溫浩輝卻不以為然。「可這珍珠玉翠步搖是要送給小姑母的，妹妹妳自己什麼衣服、首飾都沒買！」

溫阮指了指自己頭上的兩個小揪揪，無奈道：「三哥，你覺得我用得著嗎？」

「那成衣妳總可以買幾件吧？」對於溫阮沒花他銀子這事，溫浩輝相當耿耿於懷。

溫阮不禁扶額。「可那些衣服樣式我不喜歡啊！三哥，如果你真的很介意銀子沒花出去這事，要不直接把銀票給我吧？等我回到京都府，定會把它們全都花出去的！」

「好啊，就這麼說定了！這些銀票妳先收著，這次出來我帶的不多，等到了溫甯侯府我再給妳拿些，妳隨便花！」溫浩輝說著便從懷裡把銀票全拿了出來，一股腦兒地塞給了溫阮。

溫阮愣愣地看著懷裡的銀票，怎麼突然有種被土豪包養的錯覺？還有，她這三哥，擱現代絕對有霸道總裁的架勢，瞧這話說的，隨便花，一聽就很霸總啊！

盛情難卻，溫阮最後還是收下了她三哥的一番心意，這才讓他消停下來，眾人也終於有時間喝點茶、吃些點心，稍作休息。

只是，餘光瞥了眼心不在焉的齊令衡、齊令羽兩兄弟，溫阮總覺得不太對勁。自早上打完架後，他們倆似乎一直在擔心些什麼，難道是擔心他們打了齊思思兄妹，溫嵐會被齊磊刁難？

但這也恰恰正是溫阮打架的用意之一。

有時候，矛盾只有在徹底激化後，人們才會想著要去解決，否則只會琢磨著要如何去粉飾太平。但對於已入窮途之人，一步錯，步步錯，那些早已千瘡百孔的真相，又怎能輕易就被粉飾掉？而這時，往往只有徹底將它掀開重來，才能搏得一線生機。

溫阮也大概能看出些溫嵐的心思，無非就是為了兩個孩子和溫甯侯府，才一再忍讓，而溫阮就是想讓溫嵐看清楚，她的忍讓最終換來了什麼。

這一切，溫阮就是要撕開了擺在溫嵐面前，逼著她不得不面對。

溫阮曾聽過一句話，說女人要想站得穩，溫柔中就必須帶點狠。而如今看來，能讓溫嵐狠起來的人，只有齊令衡和齊令羽兩兄弟了，畢竟，為母則強。

若溫嵐自己立不起來，屆時溫甯侯府再想為她撐腰，都於事無補。

「表哥、表弟，你們覺得姑母可會喜歡這步搖嗎？」溫阮把裝著步搖的檀木盒子，在齊令衡和齊令羽面前晃了晃，試圖吸引兩人的注意力。

齊令衡只顧著沈浸在自己的思緒中，並未聽到溫阮的話。「表妹，妳說什麼？」

齊令羽比他好一些，在溫阮喚他時便已回過神來。「表姊，妳這步搖這麼漂亮，娘看了定會歡喜的。」齊令羽猶豫了一下，又問道：「可是表姊，咱們什麼時候能回府呀？咱們把林西苑的兩個給打了，我有些擔心娘。」

溫阮略一沈吟，勸道：「表弟，小姑母既然說了有法子解決，咱們應該相信她才是。」

「可是，萬一爹他又——」齊令羽還未說出口的話，被齊令衡一個眼神制止了。

「你爹怎麼了？」溫阮不解地問。

齊令衡搖搖頭。「沒什麼，我和令羽就是覺得，若爹來找人對峙，我們都不在，豈不是讓他白跑一趟？」

溫阮狐疑地看向齊令羽。

齊令羽看了齊令衡一眼，略微有些猶豫後，點了點頭。

看著兄弟兩人之間的眉眼官司，溫阮覺得有點奇怪，但也沒多想，稍作猶豫後，覺得與其繼續讓他們兩人提心吊膽，不如早早回府，讓他們安心的好。

於是，一行人收拾一番後，便開始打道回府。

林西苑內。齊磊一從府城衙門回來，在大門處便被程嫣雯安排的小廝引了過來。

「爹，您可一定要替思思和哥哥作主啊……」

齊磊剛邁進門檻，齊思思便徑直衝了過來抱住他的腿，開始一陣哭訴，當然，自是略去她自己和齊令琪的不是，添油加醋地告了一把黑狀。

當齊思思把一腔委屈訴說得差不多時，程嫣雯帶著齊令琪也迎了過來。

齊磊見到齊令琪臉上的瘀青，臉色一沈。「這都是令衡和令羽打的？」

剛剛聽齊思思哭訴時，齊磊看她似乎並無大礙，只當是小孩子間的吵鬧，並未當回事，可見到齊令琪的一臉瘀青，才知道並不是這麼回事，看樣子是真動手了。

齊令琪適時地擺出了一副委屈至極的表情。「爹，可不都是他們打的嗎？他們倆聯手欺負我一人！」

「爹，還有我，溫阮那個死丫頭打人可疼了！我這身上肯定也像哥哥一樣，都青了！」齊思思邊說邊捲起袖子，把胳膊伸到齊磊面前，想證明一下自己並未說謊。

誰知，這小胳膊上乾乾淨淨的，別說瘀青了，根本連一道印子都沒有！齊思思當場愣住，不死心地又把袖子往上擼了擼，但還是什麼也沒有。

這怎麼可能啊？齊思思明明記得，當時溫阮打她的時候，她疼得都以為胳膊要斷了，可現在竟一點事都沒有？簡直是見鬼了！

對上齊磊懷疑的目光，這種結果，齊思思顯然接受不了，張了張嘴想要辯解，可是，到這時候她卻發現，似乎任何解釋都顯得薄弱。

程嫣雯也覺得女兒太誇張了，忙把齊思思扯到身後，不讓她再添亂。

看到爹和娘都不相信她，齊思思氣得快要哭出來，但被她娘瞪了一眼後，只能硬生生地把委屈嚥回去。

「老爺，您看令琪這臉被打成這樣，明日定是無法去學堂讀書了。您說這親兄弟之間怎麼能下這種狠手？令琪雖是庶出，但也是老爺您的骨肉啊！您當時是不在場，沒看到令衡和令羽兩人壓在令琪身上的樣子，他們真是恨不得要打死令琪呀！」程嫣雯半掩著面，一臉的泫然欲泣、我見猶憐。

齊磊聽得眉心緊皺，臉色陰沈至極，恨不得當場就要發作，但僅一瞬間，似乎在思量權衡了什麼後，又改了主意。

「兄弟姊妹之間打鬧是常有之事，小孩子下手不知輕重，沒有你們想的這麼嚴重，改日我說一下令衡、令羽便是。再說了，男孩子就該皮實一些，令琪這臉也就是看著嚴重，待會兒找大夫開些藥擦擦，幾天便可消了。」

齊磊說完繞過程嫣雯母子三人，走進內室坐下後，便吩咐丫鬟上了茶，顯然沒有要去靜蘭苑討說法的打算。

其實，齊磊的考量很簡單，他就是程府和溫甯侯府兩頭都想占著。

當初他把程嫣雯抬進府，是有程嫣雯頗得他寵愛的緣故，但更多的則是考慮到程府近幾年在京都府的地位已今非昔比。還有，他爹給他來信，說宮裡的程貴妃也隱晦提過此事，這才逼著他不得不把此事給辦了。

歸根究底，齊磊就是個自私自利、唯利是圖的小人罷了。

當然，齊磊也是顧忌溫甯侯府的，所以他才會在尚未回到京都府前，便逼著溫嵐認下程嫣雯這個妾室，那屆時回到京都府，木已成舟，溫甯侯府也只能認下，不然還真能像當時字據上簽的那樣，逼他們和離不成？

就算溫甯侯府堅持要讓他們和離，以齊磊這麼多年來對溫嵐的瞭解，她為了兩個孩子，也定不會同意和離的，畢竟，齊令衡和齊令羽是他們齊家的子孫，就算他齊磊違反約定在先，按照禮法，這兩個孩子最後也只能留在齊家。

這也恰恰是齊磊當初的算計。當年立下字據時，他並未在上面刻意提出若和離後孩子的歸屬問題，也是上天助他，當他把字據遞給老侯爺時，碰巧遇到下人來報，說溫甯侯府大女兒，也就是當朝元后病重，因此老侯爺甚至連看都沒來得及看一眼就把字據收了起來，帶著眾人便匆匆離開了。

後來又接連發生了一些事情，直到溫嵐嫁到他們齊家，都未有人發現字據上的端倪。其實，這要算起來，還是齊磊當年偽裝得太好，在溫甯侯府眾人面前總是一副溫文爾雅、謙謙君子的模樣，愣是騙過了所有人。

而且，齊磊厲害就厲害在，他竟能硬生生地在溫嵐面前偽裝多年，每日兢兢業業扮演著夫妻和睦、父慈子孝，若不是他自己選擇把這層偽裝撕下來，怕是到現在溫嵐仍被蒙在鼓裡。

不過，昨日溫阮的話倒是提醒了齊磊，現如今還是太子在位，溫甯侯府的權勢雖不如從前，但也非是他們齊家可抗衡的，雖然這會兒齊家已攀上程府，但小心起見，溫甯侯府這邊尚且還不能得罪透了，畢竟日後如何，誰又能說得準呢？

所以今日，齊磊才試圖想要把撕破的偽裝再扯回來一些，這才沒有在程嫣雯母子告狀後，去找靜蘭苑的麻煩。

充當了齊磊這麼多年枕邊的解語花，程嫣雯深知他骨子裡的自私自利、虛偽冷漠，此刻又怎會不知齊磊的權衡思量？她心裡冷笑一聲。

自從被抬進府後，她拚了命地折騰，一次次拿自己和兩個孩子當賭注，陷害溫嵐母子三人，甚至把他們逼到了靜蘭苑，無非就是想著有朝一日能取而代之。如今已走到這一步，程嫣雯自是不會輕易收手。不逼走溫嵐，難道她程嫣雯還要當一輩子的妾不成？

程嫣雯雙眸微斂，眼底閃過一抹狠戾之色。今日無論如何，她都要逼得齊磊和溫甯侯府撕破臉！

「老爺，您知道的，雯兒並非不識大體之人，孩子間的打鬧本就不是什麼大事，只是姊姊今日太過分了，她竟然罵思思和令琪是野種，還說您……」程嫣雯欲言又止，一臉為難地看向齊磊。

齊磊端著茶盞的手一僵。「她說我什麼？」

程嫣雯抿了抿唇，略略遲疑了下才說：「姊姊她說，您是忘恩負義的小人，還說當年您攀了溫甯侯府的勢，如今卻這般狼心狗肺。而且，她還說……」果然如程嫣雯所料，齊磊的臉色瞬間黑了下來。嘴角不著痕跡地劃過一絲譏笑，程嫣雯繼續火上澆油。

「她還說，令衡和令羽是他們溫甯侯府的孩子，就算老爺您想管也管不了。」

鏘啷一聲，是茶盞碎裂在地的聲音，屋內驟然安靜，眾人的呼吸聲都停了。

齊磊驀地站起身，眼底閃過一抹陰鬱，嘴角的笑令人心顫。「我今日倒要看看，我齊家的孩子，我如何管不得了！」

程嫣雯低垂著視線，可眼底盡是得意之色。她在心底冷笑一聲，果然，在溫嵐和溫甯侯府面前，齊磊有多虛偽，就有多自卑。

當年他娶溫嵐，就是為了攀附權貴，在溫甯侯府的顯赫面前，他們齊家算得了什麼？這些年，若無溫甯侯府幫襯，他齊磊又怎能坐到現今這個位置？

可是，越是如此，他越是怕人提及此事，或者說，他更怕溫嵐和溫甯侯府的人提，因為這在齊磊看來，就是赤裸裸的羞辱。

「娘，母親並沒有說那些話，若是爹和她對質的話，那妳豈不是……」齊思思神色慌亂，她爹的樣子太可怕了，若是發現娘騙了他，他們豈不是就要慘了？

程嫣雯嘴角勾起，看著齊磊憤然離去的背影，笑著說道：「放心，你們的爹啊，是絕不會對質的。」

這種污蔑的招數很拙劣，但對齊磊卻百試不爽，因為他高傲的自尊心，根本不會允許他同溫嵐對質，只會找旁的藉口發作而已。

一旁的齊令琪比他妹妹要鎮定得多，臉上盡是幸災樂禍。「娘，咱們快跟過去看看啊！就爹剛剛那生氣的樣子，齊令衡和齊令羽肯定躲不過一頓打！」

程嫣雯眼裡閃過一抹精光，去自是要跟去的，不然，她又如何再添上一把火，把靜蘭苑那母子幾人徹底逼走呢？

第七章

回到齊府後，齊令衡和齊令羽兩兄弟連自己的院子都沒顧得上回，便著急忙慌地往靜蘭苑趕。

溫阮和溫浩輝、溫浩傑兩兄弟，則帶著買回來的東西先回了趟溫阮的院子，他們準備稍作收拾一番，再去溫嵐的院子請安。

他們幾人剛回到院子，正準備喝些茶水時，溫浩然掀簾走了進來。

「阮阮，今日這咸陽城逛得如何？開心嗎？」溫浩然逕自坐在溫阮旁邊，眉眼間帶著笑意，似乎心情還不錯。

看溫浩然的樣子，溫阮便知他和溫嵐談得應該很順利。「開心啊，我還買了個珍珠玉翠步搖，可漂亮了，是準備送給小姑母的！喔，對了，是三哥付的銀子呢！」

溫浩然接過丫鬟手中的茶盞，抿了一口清茶，笑了笑，未說話。

溫阮歪著小腦袋，一副「我很可愛」的小模樣，討好地問道：「大哥，你今日在小姑母那裡，有沒有見到小姑父因為我們打架的事，過去找小姑母麻煩呀？」

聞言，溫浩然抬頭瞥了眼溫阮，神色不明。「怎麼，出一趟門就知錯了？」分明早上出門前還在那據理力爭，一副拒不認錯的樣子。

「那倒沒有。」溫阮聳了聳肩，理所當然地回道：「齊思思她下次再無端招惹我們，那我還是會揍她。」

溫浩然氣樂了，小丫頭這副天不怕、地不怕的小霸王模樣，也不知道像了誰？之前祖父還總是感慨，說家裡的這些個後輩們，沒一個有他年輕時初出茅廬不怕虎的氣魄，看看，這下還真有了。

不過，今日之事雖是小孩子之間的打鬧，但也給溫浩然提了個醒，看樣子要留個人在這丫頭身邊近身保護，以防不時之需了。

前些日子，他們帶來的暗衛，有兩個被他派出去辦了些事，人手有些不足，便沒來得及往溫阮身邊放一個，正好今日他們都回來了，溫浩然便吩咐冷一，著手把這事給辦了。

溫浩然神色未變，低聲喚道：「冷一，進來。」

冷一從院子進來，身後還跟著冷七，兩人俯身屈膝行禮。

冷一回稟道：「主子，冷七向屬下自願請命，想到小姐身旁做貼身暗衛。」

溫阮一愣，手裡的點心頓時不香了。貼身暗衛？這是要保護她，還是要監督她，不讓她闖禍？「大哥，咱們整日都在一起，我看沒必要再給我安排貼身暗衛了吧？」溫阮試探道。

就見溫浩然態度很堅決，擺出一副「這事沒得商量」的架勢，無法，溫阮只能接受。

「妳覺得冷七怎麼樣？」溫浩然問道。

溫阮下意識看了眼冷七，突然被冷七眼裡的灼熱給燙到，呃……如果她沒看錯的話，冷七似乎很期待做她的暗衛？剛剛冷一也說了，冷七是自願請命，難道是被她的人格魅力所折服？溫阮暗搓搓地想。

「我覺得還不錯呀，應該挺能打的。」溫阮瞥了眼冷七，又有些猶豫地說道：「不過，齊思思畢竟也還是個孩子，讓冷七幫我打架是不是不太好？」

溫浩然忍不住扶額，他這傻妹妹還惦記著打架呢！「阮阮啊，冷七是暗衛，職責是保護妳的安全，可不是給妳找的打手。」

眾人自是都聽出了溫浩然話外的調侃之意，紛紛笑出了聲。

「喔，知道了……」溫阮不禁紅了臉，睨了溫浩然一眼，小聲抱怨道：「大哥，你別岔開話呀，我剛剛問你小姑父有沒有去找小姑母麻煩，你還沒回答我呢！」

正巧此時，侍衛從門外帶進來一個慌慌張張的小丫鬟，這個丫鬟溫阮認識，是她小姑母身邊的陪嫁丫鬟，好像叫翠竹來著。

翠竹看到溫家幾兄妹後，撲通一聲就跪了下來。「表少爺、表小姐，你們快去靜蘭苑看看吧，姑爺在小姐院裡動手了！」

動手？溫阮蹭地從椅子上站了起來，第一個反應就是齊令衡、齊令羽挨打了！

「表哥和表弟挨打了？嚴不嚴重？」溫阮小臉上滿是關切。

翠竹眼眶微紅，欲言又止了幾次，才小聲說道：「是小姐……姑爺他……打了小姐。」

臥槽！齊磊這個狗東西還家暴？枉他自詡是讀書人，竟然敢動手打女人，簡直連畜生都不如！

溫阮生平最看不上三種男人——劈腿男、鳳凰男、家暴男！齊磊倒是爭氣，一個人全給占了，真是一點也沒浪費！

前兩種男人，溫阮頂多是看不慣，只要不犯到她頭上，她大多都能睜一隻眼、閉一隻眼。可這家暴男不一樣，家暴男是全民的公敵，她見一次就撕他一次，絕不手軟！

更何況齊磊家暴的不是別人，而是她溫阮認下的親人，嫡親的小姑母，這次說破大天去，她都不可能饒了他！

「冷七，跟我去靜蘭苑，我今日非撕了這個畜生不可！」溫阮怒火中燒地喊了一嗓子，擼起袖子便衝了出去。只是，剛跑到門口，溫阮突然停了下來。「冷一、冷七，你們快先去靜蘭苑，一定要護住我小姑母，不能讓她再吃虧了！我要回去拿點東西。」

「是。」冷一、冷七抱拳領命，隨即施展輕功，朝著靜蘭苑的方向趕過去。

「大哥，我也先過去看看小姑母。」溫浩傑說完，也施展輕功，跟在冷一、冷七身後離開。

而溫阮也沒耽擱，轉身就往裡間跑去。

溫浩然本來已到了門口，看到又折回來的溫阮，問道：「妹妹，妳要拿什麼？」

溫阮沒回答，過了一會兒，才哼哧哼哧地從裡間跑出來，手裡拿著好幾個藥瓶。

「拿毒藥。」溫阮揚了揚手中的東西，眼底劃過一抹狠戾的光，冷笑一聲。「這次的事，定是少不了程嫣雯母子幾人的攛掇。他們是不是真以為只有他們程家人會製毒了？呵，姑奶奶我從小玩毒長大的！」

正好下山前，她製來防身的毒藥都還沒用上呢，今兒不介意讓他們見識見識！

靜蘭苑這邊，溫浩然前腳剛一離開，齊令衡和齊令羽兩兄弟便趕了過來，待看到溫嵐安然無恙後，兩人才稍稍安了心。

溫嵐自是沒有錯過孩子們臉上不安的神色，心裡不禁愧疚萬分，是她的優柔寡斷、瞻前顧後讓他們受苦了。溫阮那小丫頭說的沒錯，齊磊是個黑了心的，她的退讓只會令他們得寸進尺而已。

「衡兒、羽兒，你們願意跟著娘回溫甯侯府嗎？」溫嵐試探性地問道。

齊令羽面上一喜，忙拉著溫嵐的袖子問道：「娘，咱們是和表姊一起回去嗎？我願意、我願意！我喜歡表姊！」

齊令羽還是個小孩子心性，被齊思思兄妹兩人欺負了這麼久，雖然以往哥哥和娘也會護著他，但也只是把他擋在身後不被欺負，溫阮卻是唯一帶他打架的人，而且還贏了！所以，齊令羽對溫阮的崇拜之情油然而生。

溫嵐笑得很溫柔，揉了揉齊令羽的小腦袋。「嗯，和你表姊一起。」

齊令衡小眉頭微皺，看著溫嵐欲言又止。「娘，您是想要和爹……和離嗎？」

他年長一些，知道的自然比齊令羽要多，特別是爹的那位程姨娘入府後，鬧出了這麼多事。而且上次他爹醉酒後，拿鞭子打了娘後，他私下裡也聽過林嬤嬤勸娘和離，也是那時，齊令衡偷偷找人打聽和離為何物，並知道了若他娘真的和離，將意味著什麼。

溫嵐一怔，她一直知道長子心思沈一些，只是沒料到她只是剛提了一句，他便猜到了。

不過，溫嵐也沒打算瞞他。「衡兒，若娘真的打算和離，你會埋怨娘嗎？」

齊令衡猛搖頭。「衡兒不會。娘去外祖父那裡也好，至少爹就不能再打您了。」

聞言，溫嵐眼眶一酸，伸手把齊令衡、齊令羽攬進懷裡。

「只是娘，衡兒大了，日後能照顧自己，就不跟您走了。羽兒還小，您就帶他一起走吧。」

齊令衡聽人說過，和離後的女子回到娘家是拖累，都不受娘家人待見，日子過得大都不如意，若是他再跟著娘一起回去，豈不是又多了張嘴？娘到時候怕是會過得更難。雖然他心裡也很想跟著娘一起走，但是，他卻不能這樣做。

溫嵐一怔，她自是不知道齊令衡的考量，只以為他是不願離開齊府，捨不下與齊磊的父子之情，或是不願拋下齊家嫡長子的身分。但是，溫嵐也萬萬不可能把齊令衡一人放在這吃人的後宅中，若沒有她在身邊，她都不敢想齊令衡會過著什麼樣的日子。

可正當溫嵐想同齊令衡再說些什麼時，林嬤嬤一臉驚慌地進來了。

「小姐，姑爺氣沖沖地朝咱們院來了，他手裡還拿著那條執行家法的鞭子！」

溫嵐一驚，忙起身把齊令羽和齊令衡護在身後。

林嬤嬤和身邊的丫鬟也忙圍上前，護著幾位主子。

正當眾人一臉戒備地看向門口時，齊磊手持著長鞭走了進來，而他的身後自是少不了程嫣雯母子幾人，看到他們臉上幸災樂禍的神情，溫嵐主僕一行人均是恨得牙癢癢的。

「令衡、令羽，你們兩個孽障，都給我過來！是誰給你們這個膽子，竟敢殘害手足？覺得有人撐腰了是不是？別忘了，你們是我齊家子孫，今日我定要好好教訓你們不可，也讓你們長長記性，知道在這個家裡到底是誰作主！」齊磊面目猙獰，瞪向溫嵐母子三人。

齊令衡和齊令羽怕連累到溫嵐，怯懦懦地就要上前去。

溫嵐直接把兩人拽到身後，又瞥了林嬤嬤一眼。

林嬤嬤會意，拉上一個丫鬟，齊齊擋住了齊令衡、齊令羽兩兄弟。

齊磊一見溫嵐的動作，頓時怒火中燒，執著鞭子的手指向溫嵐。「妳當真以為，今日妳能攔住我教訓這兩個孽障？」

看到齊磊手裡的鞭子，溫嵐想到那晚這鞭子落在身上時的情景，下意識打了個哆嗦，但此刻卻不容她後退，溫嵐只能逼著自己不去看鞭子，壓下心底的恐懼，直接迎上齊磊的視線。「衡兒和羽兒是我的孩子，今日我就算是豁出命去也會護著他們。」溫嵐眼底閃過一絲堅毅之色。

齊磊氣急敗壞，想揮鞭子但似乎又有所顧忌，一時間進也不是、退也不是，硬生生卡在了那裡。

程嫣雯見狀，眼珠子轉了轉。「呦，姊姊，您這是什麼話啊？令衡和令羽是咱們齊家的子孫，可不是你們溫甯侯府的孩子。老爺是孩子的親爹，怎麼還教訓不得啊？」

溫嵐冷笑一聲。「從今以後，衡兒和羽兒就是我們溫甯侯府的孩子，你們誰也休想再動他們一根指頭。」

「我今日便動了，我倒要看看你們溫甯侯府能奈我何！」齊磊話落，鞭子便朝著齊令衡和齊令羽的方向抽過去，一鞭、兩鞭……屋子裡瞬間一陣混亂。

起初幾鞭子，林嬤嬤和丫鬟都替齊令衡和齊令羽擋了下來，但隨著局面越來越亂，齊令羽不小心落了單，齊磊瞅準時機，鞭子便朝著齊令羽揮了過去，就在鞭子落下的瞬間，溫嵐眼明手快，伸手把齊令羽攬進了懷中，自己硬生生接下了這一鞭。

鞭聲落下，一室寂靜，溫嵐的臉上留下了一指長的鞭痕，血肉模糊，血珠子順著溫嵐的臉落下，「啪嗒」一聲滴在地板上，聲音格外清脆。

林嬤嬤最先反應過來，「唉唷」一聲，撲到溫嵐身邊。「小姐——」

「娘！」齊令衡也掙開丫鬟，衝到了溫嵐面前。

溫嵐整個人也傻了，半晌才回過神來，連忙低頭去看懷中的齊令羽，發現他毫髮無傷時，才豁然鬆了口氣，不過，隨之而來的，便是臉頰上火辣辣的疼痛感。

溫嵐嘴角逸出一絲譏笑，直勾勾地盯著齊磊。「這下你滿意了？解氣了？」

齊磊也是一臉驚愕，他沒料會打到溫嵐的臉上，雖說之前他也用鞭子抽過溫嵐，但那晚他是借著酒勁抽她身上，且抽完鞭子後就直接離開了，根本沒去留意傷口，並不像現在當面瞧見，沒料到傷口竟會這般觸目驚心。

再說了，他今日是真的沒想打溫嵐，畢竟，溫甯侯府的人還在，他訓斥自己的孩子無可厚非，但若是被他們知道他對溫嵐動手，怕是不好收場。

齊磊剛想說些什麼，溫浩傑和冷一、冷七就走了進來。

溫浩傑看到溫嵐臉上的鞭痕，又看到齊磊手中的鞭子，頓時怒火中燒，抬腳就要上前踢他，卻被一旁的溫嵐呵斥住。

「傑兒，住手！他是長輩。」溫嵐倒不是心疼齊磊，而是不忍溫浩傑因要為她出氣而被人詬病。

溫浩傑無法，只能吩咐冷一、冷七。「大哥他們沒到之前，這門都給我堵住了！」兩人領命，冷一快速控制住了現場，冷七拔劍堵在門口，很快便形成了兩方對峙的局面。

「你們這是要幹什麼？難道要軟禁我們不成？」齊磊氣急敗壞地問。

冷一面無表情道：「小姐稍後便到，在此之前，誰也休想離開屋子半步。」

溫阮幾人匆匆趕來了靜蘭苑，可就在溫浩然一腳要邁進去前，溫阮攔住了他，神色肅然地看向他。

「大哥，我待會兒要做的事，可能在你們看來是忤逆長輩、大逆不道，但我今日必須要做。當然，你們也不要和我提什麼來日方長、秋後算帳這種大道理，無論如何，我今日都不會輕易放過他。」

溫浩然眼中掠過一絲詫異，沈默了一瞬後，道：「他是朝廷命官，不當場鬧出人命，沒有致殘、毀容，溫甯侯府都擔得住。」

溫阮似乎很滿意這個答案，點頭應了下來，然後抬腳率先進入靜蘭苑。

他們進去後，看都沒看齊磊一眼，忙朝著溫嵐幾人走過去。

「妹妹，妳快來幫姑母看看臉上的傷！」溫浩傑看到溫阮像看到救星般，忙把她拉了過來。

當看到溫嵐臉上的鞭痕時，溫阮眼底劃過一抹狠戾，在極力的忍耐下，她才勉強壓下親手撕了齊磊的衝動，而是先來到溫嵐身旁，查看她的傷口。

一道殷紅的傷口橫劃在右臉頰，還滲著血，傷口看著甚為猙獰。

「姑母，您這傷口，我要先幫您上些藥處理一下，可能會有點疼，您要忍著點。」

還好來之前，溫阮拿了一瓶金瘡藥以備不時之需，這會兒果然派上用場。

溫嵐扯了扯嘴角，衝著溫阮笑了一下，眉眼間十分溫和。「阮阮放心，姑母撐得住。」

溫阮「嗯」了一聲，爬上旁邊的凳子，保持與溫嵐平視的角度，開始處理傷口。她動作輕柔，儘量不去碰傷口，但溫嵐額間的細汗還是洩漏了她此刻的痛苦。

自進屋後，溫浩然便面色鐵青，這會兒更差了。

而溫浩輝和溫浩傑兩兄弟也好不到哪兒去，均是一臉憤恨地瞪著齊磊和程嫣雯的方向，一副恨不得上去撕了他們的樣子。

齊磊心底發寒，心虛地別開眼，不敢與溫家三兄弟對視。

而程嫣雯卻似沒事人一樣，眼底還有著一副看好戲的神情。

終於，傷口處理好了，溫阮從凳子上跳了下來，視線率先對上了眼巴巴看著自己的齊令羽，只見他眼角微紅，眼眶裡的淚水順著臉頰滑落，一看就知道他是在拚命壓抑著，才沒哭出聲來，溫阮不禁莫名的揪心。

溫阮拿出隨身的帕子，上前為他擦去臉頰上的淚水。「表弟，你是小小男子漢，可不能隨便哭喔！」

然而齊令羽卻「哇」地一聲哭了出來，哽咽道：「表姊，都怪我，娘都是為了救我才受傷的！萬一、萬一娘以後臉上要是留疤了可怎麼辦？」

溫嵐在一旁忙安慰道：「羽兒，沒關係，只要羽兒沒受傷，娘不在意這些的。」

聞言，齊令羽以為真的會留疤，這下更傷心了，哭的聲音不由得又大了幾分。

溫嵐剛想上前再安撫一下齊令羽，溫阮卻先她一步走到齊令羽面前，拉下他忙著擦眼淚的手，逼著他與自己對視。

「表弟，你信我，你娘的臉我有法子治，不會留疤的，你別哭了。表姊向你保證，好不好？」溫阮輕哄道。

聞言，齊令羽點了點小腦袋應著。

等他稍稍平靜了一些，溫阮又把金瘡藥遞了過去。「這藥你拿著，表姊交給你個任務，記得要準時盯著你娘上藥喔！」

一聽任務，齊令羽忙一臉慎重地接下了藥瓶。

溫阮順勢把齊令羽交給一旁同樣眼眶微紅的齊令衡，然後，轉身走向齊磊。

溫阮看了冷一一眼。

冷一會意，伸手奪過齊磊手中的鞭子，遞給了溫阮。

溫阮漫不經心地把玩起手中的鞭子，沈默不語，漆黑的眼睛裡沒有一絲情緒。

「再說了，這事怎麼能怪表弟呢？俗話說，冤有頭，債有主，我們的好……小姑父，您說是，或不是呢？」溫阮目光凌厲，嘴角逸出一絲冷笑。

聽到溫阮的話，程嫣雯眼裡劃過一抹奸計得逞後的得意，但她卻沒料到，今日，她自己也討不到便宜。

「還有這位程姨娘，這齣戲妳也沒少出力，心裡也定是偷著樂了半天吧？但妳又怎知，自個兒就一定能全身而退呢？」溫阮譏笑道。

程嫣雯心裡一凜。「溫小姐，您在說什麼？妾身愚鈍，不明白呢。」

「呵，好一句愚鈍啊……既然如此，那我便屈尊，替你們程家好好教教妳！」

溫阮話落，鞭子便直勾勾地甩向程嫣雯，半空中傳來清脆的鞭聲，然後，程嫣雯右臉上也多了道同溫嵐一樣的鞭痕，同樣的皮開肉綻、血肉模糊。

「啊……」程嫣雯尖叫一聲，手下意識捂住臉，不可置信地看向溫阮。

「娘！」齊令琪、齊思思兩兄妹衝到程嫣雯面前，看到程嫣雯臉上的傷口後，齊刷刷地扭頭瞪向溫阮，目光凶狠。

溫阮嗤笑一聲，果然是鞭子抽在誰身上誰疼啊，剛剛這一群人可不是這表情。既然這麼喜歡看戲，她便把他們也拉到這戲臺子上，看個痛快！

「放肆！這就是你們溫甯侯府的規矩？竟敢當著長輩的面動粗！」

齊磊面色陰沈，看著溫浩然，疾言厲色道。他的用意很明顯，企圖讓溫浩然出面阻止溫阮。

不過顯然要讓齊磊失望了，溫浩然自始至終，連一個眼神都懶得給他。

溫阮神色依然淡淡的，嘴角卻不禁勾起一絲譏笑。「我們溫甯侯府的規矩，也沒有府裡姑奶奶被人打了卻不討說法的道理。」

齊磊一僵，很是心虛，只是他仍未死心，又看向溫嵐。「溫嵐，孩子年幼，意氣用事，不知此事的後果，難道妳也不懂嗎？」

溫嵐聞言，有些猶豫，只是她剛想說些什麼，卻被溫浩然直接攔住了。

「姑母且放心，姪兒心裡有分寸，今日這事便交給姪兒們處理吧。」看到溫嵐仍然有些掙扎，溫浩然又低聲在她耳邊說了些什麼。

只見溫嵐略一思考，似還是有些擔心。「可阮阮年紀畢竟還小，這事……」

「姑母，阮阮的性子我瞭解，此時她正在氣頭上，若不讓她出了這口氣，怕是不會消停的。您放心，凡事有我這個當大哥的替她擔著呢。」說到這兒，溫浩然又補了一句。「就像您和父親一樣，若是父親知曉您受了這麼大的委屈，怕是也不會善罷甘休的。此時父親不在，那我們為人子女的，自是應為他分擔才是。」

聞言，溫嵐一愣，心底不禁泛起一絲苦澀。是啊，她自幼便與大哥親近，大哥待她也一向極好，可大哥若是知曉此事，怕是痛心之餘，也會怨她不爭吧？

溫浩然話已說到這個分上，溫嵐索性就由他們去了，遂衝著他微微頷首後，拉著齊令衡、齊令羽兩兄弟退到了後邊。

「有分寸？這就是你們溫甯侯府的分寸？真是好規矩，竟然讓一個六、七歲的小兒出頭，看樣子府裡的男丁果真是沒有可用的人了！」程嫣雯這邊挨了一鞭子，自是不甘心的，於是陰森森地譏諷道。

溫浩然抬頭，目光一冷。「妳是個什麼東西？我們溫甯侯府如何，還輪不到妳多嘴！」

都什麼時候了，竟還用這麼拙劣的挑撥離間之計。溫阮瞥了程嫣雯一眼，覺得之前真是高看她了，果真是上不了檯面的東西。

「程姨娘啊，我勸妳省省吧，真以為所有人都這麼……」溫阮用下巴指了指齊磊。「有眼無珠嗎？」

溫阮話中的譏諷，齊磊又怎會聽不出來？不禁氣極。「溫阮，妳不要太過分！」

「別急啊，小姑父，相信你也和你這位好姨娘一樣，定是不解為何今日我三個哥哥都在，卻偏偏要由我為姑母出頭吧？」溫阮轉身指了指站在她身後的溫家三兄弟，鏗鏘有力地說道：「看到沒？這就是溫甯侯府姑奶奶的底氣！不管何時，也不論是否出閣，溫甯侯府和府裡的兄弟，都自會無條件地站在她身後！所以，小姑父，你這鞭子落在我姑母身上時，就應該料到，我們定會加倍的還給你！」溫阮揚了揚手裡的鞭子，意思不言而喻。「還有你們……」溫阮又掃了眼程嫣雯母子幾人。「不如就趁著今兒這個黃道吉日，有冤報冤、有仇報仇，順便把你們也收拾了？」

齊磊眼裡閃過一抹慌張，此刻他確實拿不準溫阮的脾性，但還是強裝鎮定道：「我是妳長輩，妳這是大不敬，妳豈敢？」

「沒錯，忤逆尊長，會被天下人所不齒，就算你們溫甯侯府隻手遮天，我就不信了，我們沒有說理的地方了！」程嫣雯咬牙切齒地威脅道。

溫阮心裡冷笑一聲，都這時候了，他們竟然還想和她玩「道德」綁架是不是？但他們似乎忘了一點，只要她沒有道德，那誰都休想綁架得了她！

再說了，他們也配當她的長輩？真是太拿自己當回事了！

「你們，真以為我不敢？」溫阮故意拖長尾音，鞭子還適時在空中甩了一圈，直接威懾了眾人。

看到溫阮這般囂張，程嫣雯氣急，咬牙切齒地放狠話。「你們這樣對我，我們程家是不會放過你們的！」

溫阮挑了挑肩，一副油鹽不進的樣子。「喔？巧了不是，我們正好也沒打算放過你們程家。」

溫阮一副不慌不忙的樣子，但她身後的溫浩傑卻有些待不住了，低聲嘟囔道：「大哥，妹妹幹麼和他們說這麼多廢話啊？直接吩咐人上鞭子抽不就得了？」

溫浩然聞言，瞥了溫浩傑一眼，這個二弟果然是一根筋，看來回到京都府後要督促他再熟讀些兵書才行，畢竟以後他若從軍，可不能只有功夫好，這兵法之道也得要十分精通。

「二弟，兵法有道，上兵伐謀，攻心為上。」溫浩然不疾不徐道。

攻心？沒錯，溫阮確是此意。她雖不知什麼兵法，但她的目的就是從精神上和心理上瓦解對方。

一是，她想再探一探對方的底，看看有沒有什麼他們還不知道的底牌？二是，乾淨俐落地甩鞭子，豈不便宜了他們？這就像見血封喉的毒藥和慢慢折磨人致死的毒藥的區別，這種過程上的折磨，往往比結果更重要。

溫浩傑恍然大悟，一臉震驚地看向溫阮，沒想到妹妹小小年紀還懂兵法，真厲害！

齊磊在官場上也混了些年頭，也算是個有手段的，這會兒自是也看清了局勢，看樣子今日若沒有個合理的說辭，怕是無法善了，於是試探性地問道：「幾位賢姪、賢姪女，今日之事，你們可否容姑父解釋一二？」

呦，合著他們這位小姑父也是個能屈能伸的主啊？溫阮倒是有些意外。

對上齊磊殷切、略帶些討好的目光，溫浩然仍是剛剛那副甩手掌櫃的作派。「今日之事，我說了全由阮阮作主，自然是作數的。」

齊磊又看向溫阮。

聽一聽又何妨？溫阮聳聳肩，做出了個「請便」的姿勢。

齊磊略一沈思，說道：「今日我過來本是要教訓孩子，常言道，子不教，父之過，令衡和令羽是我齊家子孫，我自是要嚴厲些，這也不為過吧？至於傷了你們姑母，純屬意料之外的事，她是替令羽擋鞭子才誤傷的。」

誤傷？那和家暴還是有很大區別的。溫阮扭頭看向溫嵐。

溫嵐頓了頓，點頭。

「再說了，我與你們姑母夫妻多年，怎麼會下如此毒手？」齊磊看到溫阮的臉色有所緩和，遂又補了這一句。他也是料定了溫嵐愛面子，自不會主動在晚輩面前提起他上次動手打她的事，這才敢這般顛倒黑白。

但他顯然忘了，此時在場的人並非只有溫嵐一人知曉此事。

「爹，你撒謊！上次那個壞女人攛掇爹，爹就用這鞭子打了娘，還把娘趕到了這靜蘭苑來，娘現在胳膊上還有很多道疤痕呢！」齊令羽握著小拳頭，怒氣沖沖地喊道。

這竟然不是齊磊第一次動手打溫嵐?!

「你這個畜生！」溫阮突然面色森寒地怒喝，「啪」的一聲，鞭子劃破空氣，甩到了齊磊身上。

齊磊挨了鞭子，臉色蒼白，他自知今日躲不過去了，於是目露凶狠，陰惻惻地說：「我齊磊發誓，就算拚上我後半輩子的仕途，也要親自去告御狀！屆時，也讓全天下的人看看，溫甯侯府的後輩是怎樣的目無尊長！」說完，齊磊又看向溫阮身後的溫家三兄弟。「你們真以為讓這個小丫頭出手，你們幾兄弟就能擺脫干係了？休想！我若一口咬定你們，看看你們日後如何為官，又如何自處！」

「呦，小姑父，你可別想冤枉我們啊！是我家祖父母聽說了你做的荒唐事，這才派了身邊親信之人來給你一些教訓，好讓你早日迷途知返，不要一錯再錯才是！是吧，冷一？」只見溫阮突然把鞭子遞給冷一，一臉無辜地說道。

古人為官者，最注重的是名聲，溫阮之所以敢這般明目張膽地發作，自是留了後手，她是不會給齊磊魚死網破後反咬他們一口的機會的。

冷一先是一愣，隨後很快反應過來。「是。屬下是老侯爺身邊的近衛，此次奉老侯爺之命，前來勸導姑爺一二。」

齊磊一愣，這臭丫頭竟然連後路都想好了！若此事說是他那岳丈所指示的，再加上他也確實有錯在先，屆時說破天去，他也討不了好。

「你以為你們說什麼就是什麼了？妳先前的所作所為，可還有這麼多雙眼睛看著呢！」齊磊越說越憤怒，眼裡似淬了毒般瞪著溫阮。

溫阮指著院子裡那些被冷七制伏在地的齊府侍衛，譏諷道：「你說的這麼多雙眼睛是指他們嗎？勸你還是別費這個心思了，你的人能為你證明，那我們的人也可以為我們作證啊！這年頭，誰身邊還沒點人呢？而且，我們還可以反過來說，這是你為自己背信棄義找的推託之詞，故意倒打一耙，想誣陷我們溫甯侯府呢！畢竟，背信棄義的人什麼事情做不出來啊？」溫阮悠悠地說道。

「妳——」齊磊顯然被溫阮顛倒是非的能力氣得不輕。

這就叫做，無賴還要無賴來治啊！

齊磊還在做最後的掙扎。「妳就不怕得罪程貴妃、得罪程家嗎？」

聽到齊磊提程家，溫阮笑了，看樣子齊磊是黔驢技窮了，這麼快就把底牌攤了出來。不過，這齊家已經暗地裡投了程家的事，也算是被親口證實了。

「小姑父，要說你天真好呢，還是說你蠢好呢？我們溫甯侯府即便什麼都不做，難道他們程家就會放過我們嗎？既然要魚死網破，那被動挨打倒不如主動出擊來得自在。」

聞言，溫浩然一愣，有些意外地看向溫阮，沒料到妹妹的想法竟和祖父不謀而合。

溫阮自然沒錯過溫浩然臉上的那抹驚訝之色，遂不解地問道：「大哥，怎麼了嗎？」

溫浩然搖搖頭，眼裡閃過一絲笑意。「沒什麼，就是覺得阮阮很聰明，此言甚是有理。」

溫阮一怔，呃……怎麼突然就誇上了呢？搞得她還怪不好意思的。

不過，溫阮突然想起一事。「喔，對了，你們程家之前對我大哥投毒的事，小姑父和這位程姨娘，怕也是有所耳聞吧？」說完，溫阮看到兩人一臉「妳怎麼知道」的表情，心裡頓時有了數，不管兩人有沒有參與，但肯定是知曉此事的。

溫阮也沒料到，她就這麼隨便輕輕一炸，這消息竟還真被她給炸出來了，看來之前的攻心策略似乎還滿成功的。

「浩然，他們程家竟敢給你下毒?!」溫嵐很震驚，忙上前拉著溫浩然查看，一臉驚慌失措。

程浩然忙安撫溫嵐。「姑母放心，浩然已無事，此事稍後再跟您解釋。」

聽到溫浩然無事，溫嵐這才放下心來，但同時也徹底冷了心。沒想到齊磊竟然這麼喪心病狂，同程家蛇鼠一窩，還對溫甯侯府的人下這種毒手！

溫嵐突然覺得自己好沒用，相處了多年的枕邊人，竟是個這麼狼心狗肺的東西，而她居然毫無所覺，還差點害死自己的親人。

就在溫嵐沈浸在自己的思緒中時，溫阮卻徑直從懷裡拿出一個藥瓶，握在手裡把玩著。

「大哥，不都說來而不往非禮也嗎？既然他們程家敢對大哥你下毒，那咱們今日便還給他們，你覺得如何？」溫阮歪著頭看向溫浩然，言笑晏晏地詢問道。

溫浩然神色如常地說：「我覺得，尚可。」

「你、你們要幹什麼？」程嫣雯張目結舌，盯著溫阮手裡的藥瓶，面露恐懼。

溫阮甜甜一笑，道：「不幹什麼呀，就是給妳和我小姑父餵點毒而已。不過，你們放心，我這毒是慢性的，不會馬上要了你們的命喔！只是呢，有一點不好，毒未解前，每隔七日便會毒發一次，那疼起來蝕骨穿心啊，可遭罪了呢！」說到這兒，溫阮一臉玩味地看著程嫣雯。「你們程家下的毒，我們給解了，而我的毒，妳程姨娘不妨猜猜，妳的那位好妹妹究竟解不解得了呢？」話落，溫阮給冷一使了個眼色。

冷一頷首，接過藥瓶，順手倒出兩粒藥丸，分別掰開齊磊和程嫣雯的嘴，在兩人的極力掙扎下，藥丸還是被強行餵了下去。

兩人得了自由後，忙去摳嗓子，但顯然是在做無用功，因為除了酸水之外，毫無意外，什麼都沒吐出來。

這味毒藥是溫阮在鬼手神醫留下的一本書上看到的，此時把這毒給程嫣雯餵下，除了想懲治她外，溫阮也想順便試探試探程嫣然毒術上的造詣究竟有多深？

溫阮覺得，照目前的局勢分析，回到京都府後，她想要避開男女主的願望大抵要落空了，那到時候免不了要交手的，知己知彼，百戰不殆的道理，溫阮懂。

至於為什麼要給齊磊餵這毒藥呢？其實沒別的，純粹就是看不慣他，想讓他承受毒發時蝕骨穿心的痛苦而已。

齊磊如同毒蛇一般瞪著溫家兄妹，咬牙切齒地問道：「你們究竟給我吃了什麼？快把解藥給我！」

而正在這時，溫嵐終於從思緒中回過神來，突然目光堅定地看向齊磊。「齊磊，我要同你和離，衡兒和羽兒我也會帶走。」

齊磊先是一愣，隨後竟不管不顧地大笑了起來，瞪著溫嵐說道：「妳休想！」

相比於齊磊，溫嵐卻顯得格外平靜。「這可由不得你。齊磊，別忘了，當年可是簽了字據的，如今是你先違背了當初的約定。」

齊磊似乎破罐子破摔了。「沒錯，我是違背了約定，但我勸你們回去好好看清楚字據的內容！和離可以，兩個孩子妳卻帶不走，他們只能是我們齊家的子孫！」

「你什麼意思？」溫嵐皺眉問道。

齊磊皮笑肉不笑地回道：「什麼意思？溫嵐啊，要怪就怪你們溫甯侯府的人自己不謹慎，夫妻多年，今日我便教妳個道理，這字據啊，要麼不要立，要立就要立得滴水不漏！」

聞言，溫浩然若有所思。

其他人也一臉凝重之色，隱隱猜出好像是那紙字據有什麼問題，卻又不能確定是哪裡出了問題。

溫嵐剛想再追問，溫浩然卻衝著她搖了搖頭。「姑母，此事不急，等回到京都侯府，找祖父拿到字據後，咱們再商議不遲。」

事情原委尚且不明，溫浩然知道，此時同齊磊說再多也是無用，反正和離之事也不能急於一時，怎麼樣也要家裡的長輩出面才是。

只是，溫浩然瞥了齊磊一眼，冷笑一聲。他也太小看溫甯侯府了，若他們想要孩子，有的是手段讓齊家人自己主動把孩子送過來。

溫阮也懶得再陪他們這群人廢話了，直接對冷一吩咐道：「動手吧。你是習武之人，自己把握好分寸。」餵毒歸餵毒，但溫嵐挨了鞭子的帳自然也還是要算的，一碼歸一碼，誰也別想賴帳！

冷一點頭應下，手持鞭子直接走向幾人。

溫阮餘光瞥到齊思思和齊令琪瑟瑟發抖，一臉的驚恐之色，顯然已被嚇傻了，於是嘆了口氣，抬手讓丫鬟把他們兩兄妹從程嫣雯身邊拉走了。

她雖不是什麼好人，但自認還沒這麼禽獸。平日裡對上，教訓一下沒什麼，但甩鞭子這種事，她還沒辦法面不改色地對著兩個孩子下此毒手。

畢竟，齊思思和齊令琪雖然長歪了，但暫時還沒做出什麼傷天害理的事，他們之間的恩怨，頂多只能算是小孩子間的矛盾，而且上午他們打了兩人一頓，也算是還清了吧。

「姑母，我陪您回房休息，這種場面著實沒什麼可看的。」溫阮說道。

聞言，溫浩然也微微頷首，表示贊同。「姑母，今日可能要辛苦您收拾一下您和兩位表弟的行李，若無意外，咱們明日便可啟程回京都府。」事已至此，他們沒有在這咸陽城待下去的必要，為防夜長夢多，他們還是盡早回到京都府的好。

溫嵐自是沒意見，喚來兩個兒子，便隨著溫阮一起出了門。

眾人也沒有留下的理由，便跟在他們身後，先後走了出去。

「溫嵐，妳給我站住！你們究竟想幹什麼……」齊磊急著想衝出去，卻被冷七一腳又踹到了地上。

冷一揚了揚手中的鞭子，正欲朝著齊磊和程嫣雯揮下時，剛走到門前的溫浩然突然回頭看向程嫣雯和齊磊，目光一冷，聲音帶著不怒自威的寒意。

「我們溫甯侯府一向低調行事，所以，外界可能會有些誤會，以至於什麼阿貓、阿狗都敢欺上門來。今日，我便明確地告訴你們，溫甯侯府不惹事，但亦不怕事，若有人主動向我們拔刀，我們亦會毫不猶豫地亮劍。從今以後，溫甯侯府不會再退半步！」

話落，溫浩然頭也不回地轉身離開。

半晌後，屋裡便接二連三地傳出了鞭子的抽打聲，隨之而來的，還有齊磊和程嫣雯撕心裂肺的痛呼和尖叫聲。

第八章

是夜，靜蘭苑內，下人在忙著打包行囊，主子們則圍在桌前，似是有事商量。

溫阮拿著下午剛製出的藥，遞到溫嵐的手中。「姑母，這個藥祛疤效果極佳，您一日敷三回，我向您保證，不出半月，您的臉就能恢復原樣。」溫嵐這場無妄之災，歸根究柢，還是與她脫不了關係，因此溫阮心裡很愧疚。「姑母，對不起，若不是我……」

溫嵐握住溫阮的小手，搖了搖頭，笑得十分溫柔。「今日之事，姑母要謝謝阮阮。妳小小年紀便想著為姑母出頭，姑母真的很開心。還有妳表哥、表弟，他們也很感激阮阮在關鍵時候挺身而出，讓他們免受欺負呢！」

「嗯嗯，沒錯，表姊很好，我可喜歡表姊了！」齊令羽依偎在溫嵐身旁，很給面子地附和道。

齊令衡也起身作揖。「令衡謝過表妹的維護之意。」

被齊令衡這般正式的道謝，溫阮忙擺了擺手。「表哥太客氣了，咱們都是一家人，這都是應該做的，你不要這麼見外呀！」

聞言，溫嵐一臉欣慰。「阮阮，姑母都聽妳大哥說了，妳習得了鬼手神醫的真傳，這樣看來，妳可是咱們溫甯侯府這一輩中最出息的孩子啊，連妳三個哥哥都要被妳用在身後了。」

聞言，溫浩然也點了點頭。「阮阮天生聰穎，我們兄弟三人確實遠遠不及。」

「對啊，妹妹可厲害了！不僅醫術好，而且做飯也好吃呢！」溫浩輝大剌剌地笑道。

「還有還有，表姊打架可厲害了呢！」齊令羽連忙舉手，一臉崇拜地補充道。

眾人聞言，哄堂大笑，紛紛戲謔地看著溫阮。

溫阮氣惱地剜了齊令羽一眼，這小傢伙怎麼哪壺不開提哪壺啊？打架厲害有什麼值得炫耀的啊！

齊令羽百思不解，他明明也是在誇表姊，可為什麼表姊要瞪他呢？

溫阮被眾人打趣得有點不好意思了，於是從椅子上跳了下來，拉著齊令羽說道：「表弟，你不是說要帶我去姑母院子裡看你養的金魚嗎？咱們現在就去吧。」

齊令羽一聽，自然沒有不應的道理。「好啊好啊！表姊，我跟妳說，那金魚長得很漂亮呢！」

溫阮跟著齊令羽來到牆角的一個大水缸前，果然看到了養在裡面的金魚，只是，溫阮一言難盡地看向齊令羽，這麼大的缸就只養兩條魚，會不會太任性了些？

「表姊，怎麼了，這魚有什麼問題嗎？」齊令羽問道。

溫阮搖了搖頭，正欲說些什麼時，突然發現了不遠處的齊令衡。齊令衡不知什麼時候也從屋裡出來了，正站在院子裡的葡萄架旁，眼簾低垂，不知在想些什麼，一副心事重重的樣子。

溫阮有些奇怪，遂扭頭問身旁的齊令羽。「表弟，表哥他怎麼了？好像悶悶不樂。」

聞言，齊令羽順著溫阮的視線，偷偷瞥了齊令衡一眼，小小聲說：「表姊，其實，哥哥他不想跟娘一起走，他想留下來。」

「為什麼？」溫阮很驚訝，她怎麼也沒料到齊令衡竟然想留在齊府。

齊令羽有些為難，似猶豫了一下，才如實說道：「表姊，哥哥說若娘和離後，我和哥哥都會成為娘的拖累，哥哥他怕跟你們一起回去，會拖累了娘。可是表姊，你們真的會嫌棄我們嗎？」他隱隱覺得哥哥說的不對，表哥跟表姊都是很好的人，怎麼可能嫌棄他們呢？

看著齊令羽仰著小腦袋，眼睛裡滿是期盼和小心翼翼的試探，溫阮心裡不禁一澀，忙伸手揉了揉他的小腦袋，安撫道：「表弟，你放心，溫甯侯府裡都是你的親人，怎麼可能會嫌棄你們？你看，我和哥哥們不是都很喜歡你們嗎？」溫阮一臉認真地說。「若你還是不放心，那表姊同你保證，回到溫甯侯府後若真有人敢欺負你們，你就告訴表姊，表姊還會像今日這般幫你們出氣，好不好？」

齊令羽雙眼亮晶晶，小臉上滿是喜色。「我就知道哥哥說的不對，表哥和表姊這般好，怎麼可能嫌棄我們啊！可是，表姊，妳能幫我去勸勸哥哥嗎？我不想讓他一個人留在這裡。」齊令羽問道。

溫阮點了點頭。「好呀，那咱們一起過去找表哥吧。」

齊令羽忙揮了揮小手，一臉心虛地說道：「我就不過去了，哥哥說過不讓我同別人講這件事，我卻告訴了表姊，哥哥待會兒定會凶我的。」

想了想，溫阮也沒有強求，吩咐丫鬟先帶齊令羽進屋，而自己則朝著齊令衡走了過去。

溫阮走近後，齊令衡很快便發現了她。「表妹，妳怎麼過來了？」

溫阮衝著齊令衡甜甜一笑，開門見山地直接問道：「表哥，你真的不想和我們一起回溫甯侯府嗎？」

齊令衡一愣，驚訝地看向溫阮。「令羽都告訴妳了？」

溫阮點點頭，沒有否認。「表哥，我的情況你也是清楚的，說實話，我沒回過溫甯侯府，若我現在同你說他們定不會嫌棄你們的，你肯定也不會相信吧？畢竟，除了哥哥們外，我也沒見過其他溫甯侯府的人，確實也沒什麼可信度。」

聽到溫阮的話，齊令衡下意識張了張嘴，想解釋些什麼，卻被溫阮抬手制止了。

「但我想同你說說，哥哥們說接我回去時，我的想法。其實，那時候我也擔心過，我不知道溫甯侯府的人好不好相處，他們會不會欺負我、看不起我啊，也猶豫過要不要回去。但你知道，是什麼讓我決定還是回去看看嗎？」

齊令衡下意識地回道：「是什麼？」

「是我的三個哥哥。」溫阮的眼睛彎成月牙，笑得很幸福。「他們對我真的很好，所以，我願意相信他們，也願意試著去相信溫甯侯府的其他人。表哥，你願意相信我和哥哥們嗎？」溫阮仰著小腦袋，眼神裡滿是期待。「跟我們去溫甯侯府吧，我和哥哥們都很喜歡你和表弟呢！」看到齊令衡的神情明顯有些動搖，溫阮再接再厲。「那表哥，我再問你，若有一天，我遇到事情了，要來你家長住，你會嫌棄我是拖累嗎？」

「當然不會！」齊令衡想都沒想就回道。「妳是我表妹，我們是血濃於水的親人，我怎麼可能嫌棄妳？」

「這就是了。表哥，你也要以己推人呢！」溫阮眨眨眼睛，繼續說道：「不知道表哥你有沒有聽過一句話，叫愚者盡信人言，智者善辨其行。所以，表哥，是好是壞，咱們親自去辨一辨如何？」

齊令衡一怔，突然反應過來溫阮話中的意思。對啊，他聽了旁人之言，便全然信了去，卻沒想要親自分辨一二。這連表妹都懂的道理，他卻只顧著鑽牛角尖了，根本就沒往這方面考慮過。想到這兒，齊令衡有些羞愧，但同時眼裡也劃過一抹堅定。

「表妹，我願意同你們一起回溫甯侯府。」

聞言，溫阮終於鬆了口氣。這勸人果然不是輕鬆活，不過萬幸，還好齊令衡被她勸動了。看著齊令衡舒展的小眉頭，溫阮的心情不禁也輕鬆了不少。

天色漸晚，溫家幾兄妹同溫嵐母子三人一起用完晚膳後，溫家兄妹幾人結伴離開。

只是，溫阮一行人剛走出靜蘭苑，便見冷一正匆匆地朝這邊趕來，身後似乎還帶著個人。

待看清來人後，溫阮心裡一滯，突然有種不好的預感。

這人是墨逸辰身邊的暗衛，玄青。

果然，玄青一看見溫阮，直接抱拳屈膝跪下。「我家主子染上了瘟疫，命懸一線，求溫小姐出手相助！」

得知墨逸辰危在旦夕，溫阮等人自是不敢耽擱，溫浩然提議，由溫浩傑和溫浩輝帶著小姑母一家，按照原定計劃，繼續返程回京都府，他則陪著溫阮一同前往臨河縣城。

但此提議一出，便遭到溫浩傑、溫浩輝和溫阮的一致反對。

溫浩傑和溫浩輝都分別表示，應該由自己陪同妹妹一起前往。

但溫阮卻幾句話，毫不留情地駁回了三人的提議。又不是去打架，去這麼多人幹麼？再說了，那裡有瘟疫，你們去了會讓我分心的。

溫家三兄弟自是不會同意，但經過溫阮一番動之以情、曉之以理，外加撒嬌耍賴後，無法，溫家三兄弟只能妥協了，最終決定由冷七陪著溫阮去臨河縣城。

幾人連夜出發，冷七和玄青輪換騎馬帶著溫阮，一路策馬疾馳，半分不敢耽擱。馬不停蹄地趕路之下，於第二日傍晚時分，順利到達臨河縣城郊外的一戶莊子。

這莊子是當地一家富戶的私產，平日時很少住，因距離下田村不遠，便被縣衙出面徵用了過來，給墨逸辰他們用。

溫阮過來時，在莊子門口接她的人竟是陳文宇，溫阮乍一見到陳文宇，愣怔了片刻，差點都沒認出來。

這位平日裡吊兒郎當、風流倜儻的勛貴公子哥兒，此時卻衣冠褶皺，乾淨俊朗的臉上長出了泛青的鬍茬，看起來頗為狼狽。

陳文宇見到溫阮時，原本暗淡無光的雙眼一下子亮了起來，他像突然見到救星般，一把抓住了溫阮的手。「溫家妹妹，妳終於來了！這下逸辰總算有救了！」
溫阮微微點頭，道：「逸辰哥哥在哪兒？我要看看他的情況。」
陳文宇連聲應下，帶著溫阮進了莊子。
這莊子占地畝數不小，莊子內景色別致，亭臺水榭一應俱全，的確不失為一個避暑休閒的好去處。
只是，溫阮此刻沒什麼心情關注這些，她滿心都在牽掛著墨逸辰的病情。
終於，陳文宇帶著溫阮來到一處院落，院子從周邊被封住了，門口有衙役專門守著，進出皆有人嚴格的把守，且有人定時在院落周圍燒些艾草，進行殺菌消毒。
看到這些，溫阮心裡頗為滿意，看來他們確實有按照她的那本瘟疫預防手冊在執行。來的路上，玄青也簡單地同她介紹了一些臨河縣城的情況，總體來說，臨河縣城的瘟疫並不嚴重，已集中控制在下田村，並沒有擴散出去，情況還算樂觀。
只是，聽玄青說，墨逸辰的病情似乎比下田村那些患上瘟疫的人都要嚴重，這點困擾了溫阮一路。他們明明已經給墨逸辰服下她所製的藥丸，應該能夠抑制住病情惡化才是，可為何卻會越來越嚴重，以至於昏迷不醒呢？
門口把守的衙役一見到陳文宇，便恭敬地給幾人放了行。
待進到院子後，為了安全起見，溫阮將其他人留在房間外，她獨自一人進了墨逸辰的屋子。

推門進去，屋內立即有一人迎了上來，此人溫阮見過，是墨逸辰身邊的暗衛之一。

「屬下玄武，拜見溫小姐。」玄武屈膝行禮。

溫阮抬了抬手，示意玄武起身。「帶我去見你們主子。」

玄武微微頷首，做了個「請」的姿勢。「主子在裡間，溫小姐請跟屬下來。」

溫阮跟在玄武身後進了裡間，屋內桌椅、床鋪擺設一應俱全，可見平時是有人在貼身照顧。

溫阮來到床邊，看到墨逸辰靜靜地躺在床上，一身白色裡衣，襯得面容越加憔悴，屋內暗淡的燭光傾斜地照在他的臉上，竟讓人覺得有幾分不真實。

這才幾日不見，他竟消瘦了這般多，原就輪廓分明的五官，此時變得更加立體，雖昏睡著，但背脊始終挺得直直的，果然不愧是行伍出身。

溫阮在玄武的協助下，坐到了床沿上，她掀起被子，小手徑直搭上了墨逸辰的手腕，開始專心給他診脈。

玄武一臉緊張地在旁看著。

溫阮診了許久，眉頭慢慢皺了起來。墨逸辰的情況，比她想的要糟糕。突然，溫阮診脈的手一頓，臉色驀地冷了下來，伸手掰開了他的嘴——舌苔呈紫黑色。

果然如此！

「之前大夫開的藥還有沒有？」溫阮冷聲問道。「藥渣也行，全拿過來，我要查看。」

玄武一頓，就算他再遲鈍，這會兒也意識到，怕是主子的藥出了問題，臉色頓時也沈了下來。「溫小姐稍等，屬下這就去拿。」

玄武動作很快，把用剩下的那副藥、藥渣，連同煎藥的藥罐子一併拿了過來，同時還帶來了大夫開的藥方子。溫阮先接過藥方子看了一眼，這方子開得中規中矩，雖對瘟疫沒什麼大作用，但也不至於使其惡化，更談不上會讓人有中毒的跡象。

沒錯，墨逸辰這病確實有蹊蹺，溫阮發現，他先前的確染上了瘟疫，而這種瘟疫是痢疾的一種，是一種腸道傳染病，能讓患者上吐下瀉，嚴重者脫水而死。

在古代，痢疾被列為最可怕的四大瘟疫之一，而此次臨河縣城水災過後，部分水源被污染了，才是此次疫情爆發的源頭。

當時溫阮聽說臨河縣城發洪水後，便懷疑此次瘟疫可能是痢疾，所以，給墨逸辰的那瓶藥正是有治療痢疾之效。

此藥是溫阮按照他們溫家祖傳的藥方子製出來的，藥效自是不用懷疑，應對瘟疫，再不濟也能抑制病情，絕不至於促使病情惡化。

剛剛診脈後溫阮也驗證了這一點，墨逸辰之前得的痢疾已痊癒，由此看來，她給的藥丸確實起了作用。從他現在的脈象來看，應是中了一種與痢疾之症極相似的毒。

既然藥方子沒問題，那問題自然就出現在藥上。溫阮從玄武拿過來的那堆東西裡一一查看，果然讓她在煎藥的藥罐子上發現了端倪，這藥罐子的蓋子應是被浸了毒的水泡過。

「玄武，先幫我把你們家主子的衣服脫了。」溫阮突然說道。

玄武一怔，滿臉震驚。這不太好吧？雖然主子和溫小姐有婚約在身，但……唉，反正就是不妥啊！

看到玄武的反應，溫阮不禁要扶額，但她面上又不能顯露出來，誰讓她還是個寶寶，啥都不應該懂呢。於是，她只能一臉無辜地說道：「怎麼了？有什麼問題嗎？逸辰哥哥中毒了，我要幫他施針，先把毒素控制住才行。」話落，溫阮又揚了揚手中的銀針包，當著玄武的面，從裡面抽出一根銀針，用實際行動證明了自己的無辜。

聞言，玄武的臉驀地一紅，知道自己想歪了，有些尷尬地問道：「那個……全部都要脫嗎？」

溫阮故作懵懂狀。「不用啊，施針只要在胸口處就可以呀！」

玄武悻悻然地「喔」了一聲，便走到床邊幫墨逸辰脫上衣，只是脫到一半，他突然想到什麼，扭頭看向溫阮。「中毒？主子不是染上瘟疫嗎？」

「這個說來話長，等稍後我再同你們解釋。」反正待會兒還要和陳文宇他們解釋，索性讓他們一起聽吧，省事。

玄武點點頭。

溫阮很快便幫墨逸辰施了針，暫時控制住毒素，接下來便要琢磨解毒的法子了。這毒她以往並未見過，還需研究研究才行。

「有筆墨紙硯嗎？我列個單子，你們盡快把上面的藥材找齊了，我要配製解藥用。」溫阮說道。

玄武回道：「您稍等。」不一會兒，玄武就從外間拿來了筆墨紙硯。

溫阮執筆，用著她那不太能上得了檯面的字，列了一份藥材單子，交給了玄武。

「對了，我要煎副藥，幫我準備一下。再幫我找隻兔子，我待會兒要用。」謹慎起見，溫阮要用那浸了毒的藥罐煎副藥出來，再給兔子餵下去，留著試藥用。

「是。」玄武抱拳行了一禮後，轉身離開房間。

房間裡只剩下溫阮一人，她本想再去查查那些藥渣，可餘光恰好瞥見床上的墨逸辰，不禁一愣，呃……玄武這傢伙貌似有點不可靠啊，竟然只管脫，不管穿！

真別說，這細看才發現，墨逸辰的身材竟這般好，寬闊結實的胸膛、線條流暢又恰到好處的腹肌，還有這精瘦的腰腹，嘖嘖嘖，這大概就是傳說中的穿衣顯瘦，脫衣有肉吧！

溫阮單手托腮，暗自欣賞了好一番後，才終於良心發現，想著要幫墨逸辰把衣服穿好。

只是，這床有點高，她要怎麼爬上去呢？溫阮不禁犯了難。

在屋子裡掃了一圈後，終於被她發現了把小木凳，於是，溫阮把小木凳搬到了床邊，踩著它，吭哧吭哧地爬上了床，跪坐在床沿邊。

溫阮一隻手支在墨逸辰身側，另一隻手費力去扯墨逸辰裡側的衣襟，試圖把衣服給他拉上。只是她人小手短，遲遲都碰不著，費了好一番力氣後，才終於抓到了衣襟的一角，豈料，那捏著衣襟的小手卻突然被人一把握住，然後，一道低沈沙啞的聲音在耳邊響起——

「妳，在做什麼？」

溫阮一愣，扭頭看向墨逸辰，呃……他這醒來的時機有點微妙啊，如果現在解釋還來得及嗎？

不過，來不來得及什麼的，也都得說點啥不是？畢竟，她真的只是想替他把衣服穿好而已啊！瞅他這問的，搞得她是在占他便宜似的，開玩笑，她也是有原則的好不好？

君子動眼不動手！

至於要說些啥呢？溫阮小腦袋裡飛速轉動著，終於琢磨好一套完美的措辭，正準備醞釀些情緒時，突然發現墨逸辰眼睛一閉，竟又暈了過去！

臥槽！溫阮懵了，這不是浪費她感情嗎？白瞎了她費盡腦汁想出來的措辭……和剛醞釀出來的情緒！

還有，這連個解釋的機會都不給，合著他醒這一下就是為了冤枉她啊？溫阮忍不住翻了個大大的白眼，賭氣般把墨逸辰的衣襟扯了過來，繼續幫他把衣服穿好，當然，還乘機摸了一把墨逸辰的腹肌！

行了，這下子總算沒白受這冤枉，也算是實至名歸了。溫阮心滿意足地跳下床，拍了拍小手，出門去找陳文宇他們。

溫阮從房間出來後，有小廝立即端來艾草盆，放在她腳邊，點燃後，進行煙薰消毒，約莫半刻鐘，溫阮才完成一系列的消毒流程，來到陳文宇等人面前。

「溫家妹妹，玄武說逸辰是中毒了，他不是染上瘟疫嗎？究竟是怎麼回事啊？」陳文宇心急如焚地問道。

溫阮嘆了口氣。「逸辰哥哥是染上了瘟疫，但也中了毒……」溫阮言簡意賅地把觀察所得對眾人講了一遍，在凶手是如何下毒的這一塊，溫阮講得尤為詳細，她希望這些線索對找出凶手能有點幫助。

「逸辰的瘟疫痊癒了，那我們能不能進去看看他？」自墨逸辰病倒後，近身照顧的只有玄武一人，陳文宇已經好些日子沒見過他了，著實有些擔心。

溫阮點點頭。「可以。不過為了安全起見，你們出來後，仍是要用艾草煙薰消毒。」

陳文宇自是沒問題，一口應了下來，便同玄青一起進入墨逸辰的屋子。

溫阮沒有跟進去，她還有其他事要做。

碰巧這時，玄武走了過來，手裡還提了隻兔子。

「溫小姐，藥材屬下已經安排人去找了，暗衛們抓了些野味，正好有隻兔子，屬下便給您先送過來。」玄武畢恭畢敬地說道。

溫阮「嗯」了一聲，道：「兔了你找個地方放著吧，先帶我去煎藥的地方。」

煎藥的地方是單獨騰出來的屋子，屋內算寬敞，也挺乾淨的。溫阮掃了一圈，頗為滿意，於是決定把這裡設為暫時的藥房，為墨逸辰研製解藥。

溫阮把藥和煎藥的罐子一併都拿到這間屋子，很快煎出了一碗濃濃的藥汁，然後按照適當比例，給兔子餵了下去。

中途，冷七幫她送來了晚膳，只是接連趕了兩天的路，溫阮著實沒什麼胃口，但因有冷七在旁盯著，她還是勉強用了些膳食。

玄武那邊動作也很快，不久，他就把所需的藥材都送了過來，還帶來了一套大夫平日製藥的工具。溫阮一看東西齊了，便要著手研製解藥。

「你們先下去休息吧，製這解藥估計要費些功夫。」一切順利的話，溫阮估摸著，怕是也要幾個時辰。

玄武有些猶豫，問道：「溫小姐，玄青說您一路顛簸，沒休息好，特意讓屬下給您準備了房間，就在主子的隔壁，您是否先休息一下？」

冷七也勸道：「小姐，過來時大公子特意交代過了，讓您注意身體。」

溫阮擺了擺手，道：「放心，我是大夫，有分寸。」

雖暫時替墨逸辰封住了毒性，但這毒溫阮從未見過，為防夜長夢多，還是得盡早研究出解藥才好，這樣睡覺也能睡得安心些。

溫阮這一忙活，便忙到了深夜，等她拿著解藥再次來到墨逸辰的房間時，看到陳文宇竟然還守在這裡，不禁有些驚訝。

許是陳文宇看出了溫阮的心思，遂開口解釋道：「玄武說妳在製解藥，我猜妳今夜定是要給逸辰服下，便想著留下來看看。」

溫阮「喔」了一聲，把手中的解藥遞給玄武。「玄武，把這解藥給逸辰哥哥餵下吧。」解藥已經在兔子身上試過了，沒有不良反應，可以給墨逸辰服用。

玄武忙接過解藥，走到墨逸辰床前，小心翼翼給他餵下。

「溫家妹妹，我聽玄青說了，妳這一路奔波辛苦，現在逸辰已服下解藥，妳便早些回去休息吧，今夜我在這兒守著便是。」陳文宇不禁有些佩服溫阮，小小年紀竟這般能吃苦，這股子韌性，怕是成年男子都很少有。

溫阮搖了搖頭，道：「不行，今夜我要守在這兒，若有什麼異常，也能隨時救治。」

墨逸辰服藥後的效果究竟如何，說實話，溫阮也沒有十足的把握，所以，還是謹慎小心些好。

聞言，陳文宇也沒辦法，只能輕聲道：「那就辛苦溫家妹妹了。」

溫阮擺了擺手，示意他不用見外，隨後便爬到旁邊的椅子上坐著，小小的人兒，正好窩成一團，側眼一看，還滿可愛的。

陳文宇拿來一塊羊絨毯子，蓋在溫阮身上。「妳要不要先睡會兒？待會兒我們喚妳。」

溫阮皺著小眉頭，想了想。「也行，那我先睡會兒，半個時辰後解藥應該就有作用了，你們記得，千萬要把我喚醒喔！」

交代完他們，溫阮果真瞇上眼，準備小憩一會兒。說不累是假的，她之前也都是強打著精神，始終繃著一根弦罷了。

半個時辰後，陳文宇過來喚溫阮。

溫阮迷迷瞪瞪地睜開眼後，微愣了片刻，才猛地緩過神來，她慌忙從椅子上跳下來，跑到床邊，踩上小木凳，伸手替墨逸辰診脈。

呼……還好，解藥起作用了，墨逸辰身體裡的毒素有減輕的跡象，溫阮衝著身後的陳文宇、玄武點了點頭。兩人面上亦是一鬆，懸著的心也稍稍放下來了些。

這會兒溫阮可不敢再睡了，藥效開始起作用，那接下來便是解毒的關鍵時刻，她要保持高度的警戒才行，以防出現任何變故。

這一守便是一宿，直到東方天際微微泛白，溫阮再次幫墨逸辰診完脈，確認毒已解後，才放下心來。

只是，當溫阮回過身，剛想告訴陳文宇這個好消息時，卻發現陳文宇不知什麼時候趴在桌子上睡著了，而玄武也不在屋裡。

溫阮想了幾秒，果斷地又重新窩回椅子裡，準備先將就著這麼睡會兒。她真的太睏了，懶得再出去找玄武帶她回房間，太折騰了！

拂曉時分，墨逸辰微微轉醒，日光由模糊到清醒後，首先進入眼簾的，便是窩在椅子上、仰著小腦袋，睡得正香的小人兒。他先是一愣，隨後似是想到了什麼，眼底閃過一抹不易察覺的輕柔。

墨逸辰緩緩起身，從床上下來，來到溫阮旁邊，見她小眉頭微微皺著，可見睡得並不是很舒服，便想把她抱到床上，這樣能睡得舒服些。

可是，墨逸辰昏睡了三天，便三天未進食，本就有些手腳無力，再加上突然彎腰俯身，抱起溫阮時，一個踉蹌，險險才穩住身子。

這一幕恰好被剛進屋的玄武看見了，忙道：「主子，我來吧！」玄武伸手就要去抱墨逸辰懷裡的溫阮。

墨逸辰微微側身，避開了。「不用。」稍緩了片刻後，他便抱著溫阮徑直走到了床邊，動作輕柔地把懷裡人兒放到床上，又伸手去扯一旁的被子給她蓋上。

正巧這時，陳文宇被窸窸窣窣的聲音吵醒，睜開眼便看到墨逸辰背對著他站在床邊，忙起身走過去。「逸辰，你醒——」

墨逸辰回眸，瞪了他一眼。

陳文宇一怔，看了眼床上的溫阮，識相地閉上嘴。

把被子給溫阮蓋好後，墨逸辰轉身看向陳文宇和玄武，低聲說道：「我們先出去。」

側間裡，墨逸辰不疾不徐地喝著粥，雖表面上看似平靜，但渾身上下卻散發著一股不怒自威的寒意，屋內的氣氛格外壓抑。

終於，一碗粥見底，墨逸辰緩緩地把碗放在一旁，然後抬眸，目光如利劍，盯向玄青。

玄青心虛地低下了頭，自他那日擅作主張去咸陽城找溫小姐時，便料到了今日，也做好了要接受處罰的準備。玄青抱拳，屈膝跪地。「屬下有罪，請主子責罰。」

墨逸辰輕輕瞥了他一眼。「說說你錯在哪裡。」

「屬下違背了主子的命令，擅自去請了溫小姐過來。」玄青道。

一旁的陳文宇忍不住為玄青說情。「逸辰，這事也不能怪玄青，你當時昏迷不醒，請來的大夫均束手無策，我們這不是沒有辦法了，只能去找溫家妹妹嘛！再說了，當時和溫家妹妹分開的時候，你可是答應了小丫頭，說若是情況危急，定會派人去尋她的，你這會兒若真罰了玄青，就不怕溫家妹妹知道後，覺得你言而無信？」

聞言，墨逸辰一怔，想到分開那日溫阮的樣子，不禁有些猶豫，若是真因此事而惹惱了小丫頭，似乎有些得不償失了。

猶豫片刻後，墨逸辰放緩了語氣，說道：「這罰先記著，回到京都府後，自己去暗衛營領。」

主子這是要放他一馬啊！玄青臉上一喜，忙應下。「屬下遵命。」

其實，墨逸辰心裡也清楚，這次若溫阮沒過來，他這條命多半是要交付在這臨河縣城了。

剛染上瘟疫時，他便服下了溫阮給他的藥丸，病情確實有所好轉，可隨後喝下大夫開的幾服藥後，墨逸辰明顯感覺到身子不對勁，恰巧這時，玄武來報，說是廚房負責煎藥的小廝不見了，他便料定事情並不單純。

這也是他堅持不讓人去找溫阮的原因，敵暗我明，他不想讓溫阮置身險境。

「失蹤的小廝，找到了嗎？」墨逸辰問玄青。

「已經找到，暗衛也審了，但他是拿人錢財辦事，關於背後主謀是誰，一無所知。」玄青想了想，又補充道：「不過，暗衛在找到小廝時，與來滅口之人交了手，發現些可疑之處……」

可能是真的累狠了，溫阮這一覺竟直接睡到了晚上，當她睜開惺忪的眼睛時，眼前一片暗黑。

屋內沒有點燈，月光穿過窗戶傾斜灑進屋內，溫阮看到窗邊影影綽綽立著一人，面朝窗外，遠遠瞧著，背影似是蒙上一層淡淡的朦朧之感，讓人著實覺得有些清冷。

「逸辰哥哥？」溫阮試探性地喚道。

窗邊的人聞聲忙轉過身。「阮阮，妳別動，我先把燈點上。」

話落，墨逸辰便快步走到桌前，拿起火摺子，點燃了油燈，屋內瞬間也亮堂了。

溫阮的視線漸漸清晰，燭火搖曳，墨逸辰的輪廓在光的映照下越發顯得清朗。

唉，可惜了，溫阮在心底默默嘆息一聲。這麼張符合她審美的臉終究是要錯付了，她也算是體會到了「君生我未生」的遺憾之意。

墨逸辰忽地轉身。「看什麼呢？」

溫阮心思百轉，面上卻嘻嘻笑著隨口回道：「看你呀！那個，我真的不可以喚你漂亮哥哥嗎？」

墨逸辰一噎，嘴角似乎有絲微不可察的抽動。「……不可以。」

「喔，好吧。」溫阮小臉上的笑驀地一收，故作失落狀，一副似要哭出來的樣子。

被唬住的墨逸辰，真以為溫阮被他惹哭了，頓時有些手足無措。「阮阮，那個……

妳別哭，其實……我……」

溫阮原本坐在床上屈著膝，把頭伏在膝蓋上，看著不知所措的墨逸辰，突然捧腹大笑。「哈哈哈……逸辰哥哥，你被我騙了吧？」

似是覺得這還不夠，小丫頭又在床上翻滾了兩圈，頭上的兩個小揪揪都被她給壓歪了。

墨逸辰一愣，終於反應過來溫阮這是在戲弄他，惱怒之餘不禁失笑，這丫頭怎麼這麼古靈精怪！

伸手把床上的小人兒提了起來，墨逸辰嘴邊不自覺地含上笑。「行了，別只顧著笑，起來用些膳食吧。」

溫阮睡了這麼久，墨逸辰不忍心喚醒她，但又怕她餓著，於是便吩咐廚房，灶上隨時溫著些食物，無論溫阮何時醒來，都可以第一時間就吃到熱呼呼的餐食。

這不提還好，一提一股子饑餓感就油然而生，溫阮道：「好，我要吃肉。」

連續好幾天沒好好吃飯了，溫阮覺得，她能吃下一頭牛！

聞言，墨逸辰眉頭微微皺了下。「妳一天未進食，腸胃弱，先吃點清淡些的吧。」說罷，便提高了些聲音，朝著窗外吩咐道：「去廚房先端些粥過來。」

「是。」玄武的聲音從窗外傳了進來。

「……」溫阮若有所思地看著墨逸辰，究竟他倆誰是大夫啊？

「怎麼了？」墨逸辰不解地問道。

溫阮搖搖頭，可憐兮兮地說：「就是想吃肉了。」她是真的很想吃肉肉啊！

墨逸辰忽地搖頭笑了。「放心，先喝點粥，待會兒吃晚膳時，自會給妳肉吃的。」

一聽有肉吃，溫阮立即滿意了，乖乖地點著小腦袋，笑得可甜了。

玄武還是一貫的高效率，很快就端來餐食。

溫阮從床上下來，便忙要跑過去，誰知半道竟被墨逸辰一把攔住。

「頭髮亂了，我幫妳理一理。」

溫阮「喔」了一聲，乖巧地站著不動，任由墨逸辰笨拙地幫她重新梳了小揪揪，然後才噠噠噠地跑向玄武，準備喝粥。

「哇，雞絲粥！」溫阮雙眼冒光，扭頭朝著玄武豎起了大拇指，誠心誠意地誇讚道：「我說想吃肉，逸辰哥哥都沒想到還有雞絲粥，你卻想到了！玄武，你真聰明啊！」

玄武不好意思地撓了撓頭，立在那裡傻樂，只是，當眼角餘光看到墨逸辰有點冷的眼神時，立即畢恭畢敬地退到一旁。

兩人之間的暗潮洶湧，溫阮絲毫沒有意識到，只見她逕自舀了一勺粥，迫不及待地送到嘴裡，然後還頗為專業地評論道：「嗯，這粥裡的雞肉不錯，調味也還可以，就是欠缺了些火候。」

溫阮吃得很香，看得一旁的墨逸辰竟有了些許餓意，遂對玄武吩咐道：「去廚房催一催晚膳，今晚早點開飯。對了，晚膳時幫我也上一碗雞絲粥。」

玄武一怔，他負責主子這麼多年的膳食，深知主子在飲食方面一向隨意，平日是廚房準備什麼，他便吃什麼，可今日，竟第一次聽他主動要求要吃些什麼。

見玄武久久沒有動作，墨逸辰抬眸瞥了他一眼。

玄武忙回過神來，應了聲「是」，便匆忙退出了屋子。

墨逸辰自是知道玄武為何如此異常，其實他自己也有些意外，見小丫頭吃得這般香，竟也生出想要嚐一嚐的想法。

溫阮碗裡的粥很快便見了底，雖有些意猶未盡，但一想到還要吃晚膳，便止住了再要一碗的衝動。她放下碗，也終於想起了身為醫者的責任，比如給病患進行複診什麼的。

「逸辰哥哥，你過來，我再幫你診下脈，看看你恢復得如何了。」溫阮拍了拍旁邊的桌子，示意墨逸辰把手放上來。

墨逸辰自是配合，走到溫阮身旁坐下，按照指示將手腕放在桌面上，然後看著她的小手搭上他的脈搏，神色從容地診起了脈。

半晌，溫阮頗為滿意地點點小腦袋。「毒已經解除，瘟疫也好了，大功告成！」

如今看來，墨逸辰成功地逃過這一劫，應該是不會再英年早逝了。

墨逸辰輕笑著站起身，微微欠身，抱拳行了一禮。「還得多謝謝阮阮，若不是妳過來，我這次怕是要凶多吉少了。」

見墨逸辰竟這般正式道謝，溫阮忙擺了擺小手，頗為豪爽地說道：「客氣什麼呀，咱倆啥關係啊？」

溫阮話落，兩人均是一愣，氣氛有點尷尬，溫阮也是十分懊惱，明知兩人有婚約在身，她還說這麼意有所指的話，這下好了，不知道的還以為她有啥想法呢。

「那個……其實……我的意思是，咱們兩府的關係不是不錯嘛，所以……呃……不用這麼客氣。」溫阮期期艾艾，假裝自己不知婚約之事，企圖蒙混過關。

墨逸辰笑了笑，一臉溫和地問道：「婚約的事情，妳都知道了？」

哎，這下子裝不了了！溫阮暗搓搓地想。

被墨逸辰這一挑破，溫阮反倒變得坦然起來，也不遮掩了。「對啊，哥哥們都和我說了。不過，逸辰哥哥，你也不用困擾，我們都商量好了，等回到京都府，就由我們溫甯侯府出面退婚，肯定不會耽誤你的呢。」

「耽誤我什麼？」墨逸辰問。

「還能耽誤什麼呀？當然是耽誤你成親啊！」溫阮理所當然地回道，但說完又突然發現，一個六歲的孩子似乎不應該懂這些，遂又描補道：「我大哥說，我年紀太小了，不能耽誤你。雖然這些事我也不太懂，但我大哥說的，總歸不會錯。」把這一切說辭推到溫浩然身上，就顯得合理多了。

聞言，墨逸辰的雙眉微微蹙起，眼瞼輕垂，深思了片刻，似是作了什麼決定，突然抬眸看向溫阮。「阮阮，咱們能不能先別退婚？」

溫阮一愣。「可是，這會耽誤……」

「沒有耽誤。」墨逸辰斬釘截鐵地回道。「其實，我目前並未有成家的想法，現在有我們這一樁婚事在，我還能緩一緩，若是退婚了，我怕……」

溫阮明白了，墨逸辰是怕被催婚啊！這個她知道，畢竟在現代，她身邊也有朋友為了躲避家裡的催婚，各種招都使了，總歸是煩不勝煩啊！

可是，溫阮還是有些猶豫，對於她一個六歲多的寶寶來說，給人當催婚擋箭牌這種事是不是有點過分了啊？

墨逸辰看出溫阮的猶豫，遂繼續說道：「其實不用很久，只要等到七公主議親後便可。屆時，讓我娘認妳為義女，這樁婚約自然就作廢了。」

「七公主？這關七公主什麼事啊？」溫阮不解地問道。

墨逸辰頓了一下，便把七公主糾纏他之事，簡單地同溫阮說了一遍。

溫阮聽完，眼睛一亮。哇，不是說古代女子都很矜持的嗎？這七公主竟這般凶猛，墨逸辰為了避開她居然要躲出京都府？

墨逸辰盯著溫阮，問道：「阮阮，此事算逸辰哥哥欠妳個人情，好不好？」

話都說到這個分上了，溫阮覺得要是她不答應，似乎有點太不近人情了。只是，這事似乎也不是她一個人說了算的吧？

「幫你我是沒問題，但我家裡人那邊要如何解釋呀？」溫阮不禁犯了難。這種事情肯定不能說實話的，可要找個什麼藉口好呢？

墨逸辰回道：「放心，溫甯侯府那邊交給我吧，我會親自上門去解釋。」

既然墨逸辰有法子，那溫阮自然樂得輕鬆。只是，她這會兒對七公主之事還滿好奇的，八卦之心如熊熊烈火啊！

溫阮雙眼冒光地盯著墨逸辰。「那個，逸辰哥哥，其實我覺得呢，七公主似乎還不錯，你要不試著和她處處？你看啊，她多勇敢，遇到喜歡的人就主動追，把幸福掌握在自己手中的人是很厲害的喔！」

「這些話，妳都聽誰說的？」墨逸辰蹙眉，眸子裡盡是狐疑。

溫阮一頓，呃……她這一說八卦就控制不住的毛病又犯了，完了，馬甲岌岌可危啊！

「那個……翠、翠花！」溫阮急中生智。「嗯，是翠花告訴我的。以前，我師父經常帶我去山下的村子裡免費義診，翠花就住那兒！」呼！溫阮不禁在心裡為自己點讚！這麼關鍵的時刻，她竟還能虛構出一個人來做擋箭牌，她果然是個小機靈鬼呢！「逸辰哥哥，翠花說的不對嗎？」溫阮努力保持「我什麼都不懂，但我很好奇」的表情。

義診？墨逸辰半信半疑，只是好像突然想到什麼，看著溫阮問道：「她還同妳說了什麼？」

「啊？」溫阮一愣，有些不確定地問：「那個，翠花同我說過很多話，逸辰哥哥，你是指哪方面？」

墨逸辰一時也犯了難，低頭看了眼自己的衣衫，似在思考著要怎麼說比較合適。

不知為何，墨逸辰僅這一個動作，溫阮卻瞬間秒懂。她想到之前給墨逸辰穿衣服，墨逸辰中途醒了一下的事。他這是懷疑她趁他昏著時脫他衣服、占他便宜，而且還是翠花教的！

臥槽！這口大鍋哎，砸死她算了！

只是，猜到歸猜到，溫阮此時卻有苦難言啊！墨逸辰沒有直說，若她急於解釋，那豈不是給人一種不打自招的錯覺嗎？所以，她也只能裝作一副「我不知道你在說什麼」的樣子。

「怎麼了，翠花說的有什麼問題嗎？可是，她除了跟我說她喜歡村子裡的秀才哥哥外，說最多的也就是隔壁村子春妞的壞話了，這難道不能聽嗎？」溫阮仰著小腦袋，眨巴眨巴著眼睛，一臉懵懂狀。

墨逸辰看溫阮一臉茫然的樣子，突然也有些不確定了。難道是他當時看錯了，小丫頭並沒有脫他衣衫？

「沒什麼，就是那個翠花，她說的話都沒有道理。阮阮，妳把那些話都忘了吧。」墨逸辰回道。

溫阮「喔」了一聲，面上仍是那副懵懂無知的樣子，心裡卻在飛速運轉著，琢磨著怎麼轉移話題……唉，有了！

「逸辰哥哥，咱們什麼時候用晚膳呀？我沒吃飽。」溫阮捂著小肚子，委委屈屈地說道：「玄武不是去催晚膳了嘛，怎麼還不回來啊？」

墨逸辰一聽溫阮說還餓，眉頭微皺，似是也在嫌玄武慢了些。

「喔，對了，逸辰哥哥，玄武除了是暗衛，是不是平日裡還兼做你的小廝呀？」溫阮歪著頭問道。

墨逸辰不解溫阮為何會這麼問，但還是如實回道：「不是，他只是暗衛。」

溫阮拍了拍小胸脯，一臉慶幸。「那還好，若他是小廝，可就太不稱職了！逸辰哥哥你都不知道，玄武可粗心了呢，昨日我替你施針時，不是讓他幫你把上衣脫了嗎？後來他竟然都沒幫你穿上，要不是我費力幫你穿上衣服，你定是要著涼的呢！」

玄武，對不住了啊，我要洗刷冤屈就只能出賣你了！溫阮在心裡默默唸叨著。

墨逸辰一愣，原來當時溫阮是在幫他穿衣服啊！不過，想想也是，她還這麼小，能懂什麼啊？剛剛自己也真是鬼迷心竅了。

對於冤枉了溫阮的事，墨逸辰心裡還是有些愧疚的，於是便順著她的話，附和道：

「沒錯，玄武果真是太粗心了，幸好有阮阮在。」

第八章

晚膳時，溫阮終於吃到了她心心念念的肉肉。廚子手藝還不錯，溫阮吃得很歡快，惹得一旁的陳文宇連連扭頭看她。

「溫家妹妹，妳哥哥是多久沒給妳肉吃了，竟把妳饞成這樣？若溫甯侯府養不起妳這個小丫頭，不如過來給哥哥我當妹妹吧？」陳文宇調侃道。

溫阮瞪了陳文宇一眼，「哼」了一聲，又徑直咬了一口雞腿。

「你還是先管好你自己吧，我三哥可同我說過，你在京都府整日裡招貓逗狗、遊手好閒，甚是惹人嫌呢，怕是不知道哪一天你自己都要吃不上飯了吧！」溫阮無情地吐槽道。

陳文宇聞言一噎，這溫浩輝也太討厭了吧？怎麼能在背後這般編排人呢！

「再說了，就算溫甯侯府養不起我了，這不是還有逸辰哥哥嘛，我犯得著去找你啊？」

墨逸辰昨日說過，日後兩人會是義兄妹的關係，溫阮覺得若真吃不起飯了，他應該不會袖手旁觀。

「喔？那溫家妹妹的意思，是要妳逸辰哥哥養妳嘍？」陳文宇看著兩人，擠眉弄眼道：「若認真算起來，這也是應該的。」

聞言，墨逸辰抬眸，冷冷地看著陳文宇。

陳文宇臉上的笑一僵，悻悻然地閉上了嘴。

溫阮雖面上無異，心裡卻忍不住翻白眼。這陳文宇果然是個不能靠的，連一個六歲寶寶的玩笑都開，有沒有一點底線啊？溫阮決定要好好臊一臊他，於是眨了眨眼睛，一臉天真地問道：「可是，為什麼呢？逸辰哥哥養我，為什麼就是應該的呀？」她還就不信了，陳文宇他能有臉說出口！

看著溫阮一臉懵懂的樣子，陳文宇一噎，訕訕地回道：「那個……昨日妳不是救了妳逸辰哥哥嗎？救命之恩大過天，這樣算的話，不就是應該的嗎？」

溫阮「喔」了一聲，故作恍然大悟狀。「那，我也救了你一命呢，就在不久前喔！」

所以，有你這麼對待救命恩人的嗎？

「那要不，溫家妹妹，咱們認作義兄妹吧，我來養妳？」陳文宇嬉皮笑臉道。「這樣正好也能報答妳的救命之恩了。」

聞言，溫阮略嫌棄地搖了搖頭，一本正經地回道：「那不可以，你不符合我認義兄的條件。」

「喔？有哪些條件，妳不妨說來聽聽。」陳文宇順口問道。

溫阮眉眼彎彎，對著陳文宇甜甜一笑。「就一個喔，要長得好看才行！」

「……」

這小丫頭是嫌棄他長得不好看？陳文宇頓時生無可戀，枉他一向自詡是翩翩公子，風流倜儻，竟然也有淪落到被人嫌棄長相的一天！

墨逸辰旁觀著兩人之間的互動，自是看出了溫阮在故意逗弄陳文宇，嘴角不自覺地勾起。

被打擊到的陳文宇，一臉沮喪，哀怨地看了溫阮一眼後，果斷地決定轉移話題。只要他動作足夠快，就完全可以當這件事沒發生過！

「逸辰，你中毒的事查得怎麼樣了？」陳文宇突然看向墨逸辰，問道。

聞言，溫阮也抬起頭，一臉好奇地看向墨逸辰，顯然也很想知道。

墨逸辰頓了一下。「暫時還未確定，但大概有了猜測。」

「是京都府那邊？」陳文宇意有所指。

墨逸辰搖搖頭。「若未推斷錯的話，下手之人應是東臨國皇室之人。暗衛同他們的人交手時，爭鬥間從一人身上扯下一塊腰牌，是東臨國皇室影衛的信物。」

東臨國是夏祁國的鄰國，近幾十年來，兩國邊境地區一直戰火不斷，而鎮國公府所統領的西北軍，恰巧是夏祁國駐紮在兩國邊境的大軍。

墨逸辰身為鎮國公府的世子，西北軍的少帥，恐怕已經成功引起了東臨國的忌憚，這是欲除之而後快啊！

陳文宇不經意抬頭，竟看到溫阮稚嫩的小臉上一副「原來如此」的表情，不禁樂了。「溫家妹妹，妳這是什麼表情？難道還能猜出來是誰不成？」

陳文宇就那麼隨口一問，在他看來，溫阮就是個小丫頭，就算醫術再厲害，難道她還能連這種朝堂上的事也知曉？

溫阮淡淡瞥了他一眼，放下手中的筷子，氣定神閒地回道：「這有什麼難的啊？通常的受益人，就是犯人。若逸辰哥哥出事了，那東臨國誰受益最大，那個人就是凶手嘍！」

聞言，墨逸辰同陳文宇對視了一眼。

陳文宇靈光一閃。「東臨四皇子，赫連斜！」

前些日子，他們得到密報，東臨欲再次向夏祁挑起戰火，而主動請纓的人，正是東臨四皇子赫連斜。

這些年來，東臨關於儲位之爭異常激烈，而赫連斜此次正是想通過立下戰功，穩固自己在東臨的地位，從而加大自己問鼎東宮的籌碼。

而除掉墨逸辰，便是大大動搖了西北軍的軍心，又剷除了一位強而有力的對手，這對赫連斜有什麼好處，怕是不用多說了吧。

溫阮剛剛的話沒有證據，僅憑猜測便給人定罪，雖乍一聽沒什麼道理，但若仔細想想，這樣簡單粗暴的推斷也確實不失為一個好法子。

「可是，我還有個問題，這個毒藥他們是從哪裡來的？」這才是溫阮最關心的問題。墨逸辰所中之毒並不是程嫣然那本毒物典籍裡的，卻又似乎與那本毒物典籍一脈相連，這令溫阮甚是不解。

「難道是程家？」陳文宇不確定地問道。

「應該不是。」墨逸辰微微遲疑了下，若有所思道：「你別忘了，程家背後的人可是皇上，而皇上沒有對鎮國公府動手的理由，至少，現在沒有。」

沒錯，無論是後宮之中程貴妃的獲寵，還是朝堂之上程家的崛起，均是皇上的有意為之，這是帝王弄權的平衡之術。

先暫且不論後宮之中程貴妃榮寵多年卻偏偏無子之事，單單就說程家那位擅長製毒的庶女程嫣然好了。各大世家忌憚她之餘，並不乏想要除之後快的人，但最終卻為何遲遲未動手？不外乎是發現了這件事情的背後，有當今皇上的手筆，這才紛紛歇了除掉程家和程嫣然的心思。

說白了，程家的背後之人就是當今皇上，這是皇上對朝堂上眾臣的威懾！

眾人心知肚明，卻又無可奈何。

哇嗚～～這麼刺激嗎？溫阮瞪圓眼，她似乎發現了什麼不得了的事！

程家、當今皇上、五皇子，這關係剪不斷，理還亂啊！難道是螳螂捕蟬，黃雀在後？皇上利用程家平衡朝堂，五皇子和淑妃一派卻又暗地裡收服了程家，但目前看來，程家也不見得就沒有自己的打算啊！

嘖嘖嘖，都是互為棋盤中的棋子，卻又都恰恰覺得自己是執棋之人，這些人還真是有點意思。

不過，這些溫阮都不太關心，她比較關心的是，墨逸辰所中之毒究竟從何而來？但看陳文宇和墨逸辰的反應，估計兩人也是毫無頭緒吧？

不知為何，溫阮總隱隱覺得，此事定與程嫣然脫不了關係，但究竟有何關係呢，她現在卻又說不清。不過這也不急，待她回到京都府，再細細盤算亦不遲。

「對了，溫家妹妹，我今日過來，還有一事想請妳幫忙。」陳文宇突然一臉慎重地看向溫阮。

溫阮抬頭，問道：「什麼事？」

「就是下田村瘟疫的事，那邊傳來消息，說是目前守在那裡的大夫，尚未找到抑制瘟疫之法，而且患病的人數也越來越多，怕是快要控制不住了。我就想著，溫家妹妹妳的藥丸既然能治好逸辰的瘟疫，那能不能……」陳文宇有些難以啟齒，畢竟不久前，他還語重心長地交代溫阮，不能隨便把藥方子給人，可他現在偏偏又開口找人家要藥方子，這不是打自己臉嗎？

溫阮一愣，默默地搖了搖頭。這是溫家祖傳的藥方之一，他們祖上有訓，祖傳的那些藥方，均不可外傳。可以說，這些都是溫家立世的保障，她自是不好違背祖訓。

再說了，這個藥方子並不是單純治療痢疾的，還有其他的功效，所以用的藥材都很珍貴，製藥的手法也很獨特，即便把藥方給他們，估計他們也製不出來。

「抱歉，這是師門秘方，師父有訓，非本師門弟子，不可外傳。」溫阮不慌不忙地說道。

「而且，就算是拿這些藥丸給那些村民服用，怕是只能暫時抑制病情，並不能痊癒。逸辰哥哥常年習武，身體素質比常人要好太多，所以他是個特例。」

這個藥方子既然不是單純治療痢疾之症的，藥效上自然會有不足，所以，當初她才會交代墨逸辰服用此藥後，要抓緊時間找大夫，畢竟抑制住病情只是一時的。

「那溫家妹妹，妳現在還能開出其他藥方子，用來治癒這瘟疫嗎？」陳文宇一臉期待地問道。

溫阮搖搖頭。「大夫看病，需要望聞問切，並不是簡單的一個方子就能治百病的。所以，明日我要親自去下田村，給那些患病的村民問完診，才能知道要如何醫治。」

來之前溫阮便考慮過此事，若她沒來就算了，但既然來了，自然是做不到看著一眾村民因此而喪命，自己卻袖手旁觀的。

「那妳豈不是要進到下田村？這可不行，太危險了！」這是以身犯險啊！陳文宇下意識拒絕。萬一溫阮有個好歹，他可沒辦法向溫甯侯府交代。

「所以呢？我們要眼睜睜地看著下田村的瘟疫蔓延，最後只能無奈地焚燒整個村子嗎？」溫阮淡淡地問道，然後，又扭頭看向墨逸辰。「逸辰哥哥，你覺得呢？」

墨逸辰沒有說話，但是目光卻慢慢移向窗外，漆黑的瞳孔中，光影流轉。

許久，才聽到他緩緩地說道：「明日，我親自陪妳去下田村。」

翌日一早，溫阮和墨逸辰正在用早膳，陳文宇匆匆地趕了過來，神色異常慌張。

「逸辰，剛剛守在下田村的衙役來報，下田村的村民暴動了，正鬧著要衝出村子！」

墨逸辰倏地起身，語氣突然森冷了起來。「導火線是什麼？」之前分明還好好的，村民不可能無緣無故就暴動，肯定是有什麼原因，難道有人在背後使壞？

「說是在村子裡幫村民治病的李老大夫，早上突然上吐下瀉，也感染了瘟疫，村民們失去了主心骨，覺得接下來官府定是要焚燒村子，這才鬧了起來。」陳文宇解釋道。

墨逸辰蹙了蹙眉，對著溫阮說道：「阮阮，我先一步去下田村，玄武會留下來，稍後妳用完早膳，他會帶妳過去。」

溫阮端起碗，仰頭喝了一大口粥後，把碗往桌上一放。「等等，我去拿點東西，和你一起過去。」話落，溫阮便噠噠噠地跑回房間，不一會兒，她就揹著自己的小包袱，走了進來。「好了，咱們走吧。」

三人走出屋子，玄武和冷七正在門口候著，溫阮突然想到什麼，看向冷七說道：「冷七，我一會兒要去下田村，估計要在那裡耽擱一些日子，你便留在這莊子上吧。」

聞言，冷七抱拳，單膝跪地。「小姐，您是不是對屬下有什麼不滿意的地方？」

「沒有啊，怎麼突然問這個？」溫阮一頭霧水，抬了抬手，示意冷七起身。

冷七會意站起身，說道：「我是您的暗衛，您去哪兒，屬下便應跟到哪兒。」

「可是那裡有瘟疫，冷七，你真的沒必要過去冒險。再說了，有逸辰哥哥在那兒陪著我，我不會有危險的。」溫阮苦口婆心地勸道。

冷七微微欠身，一臉堅定。「小姐，這是屬下的職責，也是大公子給屬下的任務，求您成全。」

看到冷七這麼堅持，溫阮無法，只能同意。算了，跟著就跟著吧，冷七這算是公務在身吧，她也不好耽誤人家工作不是？

幾人很快來到下田村，此時，臨河縣城的縣令正領著衙役堵在村口，而村民這邊，則由一群年輕後生領著一些村婦和孩子，企圖衝破衙役的包圍。兩方人馬糾纏在一起，局面混亂不堪。

看到這種情況，墨逸辰臉色一冷，用了內力高聲喝道：「都給我住手！」

原本吵鬧不休的眾人倏地停了下來，愣愣地朝那邊看了過去。

縣令在看到墨逸辰等人後，忙上前向墨逸辰和陳文宇行禮，隨後看著墨逸辰，突然想到什麼般，一臉驚喜地問道：「世子，您這是痊癒了？」

墨逸辰低低「嗯」了一聲，直接走向一眾村民，凜冽的目光在眾人身上掃了一圈後，冷聲問道：「你們都知道自己在幹什麼嗎？往小了說，你們這是公然違抗官府的命令；若是往大了說的話，你們這是在造反，罪當誅九族！」

現場頓時噤若寒蟬，一張張面面相覷的臉上全是青白交加，甚至有一些膽子小的村民渾身發抖，冷汗止不住地往外冒。

古人注重血脈相承，誅九族意味著什麼？絕戶了啊！這種罪孽，一般人可擔不起！

「大人，我們沒有造反，我們只是想要活下去！我們沒有染上瘟疫，求求您，別把我們燒死行嗎？」一個膽小的後生直接跪在地上，懇求道。

「對啊，我們沒染上瘟疫，你們不能把我們困在這裡！」其他村民紛紛附和道。

墨逸辰的表情分外嚴肅，冷冷地問道：「安靜。是誰說要燒死你們了？」

「難道不是嗎？可是大牛說……」膽小的後生直接看向人群中的一位村民，意思不言而喻。

墨逸辰順著他的視線，目光犀利地盯向大牛。「挑撥村民暴動，你膽子不小，嗯？」

「我沒有、我沒有……」那個叫大牛的村民一臉驚恐，嚇得直接癱坐在地上。

「說，誰讓你這麼做的？」

「沒、沒人讓小的這樣做，是前年小的有一遠房親戚所在的村子發生瘟疫，最後全村都被燒死了，所以早上李老大夫染上瘟疫後，小的便以為沒有希望了，這才想著看看能不能闖出一條活路。」大牛在墨逸辰犀利的目光下，顫巍巍地把事件的始末交代了個清楚。

可是，墨逸辰卻遲遲沒有動作，只是一言不發地看著大牛，確定他不是在撒謊後，這才終於收回了目光。

「官府真的沒準備燒死我們嗎？」一個抱著孩子的村婦，怯懦懦地問道。

墨逸辰看了陳文宇一眼。

陳文宇會意，忙上前安撫眾人。「絕對沒有的事！官府這不是聽說李老大夫病了嗎，專程又尋了大夫過來了。」

「東城醫館的李老大夫醫術這麼好，連他都治不好這瘟疫，旁的大夫又能有什麼法子啊？」那名抱著孩子的村婦絕望地說道。

可是村民裡也有比較樂觀的，他們覺得只要官府還願意找大夫過來，就證明他們沒有被放棄，所以迫不及待地問道：「那大夫呢？大夫來了嗎？」

一眾村民齊刷刷地看向這邊，眼神中滿是期待，溫阮一愣，默默地往前站出了一步。「我就是。」

時間像是被按下了暫停鍵，所有人皆不敢置信地看看溫阮，又看了看墨逸辰等人。

接著，一個村民直接嚷嚷了出來。「你們竟然想用一個孩子來糊弄大傢伙兒，真當咱們是傻子不成？」

其他人也紛紛附和，更有蠢蠢欲動者，甚至想要趁衙役不備，衝出村子。

墨逸辰瞥了眼村民的方向，面無表情地說道：「臨河縣令聽命，若有再試圖衝出村子者，就地斬殺！」

臨河縣令先是一愣，隨即反應道：「是，下官聽命！」

然後，眾衙役「刷」地一聲，紛紛拔出了腰間的佩刀，做出攻擊狀。

下田村的村民們頓時驚恐萬分地往後縮了縮。

這時，陳文宇再次適時地上前安撫村民。「大家不要擔心，咱們這次請的大夫雖然年紀小，但醫術是很好的，前兩日還成功救了一位患瘟疫的人呢！」

成功救治過患瘟疫的人？眾人紛紛看向溫阮，真的假的？

「我、我們憑什麼相信妳？」一位村民質疑道。

「就憑我是鬼手神醫唯一的徒弟！」

小姑娘脆生生的聲音，直接擊碎了一眾的質疑聲。

當溫阮和墨逸辰跟著下田村村民進入到村子後，仍有部分人持懷疑態度，只是礙於墨逸辰身上的威嚴，不敢多加造次，只能在一旁竊竊私語。

「你說，這小丫頭會是鬼手神醫的徒弟嗎？不會是唬咱們的吧？」一村民勾著腦袋，低聲問道。

身為夏祁國的人，即使身在這村野之中，關於鬼手神醫的威名，他們也是有所耳聞的，若這小丫頭真的是鬼手神醫的徒弟，那定也是有幾分真本事。

另一村民偷偷看了溫阮和墨逸辰一眼，說道：「應該不會有假吧？他們可都是京都府來的貴人，若不是真的，自是不會進來咱們村犯險才是。」

他們下田村現在可是瘟疫村，正常情況下，誰不是能躲多遠就躲多遠啊？畢竟，性命才是最要緊的。

幾人一細想，覺得確實有幾分道理。再說了，他們下田村如今有這兩位貴人在，官府那邊至少不會再打焚燒村子的主意了。

「到了，大人。那就是村裡給李大夫單獨分隔的院落，那些患瘟疫的人和李大夫都在裡面。」一個村民指著前方幾十公尺外的院子說道。

那個院子像是單獨建在空地上的，前後左右都沒有院子與其挨著，確實挺適合隔離患者用。

這些村民礙於對瘟疫的恐懼，紛紛不敢再往前走，溫阮和墨逸辰也不強求，於是，兩人帶著冷七和玄武，朝著那處院落走去。

到院子門口時，溫阮突然停了下來，在隨身的小包裡翻找了一會兒，然後從裡面拿出一個小瓷瓶，拽開了瓶塞。

這是提高免疫力的藥丸，免疫力提高了，抵抗瘟疫的能力加強了，那他們患上瘟疫的可能性便會大大降低。

溫阮先給自己倒了一顆藥丸，毫不猶豫地吃了下去，又給冷七和玄武各倒了一顆在他們手心裡。然後，溫阮又看了看墨逸辰。他剛患過瘟疫，按理說現在還有免疫力，但為了保險起見，溫阮也給了他一顆藥丸，以防萬一嘛。

墨逸辰接過藥丸，便塞進嘴裡，直接嚥了下去，沒有任何遲疑。

而溫阮這邊，看到冷七和玄武還沒吃，於是開口催道：「你們倆都別愣著，快吃了啊！這藥丸可是能降低你們患上瘟疫的風險喔！」

冷七和玄武聞言，對視了一眼，然後，兩人毫不猶豫地把藥丸吃了下去。開玩笑，溫阮的醫術有多好，他們可都是親眼見識過的，自然是不會傻到去懷疑藥效。

「好了，這下可以進去了。」

溫阮等人進去時，院裡只有一個年輕後生，正在院中煎藥，當聽到幾人進來的動靜時，他驚訝地抬頭看向他們。

「你們找誰？是不是走錯地方了？這裡都是瘟疫患者，都快些離開吧。」

年輕後生是李大夫的徒弟，叫孫興，平日在縣城的醫館也算見過些世面，他看幾人的穿著打扮並不似村裡的村民，遂以為幾人不知道這裡的情況，才會好心地提醒道。

溫阮也沒解釋，幾步走到了他的面前，掀開煎藥罐的蓋子，聞了聞。「別煎了，你這藥不能治療瘟疫。」這就是治簡單腹瀉的藥，並沒有治療痢疾之效，喝了也是白喝。

孫興先是一怔，後又有些沮喪，垂頭喪氣地立在那裡。「我知道，可是師父之前上吐下瀉，我只是想試試，萬一要是有用呢？」

溫阮看了他一眼，殘酷地戳破他的幻想。「不會有用的。你是學醫的吧，對症下藥的道理難道也不懂嗎？」

孫興無地自容，這麼簡單的道理，他自是懂得，只是師父病倒後，他心慌意亂，失了主心骨，便就存了僥倖之心，沒想到卻被這麼個小姑娘給毫不留情地揭穿了。

「李大夫呢？帶我去看看他。」溫阮說道。

孫興一臉震驚，愣愣地看著溫阮。「妳認識我師父？」

「不認識。」溫阮搖搖頭，道：「他不是染上瘟疫了嗎？我來幫他治病。」

治病？孫興目瞪口呆，這小姑娘年紀這般小，怕是藥材都還認不全吧，竟大言不慚地說要幫人治瘟疫？

溫阮自是看出了孫興的心思，指了指他腳邊煎藥的藥罐子，不慌不忙地說：「你這治腹瀉的藥，藥材配比減了一半，藥效甚微，就算真是腹瀉之人服用，也治不好病。」

孫興不可思議地看著溫阮，他確實因為藥不對症，故意縮減了藥材的配比，沒想到這小姑娘僅是聞了聞，便能這般輕易地發現了端倪？

若真是如此的話，那這姑娘莫非就是師父之前說過的，真正的杏林高手？那師父豈不是也就有救了？

「我師父在屋裡，我帶您過去！」孫興微微躬身行了一禮，然後畢恭畢敬地帶著幾人朝著李大夫的房間走去。

墨逸辰護在溫阮身邊，幾人跟著孫興進到最裡頭的屋子。

推門進入後，見到李大夫正昏睡在一個簡易的木板床上，面色緋紅，一看便是發燒了。

溫阮走到床邊，伸手搭在李大夫的脈搏上，半晌，她剛想去掰開李大夫的嘴看看，一旁的墨逸辰卻早她一步，徑直捏住了李大夫的下巴，溫阮會意，衝著他感激地笑了笑。

果然不出溫阮所料，李大夫的舌質紅絳，舌苔黃燥。她適時收回手，心裡大概有了成算。

「你師父起病急促，神昏驚厥前噁心嘔吐、腹痛劇烈且頻頻口渴不止，我說的這些症狀，是否有誤？」溫阮看向孫興，問道。

聞言，孫興猛點頭，一臉驚詫之色。「沒錯沒錯，我師父確實是有這些症狀！」

這一刻，孫興對溫阮肅然起敬，能這般準確地說出病患症狀的醫者，定不會是等閒之輩。若說之前，他對溫阮還有一些懷疑，那麼現在便是心服口服。

溫阮點了點頭，那就沒錯了，李大夫患上的是痢疾中的疫毒痢。這個不難，清熱解毒，涼血除積即可。

「逸辰哥哥，我要去看看其他染上瘟疫的人，分辨一下他們的症狀，然後再統一開藥方子。」溫阮站起身，拉著墨逸辰的衣袖說道。

墨逸辰輕「嗯」了聲，看向孫興，語氣仍是一貫的冷淡。「帶路。」

這些染上瘟疫的人，之前李大夫按照症狀及輕緩程度，已簡單分了屋子，溫阮等人跟著孫興，一間一間，去給每位病患診脈。

而這一折騰便是大半日，溫阮按照他們的病症，開出了方子，又去李大夫的臨時藥房中查看了一些藥材，把缺少的藥材列了個單子，給了墨逸辰，他自會吩咐人給補齊了。

「逸辰哥哥，這痢疾之症，多是經由水源、糞便、蒼蠅等途徑傳染，所以，今日咱們必須把這個院子徹底清理一遍。」溫阮仰著小腦袋，一臉慎重地說道。「我看了一下，水源這一塊暫時沒什麼問題，主要是這糞便一定要深埋，還有要消滅蒼蠅才行。我知道一個滅蚊蟲的法子，可做些滅蒼蠅的粉末出來。對了，可讓未染病的村民們用適量的馬齒莧、綠豆煎湯，每日飲用，對防止患病有一定作用。」

溫阮交代的這些，墨逸辰都一一記下，然後便讓人找來下田村的村長，親自吩咐了下去。

村長自是不敢推託，忙帶著村子裡的人忙活了起來。

而溫阮這邊也沒閒著，帶著孫興、冷七一起，又多找了些爐子和煎藥的罐子，在院子中煎藥，一時之間，眾人皆忙得不可開交。

時間過得飛快，溫阮和墨逸辰在下田村這一住，就是半月有餘。他們每日起早貪黑，不遺餘力地治病救人，終於皇天不負苦心人，下田村所有染上瘟疫的人都痊癒了。

這一天，夜幕降臨，溫阮幾人回到了村子裡給他們安排的住處。

溫阮先返屋洗了個澡，然後才回到主屋，等著用些膳食。

這些日子裡，他們幾人一日三餐的膳食，都是由在村外駐守的玄青準備好，玄武再在指定的時間去村口取，所以，他們的三餐都比較豐盛。

但即便如此，溫阮也以肉眼可見的速度瘦了下來，小小的人兒，下巴都瘦尖了。

主屋廳內，溫阮百無聊賴地坐在椅子上，晃蕩著小短腿，乖乖地等待投餵。

墨逸辰提著一個看上去有點沈重的食盒，走了進來。「阮阮，妳是想在屋裡用膳，還是到院子裡去？」

這農戶小院的主人在院子中搭了個涼亭，裡面有一張石桌，正好可以當作飯桌來用，這些天來，他們也會偶爾在那裡用晚膳。

溫阮想了想，這屋子裡確實有些悶，不如院子中涼快。「咱們還去院子裡吧。」

於是，玄武兩人又忙去涼亭裡點了油燈。

墨逸辰也提著食盒來到院中，打開食盒後，端出兩人的膳食，放在石桌上。

而此時，溫阮也哼哧哼哧地想把椅子拉出屋子。

院中的冷七看到後，剛想上前幫溫阮搬椅子，誰知卻被墨逸辰搶了個先。

「謝謝。」溫阮甜甜地道了謝。

墨逸辰垂眸笑了笑，沒說什麼，然後把一雙筷子遞給了溫阮。「吃吧，看看合不合胃口。」

溫阮點了點小腦袋，沒心沒肺地吃了起來。

涼亭的不遠處，冷七正遠遠地瞧著兩人，一副若有所思的樣子。這些日子以來，他總有種莫名的危機感，感覺墨世子想搶他的差事啊！

「逸辰哥哥，咱們明日一早便啟程回京都府嗎？」溫阮一邊吃，一邊問道。

溫阮原本以為他們離開下田村後，還要去臨河縣城，但沒想到今日墨逸辰卻突然告訴她，明日他們在城外同陳文宇碰頭後，直接回京都府。

墨逸辰點了點頭。「嗯，這邊的事情都處理妥善了，明日便可回去。」

這些日子，墨逸辰雖人在下田村，但陳文宇在外面，倒也沒耽擱處理賑災的事，所幸這邊的事情已經處理完，他便想著早早回去也好。

「喔，逸辰哥哥，你這麼急著回去，是不是想家呀？」溫阮嘴上吃得油光光的，還不忘關心關心墨逸辰。

想家？墨逸辰聞言一愣，自他八歲進到軍營後，有多久沒有這種情緒了？

墨逸辰搖了搖頭，不疾不徐地回道：「我很小便離家去了軍營，這些年已經習慣，自是不會覺得想家。」

他本想回問溫阮一句，但想到小丫頭自出生便離開了家，除了溫家三兄弟外，從未見過溫甯侯府的其他家人，若是真問了，怕是要惹她傷心了。

想到這兒，墨逸辰突然有些心疼小丫頭，遂又挾了些菜，放在她碗中。

溫阮忙著消滅碗裡的食物，自然也顧不上再閒聊了。

其實，溫阮倒也沒注意墨逸辰的變化，她純粹就是想讓氣氛熱鬧一下，才嘮嘮嗑，都不太帶腦子的，哪裡又料到，墨逸辰竟能有這麼多的心理戲，然後還給自己落了個苦情戲小白菜的人設。

吃飽喝足後，溫阮躺靠在椅子上，拍著自己的小肚皮，望著漫天繁星，有感而發道：「唉，也不知道哥哥們怎麼樣了？這會兒應該回到溫甯侯府了吧？」

被溫阮牽掛的溫家三兄弟，此時正遠在京都府，而且情況有點不太美妙。

溫甯侯府的書房中，氣氛一片森然，溫浩然、溫浩傑、溫浩輝三兄弟微垂著眸，規規矩矩地立在一旁，大氣都不敢喘上一口。

「你們說說，要你們幾個臭小子有什麼用？讓你們去接我寶貝孫女，結果我的寶貝孫女呢？啊？你們竟還有臉自己回來！」老侯爺吹鬍子瞪眼，對著幾個孫子怒罵道。

溫浩輝偷偷瞥了他老侯爺一眼，企圖解釋一二。「祖父，那是人命關天的事，我們總不好攔著吧？」

「那你們就不知道陪著她過去嗎？你們自己看看，你們哪裡有做哥哥的樣子！」

溫老侯爺越想越氣，盼了這麼久的孫女，今日終於聽到他們回府的消息，他連和老夥計喝酒這事都給推了，就是想著能第一時間看到心心念念的寶貝孫女，可誰知，這三個臭小子竟然沒把人接回來！

他這都憋了一晚上，這會兒終於被他找到了機會，把三個臭小子叫進了書房來，定要好好訓斥一番才行！

溫浩輝一聽，頓時委屈地嘟囔道：「可妹妹死活都不讓我們跟去，我們有什麼辦法啊？」

竟然還敢頂嘴！老侯爺這一聽，那還得了，氣得直接甩了手中的茶盞，嚇得溫浩傑和溫浩輝一個激靈，默默地往後退了一步。

溫浩然倒是氣定神閒。「祖父，您的脾氣還是收一收吧，別怪我沒提醒您，阮阮不喜歡。」

溫浩輝和溫浩傑也紛紛點頭表示贊同。

溫浩輝更是有些擔心地說道：「妹妹這麼一個軟軟糯糯的小姑娘，祖父您這脾氣，萬一把妹妹嚇哭了可怎麼辦啊？」

在溫浩輝眼裡，溫阮就是一個易碎的瓷娃娃，完全沒想到，誰家的瓷娃娃打起架來會這般凶殘！

聞言，老侯爺眼睛一瞪。「放屁！我是她祖父，她怎會怕我？又怎會不喜歡我？」

「那可不見得！您也是我祖父呢，我打小就很怕您！」溫浩輝不忘插刀道。

聞言，老侯爺一噎，然後隨手又砸了一個茶盞。

溫浩輝看了眼腳邊的茶盞碎渣，縮了縮脖子，噤若寒蟬。

過了半晌，就在溫浩輝考慮著是否要為了小命改口時，卻聽到老侯爺輕咳了一聲，有些彆扭地說道——

「那你們同我講講，阮阮除了不喜人太凶之外，她還不喜什麼？」

溫浩輝。「……」

翌日一早，溫阮等人便離開了下田村的院落。幾人來到村口時，碰到了早早等在這兒的李大夫和他的徒弟孫興。

看到溫阮和墨逸辰過來，李大夫帶著孫興忙上前行禮。「草民見過大人和溫小姐。」

朝夕相處了半個月，溫阮和墨逸辰也沒刻意瞞著，李大夫自是知道了兩位的身分。其實，一開始知道時，他們還是很拘謹的，畢竟這樣的貴人在身邊，稍有不慎，便是小命不保也是有可能的。

但是慢慢地，大家都發現這兩位京都府來的貴人貌似不難相處，這才漸漸放下心來。

「李大夫，你們這是要回臨河縣城嗎？」溫阮仰著小腦袋，有些好奇地問道。

聞言，李大夫微微俯身，恭敬地回道：「回溫小姐，是的。草民一早聽說您要離開的消息，特來此等候，想著來送送您和大人。」

相比於墨逸辰，李大夫更欽佩這位溫小姐，小姑娘年紀不大，醫術卻如此了得。那日醒來後，得知是她救了自己，他便萬分驚訝，後來又從村民那裡得知，溫阮竟是鬼手神醫的徒弟，心裡的敬意更是又多了幾分。

後來，在他痊癒後，便跟在溫阮身邊一起給患者醫病，小姑娘也不藏私，給了他很多醫術上的指點，這些天來，他確實受益匪淺，所以，在李大夫心裡，溫阮除了是他的救命恩人外，也相當於半個師父了。

當然，拜師這種事，李大夫有自知之明，自是不會提出來，但這絲毫不妨礙他在心裡把溫阮當師父來敬重。

這位李大夫，溫阮對他的印象還不錯，當初下田村爆發瘟疫時，整個臨河縣城的大夫都不願過來，只有他一人挺身而出，就衝著這一點，他已經比大多數醫者都要合格。所以，在力所能及的範圍內，溫阮也願意給他一些指導。

「謝謝你們，今日特地來為我們送行。」溫阮點了點小腦袋，說道。

恰巧這時，村口方向有了動靜，遠遠看著，有一輛馬車正朝這邊過來，溫阮仰著小腦袋，問道：「逸辰哥哥，這馬車是過來接我們的嗎？」

習武之人視力本就比常人要看得遠些，墨逸辰輕易便發現了馬車旁邊的陳文宇，遂點了點頭。「嗯，是文宇他們。」

溫阮回道：「喔，那咱們便過去吧。」

就在他們抬腳準備離開時，身後突然又傳來了一番動靜，似是急促的腳步聲，還有呼喊聲。溫阮順勢轉過身，發現竟是下田村的村長領著村民們，正朝著這邊趕來。

很快地，一眾人便在距離溫阮和墨逸辰幾公尺遠的地方停了下來，然後紛紛雙膝跪地，頭抵地叩首行禮。

「多謝大人和小姐的救命之恩！」眾人齊齊喊道。

這些村民心裡很清楚，若是沒有墨逸辰和溫阮，下田村怕是躲不過被燒村的命運，所以村民對兩人自是感激在心，這不，一聽兩位貴人要走了，便紛紛過來跪謝救命大恩。

溫阮哪裡見過這種陣仗，忙往墨逸辰身後躲。

墨逸辰拍了拍她的手似在安撫，又朝著玄武使了個眼色。

玄武會意，上前把為首的村長扶了起來。

「都起身吧，本官是朝廷派來賑災的官員，這些都是分內之事。」墨逸辰的聲音還是一貫的沒什麼情緒，淡淡的。

村民們也陸陸續續地站了起來。

這時，一個小男孩從人群中跑了過來，把手中的兩個雞蛋捧到了溫阮面前，靦腆地說道：「這雞蛋給妳吃，俺娘讓俺和妳說，謝謝妳救了她。」

溫阮一愣，視線落在了那兩個雞蛋上。村子裡雞蛋本就金貴，再加上鬧水災，挨家挨戶都缺糧少物，她自是明白這兩個雞蛋對小男孩家來說意味著什麼，怕是這家人攢了許久的吧。只是，看著小男孩期待的目光，溫阮遲疑了一下，終是接過了他手中的兩個雞蛋，但隨後，她又拿出自己的小荷包，把裡面的飴糖全倒在小男孩手裡。

「你送我雞蛋，禮尚往來，我的糖都給你吃！」

馬車緩緩行駛在路上，馬車裡，溫阮坐在墨逸辰身旁，把手裡的空荷包翻了過來，眨巴眨巴著眼，可憐兮兮地說道：「糖都沒了……」

溫阮剛剛給小男孩的那些糖，是墨逸辰買給她的，之前一次偶然的機會，墨逸辰發現溫阮愛吃甜食，便吩咐玄武買了些糖，留著給她閒來無事甜甜嘴的。

看著溫阮委屈巴巴的樣子，墨逸辰笑著搖頭，然後揉了揉她的小腦袋，目光輕柔。

「等到了下個縣城，再買給妳。」

這下，溫阮心滿意足了，甚是乖巧地點了點頭，可心裡卻不禁感慨道：唉，又是為了生活努力賣萌的一天啊！

而馬車裡，坐在另一邊的陳文宇有些一言難盡地看著溫阮。「溫家妹妹，妳不會把逸辰當爹了吧？」在陳文宇的印象裡，他家裡的庶妹每次想吃糖時，也是這般央求他爹的。

溫阮。「？」好像突然有點不敢直視墨逸辰了怎麼辦啊？

墨逸辰冷冷地瞥了陳文宇一眼。「不想待著，你可以出去騎馬。」

聞言，陳文宇忙擺手，連連求饒。「我錯了！我錯了還不行嗎？我保證再也不多嘴了！」開玩笑，像他這種細皮嫩肉的公子哥兒，最不喜歡的就是騎馬了。來的時候那是沒辦法，墨逸辰急著趕路，根本就不許他坐馬車，這回程還是沾了溫阮的光，才有舒服的馬車坐呢！這會兒啊，只要不打死他，他堅決不會從馬車上下去半步的！

經過長達半月的舟車勞頓，一行人終於來到了京都府，看著近在咫尺的城門，溫阮不禁感慨，這西天取經總算要到頭了，還好這一路有驚無險啊！

溫甯侯府得了消息，早早便讓溫家三兄弟來城門口候著，所以，溫阮他們的馬車剛一出現，溫家幾兄弟便紛紛迎了過去。

溫阮的小腦袋本就探在馬車的窗外，自然一眼便看到了溫家幾兄弟，頓時眼睛一亮，忙朝幾人揮了揮小手。

馬車停住，溫家幾兄弟走到了跟前，溫阮被溫浩然從馬車上抱了下來。

「大哥、二哥、三哥！」溫阮依次喚道，齊齊整整，不偏不倚，省得哥哥們吃醋。

唉，哥哥太多也很煩惱啊！

喊完人後，溫阮歪著小腦袋，看向溫家三兄弟旁邊的白淨少年，「咦」了一聲，小小的臉上滿是疑問，似乎在問「你是誰呀」。

溫浩然見狀，適時為妹妹解惑。「阮阮，這是二叔的兒子，妳要喚他四哥。」

溫阮「喔」了一聲，原來這就是二叔的兒子，溫浩銘啊！於是甜甜地喚道：「四哥好，我是阮阮喔！」

在溫甯侯府裡，溫浩銘一直都是最小的弟弟，平日裡都是被三位堂哥照顧著的，突然見到這麼可愛的妹妹，一時之間心都快軟化了。「小妹好！」

溫浩然見時辰不早了，便拱手朝墨逸辰行了一禮。「這一路有勞世子照顧舍妹，家裡長輩還在等著，不好耽擱，阮阮我們便先帶回去了。」

墨逸辰微微欠身，抱拳回了一禮。「溫公子言重，此次多虧阮阮相救，今日便不打擾你們闔家團聚，改日在下定當親自登門答謝。」

溫阮也乖巧地同墨逸辰揮手告別。「逸辰哥哥，再見！」

墨逸辰笑了笑，衝著溫阮揮了揮手，然後目送溫家兄妹的馬車離開。

回到溫甯侯府後，溫家幾兄弟領著溫阮，徑直去了侯府老太太的院子，福安堂。

福安堂的廳堂內坐滿了人，大家都在翹首以盼，目光一眨也不眨地盯著門口的方向。

終於，門簾被打開，溫浩然幾兄弟帶著個軟軟糯糯的小姑娘走了進來，屋內人的視線刷地一下看向了溫阮。

呃……這麼大陣仗，溫阮差點被嚇到！

溫浩然拱手行禮。「祖父、祖母，孫兒將妹妹——」

「唉唷，祖母的小心肝呀！這些年可是苦了妳啊，快來給祖母瞧瞧！」溫家老太太直接打斷了大孫子的話，在丫鬟的攙扶下，疾步走到溫阮面前，拉著小姑娘，親熱得不行。

屋內其他人見狀，也紛紛圍上前去。

溫浩然一愣，有些尷尬地摸了摸鼻子，退到了一旁，自覺地把溫阮身邊的位置留給長輩們。

於是，溫甯侯府大型認親現場正式拉開序幕！

溫阮起初有點懵，不過還好，溫甯侯府的人口比較簡單，在眾人你一言、我一語的介紹中，她逐漸地捋清了人物關係。

「阮阮，我可憐的女兒啊……」

面前這個哭得梨花帶雨的美人兒，看樣子就是她娘沒錯了。

「阮阮，我是爹。」

這個溫文爾雅的帥大叔就是她爹啊？嗯，和美人娘還挺相配的。

而旁邊的這對夫妻，便是她的二叔跟二嬸。她這二叔倒是和她爹不怎麼像，身上有股子英氣，長得自然也不差就是了；至於二嬸呢，一看就是那種溫婉嫻靜的女子。

她那位四哥倒是像二嬸多一些。

小姑母和表哥、表弟就不用說了，溫阮自是認識的。

讓溫阮有些意外的，是她大哥身邊的女子，如果沒猜錯的話，這就是她那位大嫂了。不過，她這個大嫂看著是個性子爽朗的女子，之前她一直以為大哥會找二嬸那種溫婉嫻靜的人為妻，沒想到他竟然好這一型啊！

當然，還有她祖母，就是剛剛第一個衝過來的老太太無疑了。

至於她身旁的小老頭嘛，溫阮盯著他看了看，確認過眼神，也是有血緣關係的人。

「祖父？」溫阮試探性地喊了一句。

沒錯，這個小老頭就是溫甯侯府的老侯爺，溫阮的親親親……祖父！

老侯爺一看自己還沒介紹呢，孫女就認出了自己，頓時笑出了一臉老褶子。「阮阮真聰明，祖父都沒介紹自己，妳便能認出祖父來，一看咱們祖孫倆就比旁人要親厚啊！」

說完，老侯爺還意有所指地看了眼屋內的其他人，這個「旁人」，似乎不言而喻。

溫阮。「？」

屋內其他人。「？」

這關親不親厚什麼事啊？其他人都介紹了，合著就您老還沒介紹，這猜也該猜出來了吧？

可人家老侯爺才不管這麼多呢，根本不給其他人機會，拉著寶貝孫女便是一陣噓寒問暖，在國民好祖父的路上狂奔。

突然，老侯爺好像想到什麼，忙看向孫女問道：「阮阮，妳覺得祖父脾氣怎麼樣？」

呃……怎麼突然問起這個？不過，看到老侯爺努力裝出一副和藹可親的樣子時，溫阮瞬間心領神會，小馬屁立即拍了起來。「祖父脾氣可好了呢！阮阮喜歡祖父！」

聞言，老侯爺一陣狂喜，然後一臉傲嬌地看了幾個孫子一眼，似乎在說：看吧，我孫女喜歡我！

溫家孫子輩。「……」

今日的祖父，簡直不忍卒睹！請把他們那個平日裡不苟言笑的祖父還回來！

瞧著老侯爺的樣子，溫阮不禁失笑，原來祖父還是個可愛的傲嬌小老頭呢！

看著屋內一張張善意的面孔，溫阮覺得心裡暖暖的。這些家人，似乎都很不錯的樣子，她好像有點喜歡這個家了。

第十章

溫甯侯府一家人其樂融融，在福安堂用完晚膳後，老侯爺大手一揮，便讓大房的人把溫阮帶回去休息。這趕了一天的路，可別累壞了他的寶貝孫女啊！

溫阮跟著大家來到了她在溫甯侯府的院子，汀蘭苑，這院子一看便是費了心的，一草一木皆是精心置辦，還有這滿院子伺候的丫鬟、婆子，也是選了好幾批才挑出來的。

回到汀蘭苑，容玥也終於有機會和寶貝女兒親近了。剛剛在福安堂時，老太太和老侯爺一直霸占著溫阮，她為人兒媳的，自是不好和長輩搶人，但眼睜睜地看著心心念念這麼多年的女兒就在眼前，卻看得著摸不到，這種焦心感就似在火上烤著一般啊！

這不，一家子剛進屋子，容玥便一把抱住溫阮，話還未說上半句呢，便忍不住哭起來了。「阮阮，娘的親閨女啊！妳總算是回到娘身邊了……」

美人娘親哭起來那可真是淚眼婆娑、我見猶憐啊！這樣的美人一哭，哪個男人受得了？果然，溫阮偷偷瞄了眼便宜爹爹，喲，瞧著挺心疼的勁啊！不錯不錯，是個疼媳婦的！

不過，溫阮這個重度顏控也是受不了的，於是忙拿出貼身小手帕，乖巧地幫著美人娘親擦眼淚。「娘，阮阮這不是回來了嘛，咱們不哭了啊！」溫阮刻意壓低了聲音，奶聲奶氣地安慰道。

看著這麼乖巧懂事的貼心小棉襖，容玥哭得更加厲害了，她心裡替女兒委屈啊！放眼整個京都府，哪家像溫阮這般大的女孩子，不是被慣得驕縱蠻橫，就是被寵得懵懂天真，可她苦命的女兒啊，這是受了多少苦，才會像如今這般懂事？

看到容玥的反應，溫阮頓時懵了，怎麼還越哄越哭了呢？呃……有點頭大，沒有哄漂亮女孩子的經驗怎麼辦啊？

沒有法子，那只能求助於外援了。於是，溫阮不知所措地看向三個哥哥，可誰知她這三個哥哥卻聳了聳肩，給了她一個愛莫能助的表情。溫阮傻了，忍不住在心裡吐槽，真是關鍵時刻，一個也靠不住！

然後，溫阮又眼巴巴地看向她的便宜爹爹，意思很明顯——誰的媳婦誰負責！

溫啟淮沒有錯過自家閨女求救的小眼神，瞬間被她可愛的樣子迷住，自然是有求必應，於是清了清嗓子，勸道：「夫人，孩子們都看著呢，妳就別哭了。阮阮剛回來，日後——」

溫啟淮不勸還好，這一勸可算是惹著容玥了，立即把怒火全對準了他。「這還不都是你的錯！要不是當年你到處招惹桃花，我的阮阮又怎麼會早產？不早產又怎麼會一出生便體弱啊？」

聞言，溫阮瞬間八卦臉，所以是她爹招惹桃花令她娘早產，她生下來才會體弱？呃……她這個便宜爹爹不會是渣渣爹吧？

被當著小輩的面說這種事，溫啟淮甚是尷尬，頓時覺得威嚴全掃，面子微微有點掛不住了。「咳咳，夫人啊，當年的事咱們不是都說清楚了嘛，這事確實不怪我啊，是那丫鬟她自己……」溫啟淮略有顧忌地看了看在場的小輩，繼續解釋道：「再說了，我當時可是看都沒看她一眼，直接給扔出門去了。可我也沒料到，會有人到妳耳邊嚼舌根，這才害得妳早產啊！」

溫阮恍然大悟，原來是便宜爹爹單方面被人惦記，且面對誘惑時貌似表現還不錯的樣子啊，那這個便宜爹爹還可以要！

容玥自然知道這事不能怪溫啟淮，真要算起來，當年也是怪自己啊，怎麼就偏偏信了那些個奸佞小人的挑撥，信了溫啟淮同丫鬟有染的事，這才害得自己早產，也害了阮阮。

一想到這兒，容玥更是自責不已，哭得越發收不住了。

溫阮。「……」有個愛哭包娘親怎麼辦？

溫浩然看到自家妹妹手足無措的小模樣，不禁失笑，於是偷偷給媳婦使了個眼色。

蕭筱會意，微微頷首後，便走上前去勸道：「娘，今兒妹妹回府，是個高興的日子，咱們可不能再哭了啊！您看，您這一哭，怕是把妹妹也惹傷心了呢！」說完，蕭筱還朝著溫阮眨了眨眼。

溫阮心領神會，忙裝出一副「寶寶好傷心」的模樣。

容玥一聽，忙止住了眼淚，拉著溫阮的小手說道：「對啊，今兒是個好日子，娘不傷心，阮阮也不要傷心啊！」

溫阮忙乖巧地點頭應下，只要她這個美人娘親不哭，啥都好說。

而蕭筱也適時轉移自家婆婆的注意力。「娘，您之前不是幫妹妹準備了些衣服和首飾嗎？咱們現在帶妹妹去看看吧，順便也讓妹妹瞧瞧她的屋子，若有什麼不喜歡的，咱們也好趕緊換不是？」

果然，容玥一聽這話就來了精神，哪還顧得上什麼傷不傷心的？還是先讓女兒看看喜不喜歡她準備的東西比較重要！於是，拉著溫阮便朝裡間走去。

溫阮邊被拉著走，邊忍不住在心裡嘖嘖稱奇，她這位大嫂可不簡單啊，為人爽朗不扭捏，心思也很細膩，做起事情來嘛，瞧著也果斷幹練，怪不得她大哥喜歡呢！不錯不錯，她也喜歡。

容玥很快便帶著溫阮到了裡間，當然，一起進來的還有蕭筱。容玥和蕭筱兩人忙著去梳妝檯和衣櫃那邊把首飾和衣服拿出來，而溫阮也乘機打量了一圈屋子，沒有意外的話，這以後應該就是她的閨閣了。

看得出來，房間佈置很費心思，雕木的大床，懸掛著粉絲的窗幔，而旁邊的一應家具物件做工也很精細，還有，這屋內的盆景和玉器花瓶也皆是上品。

最重要的是，這屋子整體裝飾風格既素雅卻又不失大方，她還滿喜歡的。

「阮阮，妳快來瞧瞧，娘和妳大嫂幫妳置辦的這些衣服和首飾，合不合妳心意？」容玥在旁邊朝著溫阮招手。

溫阮應了一聲，乖巧地走了過去。

不過，待走近後溫阮卻驚住了，這滿滿當當幾櫃子的衣服，和這好幾個大首飾盒的首飾，不會是都為她準備的吧？這也太誇張了吧！

「娘、大嫂，這衣服是不是有點太多了？」溫阮委婉地說道。

還有這滿盒子的珠釵頭飾什麼的，她這頭上的兩個小揪揪，怕是終究要辜負它們了。

容玥卻擺了擺手。「多什麼多？留著慢慢穿戴就是了。」

「對啊！妹妹，這些只是一部分而已，庫房裡還有呢！等回頭都讓丫鬟幫妳拿出來，咱們慢慢穿啊！」蕭筱也一臉贊同地補充道。

什麼？還有？溫阮突然有點無法直視古人的鋪張程度了。

「可是，娘，我要是長個頭了怎麼辦？」所以，怎麼慢慢穿啊？衣服怕是穿不完就要小了吧？對此，溫阮表示很憂傷。

容玥和蕭筱這對婆媳不禁對視了一眼，有點尷尬。

蕭筱訕訕地說道：「我和娘好像……是一不小心買得多了點。」

溫阮不禁扶額，她還有什麼不明白的啊？果然無論是什麼朝代，女人的購物慾都是不容小覷的！

在溫甯侯府住下的第一夜，溫阮竟連個夢都沒作，一宿好眠。

可能是趕路累了，也有可能是昨日聊得有點晚，當溫阮醒來時，外頭天已大亮，日上三竿無疑了。

不過，這一覺睡得真舒服啊！眼睛半睜沒睜開時，溫阮習慣性地伸了個懶腰，只是，她的手好像碰到了什麼東西，軟軟的。

覺得有點奇怪，溫阮扭過身看去，恰巧看到一個小團子正趴在床沿邊，眨著忽閃忽閃的大眼睛，盯著自己看，而她的手碰到的正是小團子胖乎乎的小手臂。

溫阮瞬間清醒了，哇，這是什麼絕世小可愛？有被萌到！

「咕咕。」小團子不甚清晰地喊道。

溫阮一怔，忙坐起身，不確定地問道：「你是……瑞瑞？」

「瑞瑞！」小團子一聽人喊自己的名字，瞬間興奮了，指了指自己的鼻子，說道：「瑞瑞，我！」

蕭筱進屋時，見到的便是這副場景——兩個小小的人兒，正歪著小腦袋，大眼對小眼。不知道的，還以為這兩人在比鬥眼呢！

蕭筱有些無奈，瑞瑞小傢伙一早聽說姑姑回來了，便吵著鬧著要過來，本來溫阮還未起身，蕭筱琢磨著讓她多睡會兒，便帶著兒子在外間等著。誰知，她一個沒留意，小傢伙竟然自己溜了進來。

「小壞蛋，是不是擾到你姑姑睡覺了啊？」蕭筱進來後，笑著拍了拍自己兒子的小屁股，罵道。

小傢伙可沒工夫聽他娘親說這些，此時他正奮力地撅著小屁股往床上爬呢！

瑞瑞手腳並用，哼哧哼哧的，看著像隻小烏龜，可搞笑了。溫阮見狀，忙伸手去拉他，但一個小團子怎麼可能拽得動另一個小團子呢？

蕭筱笑了笑，忙托著自家兒子的小屁股，把他推了上去。

這下，小團子終於如願以償地爬了上床，只見他坐在床沿邊，兩腳一踢，「哐噹」

一聲，腳上的鞋子應聲而落。溫阮不禁失笑，看這嫻熟的小模樣，平日裡定是沒少做吧？

「瑞瑞，你要幹麼呀？」溫阮笑著問道。

小團子掀開被子的一角，小小的身子滑了進去，只露出個小腦袋，大眼睛睜得圓溜溜的。「姑姑，玩！」

玩？玩什麼啊？比賽睡覺嗎？溫阮一頭霧水，不解地看向一旁的蕭筱，求解疑答惑啊！

「他是要和妳玩捉迷藏呢！平日裡都是妳大哥陪他玩的，這會倒是抓住妳了。」蕭筱無奈地笑了笑，點了點小團子的額頭，伸手就把他從被子裡提出來了。

「好了，瑞瑞快出來吧，別鬧你姑姑了。」

溫阮拉了拉蕭筱的衣袖，笑著說道：「大嫂，不急，我和瑞瑞玩一會兒。」小團子簡直太可愛了，粉嘟嘟的，跟個糯米團子似的，看得她心都快化了。

只是溫阮自己卻不知，此時她在旁人眼中也是可愛到不行啊！

蕭筱覺得溫阮這白白嫩嫩、粉雕玉琢的小模樣，可比自家傻兒子招人愛多了。

唉，沒辦法，誰讓蕭筱一直眼饞別人家的小閨女呢。剛開始懷上瑞瑞的時候，溫浩然一直盼著這胎是個女兒，可沒想到竟然生了個兒子，溫浩然還失望了好一陣子來著。

可去年，溫浩然的身子突然出現了問題，他們遍尋名醫卻沒有任何法子，那時蕭筱才無比慶幸，還好頭一胎生下的是瑞瑞，若溫浩然真是有個好歹，他們這一房也算是後繼有人了。

對蕭筱來說，她這輩子能嫁給溫浩然真的很知足。她自小便見自己父親後院的那些個妾室整日裡爭鬥不休，真的是煩不勝煩，她甚至還一度對婚後的生活感到絕望。萬幸她遇見的人是溫浩然，嫁進了溫甯侯府。當時溫浩然病重，她甚至做好了隨他一同離開的準備。

所以，溫阮救了溫浩然，也算是間接救了她，拯救了他們這個小家，她自是打心底感激她這個小姑子。

瑞瑞小傢伙看娘親鬆開了他，忙把腦袋往被子一縮，把頭給蓋了起來，然後，小屁股還留在被子外面。「姑姑，妳快猜猜瑞瑞在哪裡？」

溫阮一怔，呃……考驗她演技的時候到了啊！

「咦？瑞瑞哪裡去了？難道在床底下嗎？」溫阮下了床，站在床邊故意弄出點動靜。「沒有唉，奇怪，難道是在櫃子裡嗎？」

溫阮不厭其煩地在屋子裡跑來跑去，然後看時間差不多了，才又重新爬回到床上，衝著被子裡的一小團說道：「難道是在被子裡嗎？」話落，溫阮便掀開被子。「哇，原來瑞瑞藏在這裡啊！真厲害，姑姑都沒發現呢！」

瑞瑞被抓住了也沒鬧脾氣，反而看見溫阮笑，自己也跟著「咯咯咯」地傻樂個不停，然後笑著笑著，小傢伙一把撲到溫阮身上，再然後，兩個小團子便在床上滾了起來，玩得那叫不亦樂乎。

最後，還是蕭筱受不了自家傻兒子的這個鬧騰勁，硬是把他給抱了出去，溫阮這才有機會起床，梳洗一番。

蕭筱和瑞瑞小團子出去後，進來了兩個丫鬟，一個叫彩雲，一個叫彩霞，兩人年歲不大，過了年才十三，是美人娘給她準備的近身侍奉的丫鬟。

彩雲服侍著溫阮穿上衣服，彩霞這邊也打了熱水進來，供她梳洗用。看著兩人忙前忙後，溫阮作夢也沒想過啊，打小就獨立的自己，這有朝一日，竟也過上了這種衣來伸手、飯來張口的日子。

不過，看著銅鏡中的自己，還真別說，同樣是小揪揪，但經過彩雲的巧手，顯然比她平日自己隨手一挽要好看太多，還有這珠花一插啊，溫阮盯著銅鏡中自己的小模樣，又可愛了幾分呢！

這面銅鏡照人很是清晰，溫阮仔細打量著自己的五官，小模樣似乎有些太精緻了吧？只要日後不長歪，長大後也定是個難得一見的美人。

不過，想到美人娘親和英俊爹爹，溫阮覺得這長歪的機率應該不大。

「彩雲，我待會兒是不是要去給祖母和娘請安呀？」大家大戶裡應該是有這種規矩吧？溫阮也不是很確定，覺得還是問一下比較好。

彩雲回道：「一早，老夫人和大夫人便差人來了，說前些日子小姐趕路辛苦，今日便不要再折騰了，好好在院子裡休息上一日，等晚膳時，到老夫人的福安堂去用就可以。」

溫阮點了點頭，也沒再多說什麼。不用出去也好，正好今日可以熟悉熟悉自己的院子。還有，她還要看看能不能騰出一間房，當作平日裡製藥用呢！

溫阮收拾妥當後，來到了外間，此時，蕭筱正帶著瑞瑞在桌子前吃點心，聽到動靜後，母子兩人齊排排地扭頭，瑞瑞更是掙脫著從蕭筱的懷裡下來，然後，噠噠噠地跑向溫阮。

「姑姑，漂漂！」

呦，這小團子可以啊，嘴這麼甜，小小年紀就知道要誇女孩子漂亮，這以後不怕找不到媳婦了！

溫阮剛想禮尚往來地誇小團子兩句，可誰知，他突然拉著溫阮的衣服，指著她頭上的珠花，一臉渴望地說道——

「花花，瑞瑞也要！」

呃……合著不是誇她漂亮，是誇她頭上的珠花啊！溫阮頓時哭笑不得，但又忍不住想逗一逗小團子。「那瑞瑞，你說是姑姑漂漂，還是花花漂漂啊？」

這個問題對一歲多的小朋友來說，似乎有些難了，怕是連題目的意思都聽不懂吧？更別說問這問題的人背後的深意了。

所以，咱們瑞瑞小朋友想都沒想，便回道——

「花花漂漂！」

溫阮。「……」

不好意思，她要收回剛剛那句「以後不怕找不到媳婦」的話！就這求生慾，以後找不到媳婦是應該的！

不過，當溫阮再次對上小團子一臉懵懂無知的表情時，突然才意識到自己在做什麼，不禁有些失笑。她最近真是越活越回去了，小團子還這麼小，怎麼可能懂她的意思啊？應該只是純粹想要花花吧。

珠花肯定是不能拿下來給瑞瑞玩的，萬一傷到他可就不好了。正當溫阮想著要如何哄一哄小團子時，蕭筱走了過來。

「這花花瑞瑞喜歡，可姑姑也喜歡，若給了瑞瑞，姑姑就沒有了呢！」蕭筱蹲在小團子面前，一本正經地同他講道理。「爹爹說過，君子不奪人所好喔！」

溫阮傻了，這一歲多的小孩子，妳同他講道理哪裡會講得通啊？他們不都是依靠本能哭鬧的嗎？

可誰知，小團子皺著小眉頭，想了想後，說道：「花花給姑姑，瑞瑞不要！」

「……」竟然還真講得通？溫阮感覺智商被侮辱了一下下！

蕭筱在帶瑞瑞過來之前，其實已經用了早膳，但這會兒，還是陪著溫阮又用了些，只是小傢伙就吃飯這一會子的功夫，已咳嗽了好幾回。

昨日溫阮便聽說小傢伙患了風寒，看樣子小傢伙還未好全啊！正好她也吃得差不多了，於是放下手中的碗筷，衝著小團子招了招手。「瑞瑞，過來，姑姑帶你診脈玩。」

小傢伙可聽不懂診脈是啥意思，但溫阮最後那句「玩」，他倒是聽得清清楚楚，於是開心地朝著溫阮走去。

溫阮這會兒才注意到，小團子才一歲多，走路竟這般穩，若她沒記錯的話，這個年齡的孩子走起路來應該還歪歪扭扭的才是。

「大嫂，瑞瑞什麼時候學會走路的呀？」溫阮好奇地看向蕭筱。

蕭筱笑著回道：「瑞瑞走路比一般孩子要早，大概八個月大的時候，便歪歪扭扭能走了，一歲以後，走路就很穩。」如果瑞瑞的舅舅也能像他這般該多好……蕭筱眼底劃過一絲黯然。

碰巧這時小團子過來了，溫阮「喔」了一聲，視線全被小團子吸引了過去，便錯過了蕭筱眼底的異樣。

溫阮替小傢伙診完脈，確認無礙後，才放下心來。

小團子還以為溫阮在同他玩遊戲，便有樣學樣，竟也給溫阮診起脈了。溫阮也沒攔著他，隨他鬧騰，但這邊卻同蕭筱交代了起來。

「大嫂，瑞瑞的風寒已無大礙，只是還有些咳嗽，不過，妳不要再餵他湯藥了，小孩子腸胃較弱，湯藥傷腸胃，不如食療的好。晌午時，我熬些清肺止咳的湯給瑞瑞喝吧。」溫阮耐心地交代醫囑。

蕭筱自是沒有意見，立即點頭應了下來。

不過，看著溫阮一本正經的小模樣，蕭筱還是沒忍住，打趣道：「怪不得妳哥哥說，妳給人瞧起病來，像個小大人一樣，今日一看，他還真是沒誆騙我！」

「嗯嗯，是的呢，大哥最喜歡大嫂了，才不會騙大嫂喔！」溫阮又狀似無意地嘟囔道：「還有，之前我問大哥，是媳婦重要，還是妹妹重要時，大哥都說是大嫂重要些，可見大哥心裡確實很喜歡大嫂呢！」

聞言，蕭筱的臉驀地一紅，鬧了個大紅臉。

溫阮面上不顯，仍是那副懵懂無知的樣子，心裡卻有個小人在暗自嘚瑟。呵呵，打趣人這種事，她溫阮就沒輸過！

蕭筱帶著瑞瑞在汀蘭苑玩了一上午，眼看這小傢伙不停地打著瞌睡，無法，只能帶著小傢伙回去補補眠。

送走兩人後，溫阮也終於得了空，正好也瞧瞧她這院子。

別說，這院落瞧著真不小，還有個小廚房。溫阮去瞧了一眼，東西都挺齊全的，這以後她想要折騰什麼好吃的，那可就方便多了。

當然，最讓溫阮意外的是，這院子裡竟然還給她空出了一間製藥房。不過，從這外觀上瞧著，和鬼手神醫山上的那間藥房有點像啊！

「小姐，這是大公子前些日子回來後，特意讓人空出了這間房，說是給小姐作藥房用，裡面的擺設和一應物件，也全都按照大公子的要求弄的。」彩雲適時地解釋了一下。

溫阮「喔」了一聲，原來是大哥的安排啊，怪不得呢！還有這些書架上的醫書和藥櫃子裡的藥材，可不就是她當初從山上帶下來的嘛！她這個大哥果然心思縝密，做事周到啊！

「小姐，大公子交代了，若您有什麼不滿意的地方，或是還需要添置什麼物件，盡可同奴婢說，奴婢自會去辦。」彩雲補充道。

溫阮點了點頭，「嗯」了一聲。這間藥房她大致上還算滿意，只是可能需要添些東西，不過這個不急，等哪日得空了，她親自去採購也不遲。

在彩雲的指引下，溫阮徹底把院子看了一圈，回到屋子裡後，彩霞立即端上來些茶點。

「小姐，這花茶您嘗嘗，看看合不合您的口味。還有這糕點，是大廚房那邊送來的，您也嚐嚐看，若是不喜歡的話，您喜歡吃什麼，咱們小廚房自己也可以做。」

溫阮看了彩霞一眼，這丫頭確實機靈，她剛剛逛了這麼久，這會兒是有些口渴了，正好用些茶點。

就在溫阮用著茶點時，彩雲拿了一疊冊子走進屋裡來，像是準備要給她看的。

「小姐，這是咱們庫房裡一應東西的明細，奴婢拿來給您過目一下。」彩雲畢恭畢敬地把東西遞到溫阮面前。

其實按理說，像溫阮這般年紀的小姐，房裡的東西一貫是由房裡的丫鬟幫忙管的，定期向夫人彙報即可，而彩雲就是容玥特意為溫阮安排的這種丫鬟。

只是，彩雲經過這半日的觀察後，發現溫阮是一個頗有主意的人，她琢磨了一下，覺得還是不能把小姐當作小孩子看，院子裡的大小事情務必要讓小姐知曉才是，所以，她才主動過來向溫阮彙報。

溫阮倒是沒想這麼多，不過，彩雲此舉確實合了她的心意。她這個人雖稍稍懶散了些，但也一貫不喜歡活得糊裡糊塗，否則等到哪日被人賣了，難道還要為人數錢不成？

大概翻了一下冊子後，溫阮心裡有些震驚，剛剛去庫房只是大概看了一眼，她壓根兒沒料到竟有這麼多東西！錦衣綢緞這些先不說了，光這金銀玉器什麼的，就占了滿滿一本冊子！呃……他們不會是把整個溫甯侯府裡的好東西都送她院子裡來了吧？

「彩雲，這東西怎麼這麼多？」溫阮不解地問道。

彩雲低眉頷首。「回小姐，這裡有一部分是夫人打小就幫您置辦的，其他的都是這幾日，其他各院的主子們陸陸續續送過來的。在最後那本冊子上，奴婢記了哪院主子送了些什麼東西，以方便您翻看。」

溫阮頗為讚賞地點了點頭，順手翻開那本冊子，果然清晰，看起來一目了然。

還真別說，她美人娘親的眼光確實不錯，自己這兩個貼身丫鬟，彩雲心細，適合替她管理院子裡的庶務；彩霞機靈，平日裡出門也可貼身帶著，順便打聽個消息什麼的。兩人同為自己身邊的得力丫鬟，一內一外，倒是相得益彰啊！

「嗯，彩雲妳做的不錯，就按照娘之前安排的來吧，庫房暫由妳打理。」溫阮想了想，又補充道：「不過，咱們院子裡的人，妳也需做份名目，家境、過往來歷均需要詳細，過幾日我要看。」

彩雲心裡暗道，小姐果然是個有成算的！她很慶幸自己未把小姐當作孩子來對待。畢恭畢敬地道了聲「是」，屈身行了個禮後，彩雲這才抱著冊子退了下去。

午膳後，溫阮在房裡小憩了會兒，睡醒後覺得無事，便想著去溫嵐的院子看看。昨日回來比較倉促，她還沒來得及給溫嵐的臉複診，正好今日有空，也順便看看齊令衡和齊令羽兩兄弟。

當溫阮來到溫嵐在溫甯侯府的院子時，齊令衡正在屋裡帶著齊令羽背書，她這遠遠聽著，似乎是在背《三字經》，瞧著齊令羽東張西望、屁股下好像是長了針的樣子，溫阮不禁一樂，看來，又一枚小學渣無疑了！

「表姊，妳來了！」齊令羽見到溫阮，立即丟下手裡的書，跑到她面前，委委屈屈地抱怨道：「我今日本想去找表姊的，可娘說表姊要休息，攔著沒讓我過去呢！」

看著嘴噘得可以掛油瓶的齊令羽，溫阮笑得很開心。「我來看表弟不也一樣嘛！可是，我是不是打擾表弟唸書了呀？要不然我先去找姑母？」溫阮故意逗齊令羽。

果然，她剛說完就見齊令羽連連擺手，一臉驚慌。

「不打擾、不打擾！書改日再唸也是可以的，是吧，哥哥？」齊令羽期待地看向齊令衡。

齊令衡一臉無奈，嘆了口氣。「好了，今日便不唸了。」

聞言，齊令羽高興得都要蹦起來了。「那表姊，咱們去玩吧！」

誰知，溫阮搖了搖頭，一把攔住了齊令羽。「不行呢，表弟，我要先替姑母看看臉上的傷喔！」

齊令羽一聽，不禁有些羞愧，自己好像只顧著玩了，於是連忙積極表現。「娘在屋裡，我去找娘過來！」說完，齊令羽便直接跑去了裡間。

此時屋子裡，便只剩下溫阮和齊令衡兩人。

「表妹放心，娘臉上的傷已無礙。」齊令衡怕溫阮擔心，遂開口寬慰道。

溫阮點了點頭，笑吟吟地說道：「姑母無礙便好。那表哥，你在府裡待得可還習慣？」

「謝謝表妹關心，府裡人都是極好的，我們住得很習慣。」齊令衡微微頷首，臉上逸出一抹真摯的笑容。住進溫甯侯府後，齊令衡擔心的事情都沒有發生，外祖父和外祖母對他們很好，舅舅和舅母們對他們也關懷備至，就像溫阮當初說的那樣，他們都是把他和弟弟當成親人，從沒有當成累贅。

看到齊令衡的樣子，溫阮也放心了，看樣子他的心結應該是打開了。只是，溫阮低頭看了眼齊令衡手裡拿的書，問道：「表哥，你的學業是不是耽擱了啊？祖父還沒有幫你和表弟安排書院嗎？」

齊令衡笑著回道：「大舅舅已經在安排了，說是過些日子，就把我和令羽送去梓鹿書院。」即便這麼多年不在京都府，梓鹿書院的地位，齊令衡也是有所瞭解的。他很清楚，他和弟弟能去那裡讀書，全是仰仗著侯府。

溫阮一愣，下意識縮了縮脖子。梓鹿書院？不就是薛太傅擔任夫子的學院嗎？算了，既然家裡人已經幫他們兩兄弟安排好了，那她還是不要多嘴為好，萬一被家裡人想起來，再把她一起送過去，那可就不妙了。

溫阮心裡默唸道：求放過啊，我真的不想苦哈哈地去背那些「之乎者也」啊！

齊令羽的動作還挺快的，溫嵐很快便被他拉了出來，隨著他們一起出來的，還有林嬤嬤以及幾個丫鬟，手裡好像還捧著些冊子。

溫嵐見到溫阮，很親切地拉上了她的手。「阮阮，聽羽兒說妳是來幫我看傷的？這孩子，真是讓妳費心了。不過，妳配的藥果然很好，臉上的疤痕都消了呢！」

聞言，溫阮仔細瞧了瞧溫嵐的臉，果然一點疤痕都沒有了。但不知是之前用藥的關係，還是因為京都府天氣乾燥，溫嵐的臉上有些脫皮，一看就是皮膚缺水導致的。

「姑母的臉無礙，阮阮就放心了。只是我瞧您臉上有些乾，待會兒我製些面膜，您可以敷在臉上補補水。」溫阮研究過一段時間的藥妝，製些補水面膜什麼的，對她來說就是小菜一碟。

聞言，溫嵐疑惑地問道：「面膜是何物？」

溫阮想了想，解釋道：「就是用藥材和一些植物調配成一種可以敷在臉上的東西。可能我說了姑母也不太清楚，等稍後我製出來了，到時候姑母敷一次，您就全明白了呢！」

溫嵐聞言，倒也不在意，簡單回了句「好」，便同溫阮聊起其他的事，比如說，回府住得還習慣嗎？丫鬟伺候得可還盡心？吃食上可還吃得慣？總而言之，就是些家長裡短的話。

聊著聊著，溫阮順嘴也關心了一下溫嵐。「姑母，您近來都在忙些什麼呀？」

溫嵐抿了口茶水，回道：「沒什麼，就是最近在處理一些鋪子、莊子的事。剛剛丫鬟拿出去的那些，便是鋪子的帳本。」

當年出嫁的時候，溫甯侯府除了現銀之外，自是給溫嵐陪嫁了鋪子和莊子的，莊子在京郊附近，而鋪子也都是在京都府城內。

自從回到京都府後，溫嵐知道和離之事勢在必行，雖然她曉得和離後溫甯侯府定是不會虧待了兩個孩子，但她還是想多為他們攢點家底，於是便把心思放在了這些陪嫁的鋪子和莊子上面。

不過，這些天一查帳，溫嵐才發現無論是鋪子還是莊子，盈利都很微薄，但她又不知道是哪裡出了問題，為此也是苦惱不已。

看溫嵐的樣子，溫阮猜測應該是不太順利吧，可是生意上的事，她也不太懂，自然也不太好給建議。不過她不行，溫浩輝可以啊！

「姑母，若您在生意上遇到什麼問題，可以問問我三哥，我三哥特別精通做買賣，他之前自己賺了好多銀子呢！」溫阮一臉驕傲地說道。

溫嵐一愣，這個她倒是沒有想到。「對啊，我怎麼把浩輝給忘了！多虧了阮阮提醒，明日我便讓浩輝來幫我瞧一瞧。」溫嵐笑著應了下來。之前也聽說過溫浩輝擅長商賈之術，讓他幫著參謀參謀也未嘗不可。

自己的建議被採納，溫阮也很開心。看著溫嵐，本還想問問她關於和離之事，按理說，溫嵐這也回來小半個月，應該有些眉目了才是。但溫阮又考慮到她一個小孩子，若張口問長輩這等事，怕是有些不妥當的。所以，溫阮垂眸暗暗思量了一下，最後還是決定先找個機會問問溫浩然吧。

從溫嵐的院子回來後，溫阮便列了個單子，上面有需要製作消炎補水面膜的一些藥材，然後讓彩雲去準備，她要先把補水面膜給製出來。

彩雲辦事的效率果然很快，不到半個時辰，便把溫阮需要的東西都備齊了。

在現代，這種面膜溫阮也經常做出來給自己用，所以此時製作起來，那是相當的嫻熟，很快便做好了成品。這次溫阮準備了不少，她先分出了五份，美人娘親、大嫂、小姑母、二嬸，就連祖母也有，畢竟無論什麼年齡層的女人，都想要水靈靈的呢！

溫阮把彩雲、彩霞喚了進來，又喚了幾個院裡的小丫鬟，她親自示範一遍，把面膜的使用方法教給她們，再吩咐她們給各院的主子送了過去。

然後，這天下午，溫甯侯府各院的女主子們都敷上了這種綠綠黏黏叫面膜的東西。當然了，誰用誰知道啊，敷了僅僅一刻鐘的時間而已，臉蛋就明顯水嫩光滑了許多，這效果可真的是立竿見影，以至於晚上去福安堂用晚膳時，溫阮得了大家好一陣誇讚，搞得她都有點不好意思了。

只是，用完晚膳後，溫阮同美人娘親和大嫂三人剛走出福安堂，便被溫浩輝攔了下來。

「三哥，你怎麼來了？祖父不是讓你去書房了嗎？」溫阮疑惑地問道。

溫浩輝同容玥和蕭筱見完禮後，急忙說道：「沒事，我待會兒再過去也不遲。妹妹，我有點事情想問妳。」

容玥和蕭筱見兩兄妹似乎有事要談，便先行離開了。

溫阮看著溫浩輝，覺得有些奇怪，究竟是什麼事竟讓他這般著急？「三哥，什麼事啊？」

溫浩輝眸子裡閃著精光。「妹妹，妳做的那個面膜的法子簡單嗎？其他人若是照著方子，能不能製出來？」

溫阮靈光一閃，她大概猜到溫浩輝要幹什麼了。「三哥，你想拿到鋪子裡去賣？」

溫浩輝也沒隱瞞，點了點頭。「據我行商時的觀察，這女子的銀子都很好賺，如綢緞鋪子、胭脂水粉鋪子，還有首飾鋪子，都很賺銀子。女子愛美乃是天性，這面膜的效果這般顯著，妹妹妳看，剛剛在用膳時，娘她們都要樂出花了，所以，我都能料到，這面膜一旦面世，肯定會受到世家貴族的夫人和小姐追捧的！」

溫阮不得不佩服溫浩輝對市場的洞察力，以及對商機的敏銳性。這無論什麼朝代，女人的錢都是最好賺的，他能發現這一點，也是很厲害了。

「喔，對了，妹妹妳提供方子就行，人和鋪子的事都交給我，等賺銀子了，咱們三七分！」溫浩輝笑咪咪地說道。

溫阮有些意外地看向溫浩輝，她這個三哥做生意還是滿厚道的嘛，她僅提供個方子，後期生產、找鋪面、雇人銷售等一系列事情全被他一個給包了，竟然還給了她三成的利，顯然沒虧待合作夥伴的意思啊！不錯不錯，合作這種事情，只有互惠互利才能走得遠。

「當然了，妹妹妳拿七成，我分三成就行。」溫浩輝又補充道。

溫阮一愣，有些一言難盡地看著溫浩輝。「三哥，你一直都是這樣做買賣的嗎？」他這不太聰明的樣子，確定是擅長商賈之術嗎？溫阮表示有些懷疑。

溫浩輝自然聽出了溫阮話中的意思，笑著揉了揉她的小腦袋，說道：「怎麼可能？真當妳三哥傻呢！這不是因為妳是我妹妹嘛！別說三七分了，全都給妳，哥哥也願意，就當哥哥替妳賺銀子花了！」

哇，這是什麼絕世好哥哥？溫阮瞬間星星眼，覺得溫浩輝的氣場根本有兩百八，真是帥得不要不要的！

「三哥，你真好！」溫阮小馬屁立即拍起來。

彩虹屁對溫浩輝這個妹控來說，果然很受用，只見他得意得小尾巴都快翹到天上去了。

「三哥，方子我回頭寫給你。不過，若真賺了銀子，你也不用給我，都留在你那裡吧，這樣你也有本金做其他的買賣不是？我相信三哥，買賣肯定會越做越大的，也會賺很多銀子喔！」銀子不銀子的，溫阮自是不會同溫浩輝計較，她反倒覺得銀子只有在溫浩輝手裡，才能讓它發揮更大的作用，才能讓它錢生錢。

接下來幾日，溫阮一直想找機會問問溫嵐和離之事，但溫浩然一直很忙，溫阮去他們院子堵了好幾次都沒碰到他，倒是每次都陪瑞瑞這個小團子玩鬧了好一番。

可這日，溫阮剛用完晚膳，正準備在院子消消食，溫浩然身邊的小廝卻主動上了門。

小廝行了一禮後，恭恭敬敬地說道：「小姐，大公子讓小人來給您傳話，請您去一趟老侯爺的書房。」

「現在？」溫阮有些意外，這無緣無故的，讓她去書房幹麼？畢竟通過這幾日的瞭解，她祖父的書房可是侯府的機密重地，一般人不能隨便出入的。

小廝回道：「是的，小姐，大公子是這樣交代的。」

溫阮也沒多做糾結，跟著小廝便去了老侯爺的書房。

可是，剛邁進書房的門，就先把溫阮嚇了一跳。

媽呀，怎麼這麼多人啊？

只見她祖父坐在正中間的位子，下首是她便宜爹爹和二叔，然後依次是她三個哥哥，還有她堂哥也在。

怎麼著，難道這是要開家庭會議的節奏？

不過在溫阮進來之前，他們似乎正在討論什麼重要的事情，書房內的氣氛明顯有些凝重，特別是老侯爺，本來是一副橫眉豎目的模樣，誰知一見溫阮進來，立即換成了一臉的和藹可親。

「阮阮，妳來了啊？快來祖父身邊坐！」老侯爺衝著溫阮招了招手。

溫阮心裡不禁一樂，喲，這小老頭還有兩副面孔呢！

「好嘞，祖父，我這就過來。」儘管溫阮心裡樂得不行，但面上仍是一副天真爛漫的小模樣。嗨，這年頭誰還沒點演技啊！

溫阮乖巧地坐到了老侯爺旁邊，呃……看著下首的眾人，突然覺得她這家庭地位還滿高的嘛，心裡忍不住一陣小得意。

只是，溫阮還沒來得及嘚瑟一下，便聽到她祖父緩緩地問道——

「阮阮，聽妳大哥說，當日妳在咸陽城打架打得特別凶，還親自動手幫妳姑母出氣了？」

老侯爺的臉上看不出喜怒，給人一種老奸巨猾的感覺，溫阮覺得，他再也不是剛剛那個慈眉善目的祖父了呢！

這到底是要秋後算帳，還是要論功行賞啊？要說打架這件事吧，說是秋後算帳也說得通，但為小姑母出頭這種事，也擔得起論功行賞。所以，到底是鬧哪樣？給點提示唄，不然她怎麼知道要如何反應啊？

溫阮悄悄地在屋子裡掃了一圈，不知他們是故意的，還是眾人心照不宣地覺得這種嚴肅的場合不適合擠眉弄眼，反正大家都是一本正經的樣子，真真是啥也看不出來。

算了，管他呢，反正做都做了，也沒有啥不敢承認的！不過嘛，這個說話還是要講究點藝術的，比如……

「對啊，祖父是不是也覺得阮阮特別厲害呀？不過，您也不用特意表揚我，咱們都是一家人，一家人之間不就是要相互撐腰嗎？欺負到我們家人的頭上，定是要揍他們的！」溫阮嗓音脆生生的，大大的眼睛裡滿是自豪。

什麼叫先發制人？這就叫作先發制人啊！她都把打架這種事上升到了如此高度，溫阮不信他們還能找什麼說辭來反駁她。

老侯爺一愣，別說，他一開始還真是被溫阮給唬住了。

不過，在千年的狐狸面前玩聊齋，溫阮顯然還是嫩了些，她怎麼也不會想到，就低眉時眼裡不經意閃過的那抹小得意，正好被抓了個正著。

不過，這小孫女古靈精怪的勁，老侯爺卻很是喜歡，覺得她臨危不亂的風範也頗得他的真傳啊，至少比家裡那幾個臭小子討喜多了。

老侯爺越想越開心，直接「哈哈哈」地笑出了聲。「不錯不錯，果然像浩然說的那樣！若阮阮是個男子，成就定是要高於妳幾個哥哥的！」

當然，在他們心裡並不是覺得溫阮是女孩，所以不如哥哥們，而是他們下意識認為，女孩子只要讓家裡人寵著護著就好了，不用她累死累活去拚什麼前程。

溫阮被老侯爺這突然的笑聲嚇了一跳，拍了拍小胸口，哀怨地看了他老人家一眼，真是嚇死寶寶了。唉，她這祖父這麼大把年紀了，情緒起伏還這般大，真是有點不讓人省心啊！

不過，其他人也是一臉笑意，打趣地看著溫阮，顯然也是識破了她的小把戲。

溫阮奶凶奶凶地衝著眾人「哼」了一聲，以此來表達自己強烈的不滿。

「祖父，您小瞧人呢！我即便是女子，日後也不見得不如哥哥們喔！」

之前薛太傅提議她以溫甯侯府的名義，在夏祁國全國境內開醫館，藉機培養自己的勢力之事，溫阮想了想後覺得可行，正好趁此機會問問大家的意見。

她的想法很簡單，大概就是先培養一批有天賦的醫者，當然，這批人必須是簽了死契的，她可不想到時候為他人做嫁衣。

然後，再把這些人散落到夏祁國各地去開醫館，利用醫館的身分迅速在各地立足，接著藉機刺探一些消息。

要知道，人在生死、疾病面前，警戒心自然而然就會降低。俗話說，病不忌醫，身為醫者，知道的自然不會少了，那手裡握住的這些把柄，自會成為他們的利器。

溫阮把整個計劃講完後，書房裡陷入落針可聞的靜默。眾人面面相覷，但毫不意外，眸中都是震驚之色。

「阮阮，妳說的這些是誰教妳的？」溫啟淮不可思議地問道。在他看來，小女兒雖然聰慧，但這等嚴思縝密的謀算，若沒有足夠的社會閱歷，怕是無法想出來吧？

溫阮早就料到自己講出這番話後眾人會有怎樣的反應，遂不慌不忙地回道：「我師父呀！每次我不願學醫術的時候，師父便會把這番話講一遍，還說只要我學好醫術，日後對我定有大的好處呢！不過，那時候我還不太明白，後來在回來的路上，我們不是遇見薛太傅了嗎？他也講了類似的話。我把師父和薛太傅的話琢磨了下後，覺得他們說的應該就是我剛剛講的那個意思。對了，祖父，薛太傅那時候說了，這是利國利民、名垂青史的大事，所以，日後我會比哥哥們厲害喔！」溫阮說著，還不忘做出一臉傲嬌的小表情，惹得眾人頻頻失笑。

「阮阮，讓妳太子表哥一同參與此事，這也是妳師父和薛太傅告訴妳的嗎？」老侯爺撫了撫鬍子，問道。

溫阮搖了搖頭，有些驕傲地回道：「這可是我自己想到的呢！」

「喔？那阮阮是如何想到的呢？」老侯爺又問道。

溫阮回道：「我之前看過一本書，那上面說，得民心者得天下，我就想著，太子表哥日後不是要繼承皇位的嘛，咱們都是一家人，現在有利國利民的好事，自然不能忘了太子表哥呀！畢竟，他應該比咱們還需要民意呢！」

溫甯侯府注定是太子這條船的人，那幫助太子樹立威望、獲得民意，也是理所應當的；其次呢，溫阮也是為了日後做打算，若有朝一日太子登基，溫甯侯府也不會因為這股勢力而成為讓天子猜忌的外家。

要知道，明哲保身這種事，要懂得未雨綢繆啊！

老侯爺一愣，顯然沒料到溫阮會這般回答。「咱們阮阮果然聰慧啊！不過，這件事要容祖父同妳太子表哥商議後，才能給阮阮回覆。」

溫阮忙擺了擺小手。「不急不急，反正這事我也就能教教人醫術而已，其他的事我可不管喔！我還是個孩子呢，做不了這麼多事的！」

開玩笑，動動嘴皮子還行，若真讓她擔起這麼大個擔子，那還不累死她？不行不行，家裡一堆人呢，沒道理壓榨她這個童工啊！

看到溫阮一副心有餘悸的樣子，眾人不禁失笑。就算她想做，他們還不捨得小丫頭受這份累呢！

老侯爺捋了捋鬍子，笑著說道：「阮阮放心，誰要是敢累著我孫女，祖父替妳作主。」

溫阮這下心滿意足了，這有人撐腰就是好啊！

「不過，我把你們都叫來是有另一件事要說。」老侯爺抿了口茶，潤潤嗓子後，看著眾人繼續說道：「今日下朝，皇上單獨召我去御書房，說三日後宮中設宴，還點名讓阮阮參加。」

點名讓她進宮？溫阮一愣。她那位素未謀面的皇帝姑父想幹麼？可不要告訴她是想她了啊！別鬧，這種鬼話騙騙三歲孩子還差不多，她怎麼說也都六歲了，這皇帝老兒不會真用這麼菜的藉口吧？

聞言，溫浩然也皺起了眉。「祖父，皇上這是何意？」

按慣例來說，宮裡設宴一般都是世家貴族自行決定帶家中哪些子女參加，可這次為什麼皇上獨獨點了溫阮，這其中的深意不得不令人深思。

老侯爺看了溫啟淮一眼。

溫啟淮會意，說道：「太子那邊傳來消息，說此次宮宴是程貴妃極力推薦皇上辦的，他們怕是另有所圖。」

這時，溫阮的二叔溫啟靖似是想到了什麼，說道：「對了，我在處理小妹和離的事時，派人盯住了齊府，發現齊磊的那位程姨娘近日秘密回了京都府，前兩日，程姨娘和她那位妹妹還進宮給程貴妃請了一趟安。」

這兩方一比對，事情大概就有了苗頭，怕是衝著在咸陽城發生的事情來的。

「怕是妹妹之前給他們下的毒，程家那位庶女解不了吧？他們難道想藉宮宴的機會，逼妹妹交出解藥？」溫浩傑說道。

溫浩然若有所思，道：「怕不僅如此。二叔，齊府那邊的事您查得怎麼樣了？」

他們回來後，第一時間便看了齊磊當年簽下的字據，果然有漏洞，上面沒有標明孩子的歸屬問題，那按照禮制，孩子必然是要留在齊府的。

所以，他們便想著暗地裡搜尋齊府的把柄，逼著他們主動放手。

「差不多了，去年南方水災，齊磊的大哥被派去賑災，他貪墨賑災銀之事，我已掌握了確切證據。」溫啟靖說道。

貪墨賑災銀可是要抄家的大罪，而且齊磊的大哥是齊府的嫡長子，現在戶部任職，前途一片大好，若他們以此為要脅，齊府定不敢不同意。

溫浩然略一猶疑。「我怕，這次他們是想在皇上面前給那位程姨娘過了明路。若真得了聖上的默許，這樣日後咱們溫甯侯府再想提及和離之事，怕是會變得被動。所以，二叔，以免再生波瀾，您務必要在宮宴之前找齊府的當家人，讓他主動簽下和離書，並標明兩位表弟的去向問題才好。」

溫啟靖自是不會拒絕。「好，明日我便去齊府一趟。」

聽著眾人的話，溫阮有些雲裡霧裡的。「可是，大哥，程姨娘不是最想讓姑母和離的人嗎？她為什麼要這樣做？」程嫣雯這般籌劃，不就是為了讓溫嵐給她騰位置嗎？她做了這麼多，怎麼可能會阻止溫嵐和離之事？

「這件事，怕不是這位程姨娘能左右的。如今局勢未明，無論是齊家，還是程家，怕是都不希望姑母和離，畢竟這樣他們就少了個對溫甯侯府的箝制。再不濟，他們也會想留下兩位表弟，以防日後生出變故，他們也能多些籌碼。」溫浩然解釋道。

溫阮這才恍然大悟，不禁又覺得程姨娘頗為可笑，兜兜轉轉謀劃了這麼久，到頭來竟可能是一場空。不過，想想也是，在程家人的大局面前，她個人的那點心思又算得了什麼呢？這位程姨娘也真是夠可悲的啊！

溫阮眼瞧著這家庭會議也進行得差不多了，原本以為馬上就能散會，可誰知道老侯爺話鋒一轉，竟提起了襲爵之事。

「趁著今日大家都在，咱們就把這爵位的事給敲定了吧！別整日裡爭來爭去的，像什麼樣子，白讓人看了笑話！」老侯爺一想到平日裡他那些老夥計笑話他的樣子，就越想越來氣，遂狠狠瞪了兩個不孝子一眼。

臥槽！溫阮一激靈，難道看起來一派和諧的溫甯侯府，暗地裡也有爵位相爭之事？不，可能不是暗地裡，聽她祖父這話，怕是鬧得很多人都知曉了吧！

只是，面對這種需要避諱的話題，大家為何貌似都不太緊張的樣子？特別是她的便宜爹爹和二叔，不是應該誠惶誠恐地表示自己不敢嗎？

書房裡鴉雀無聲，溫浩然詰幾位晚輩都是一副低眉垂首、事不關己的樣子。

——未完，待續，請看文創風933《針愛小神醫》2

2021年2月出版

學渣大逆襲

文創風 930～931

雖然一場高燒喚起上輩子的記憶，但學渣到哪裡都是學渣啊～～
只是她躲在樹下為考試成績傷心一場，怎知樹上躲了一個學霸?!
這下尷尬撞窘迫，學渣遇學霸，還會有比這更慘的場面嗎……

當學渣巧遇學霸，戀愛求學兩不誤／鍾心

要不是幼年一場高燒，秦冉也不會恢復上輩子的記憶，知道自己並非當代人；
問題是那些記憶也不多，她偏又投生在一個讀書至上的朝代，
而且秦家滿門學霸，就她一個學渣，連前世記憶都幫不了，真心苦啊～～
她從小小學渣長成小學渣，又背負家人期許考入當朝最頂尖的書院，
雖然應試時考運有如神助，可一入學，琴棋書畫、騎馬射箭樣樣都為難她！
除了一手好廚藝，她在書院中仍是末段班的末段生，
眼看家人同學都為自己心急，但她似乎少根筋，讀書總是沒起色；
這一日，努力又落空的成績令她備受打擊，只想躲到書院後山獨自哭一回，
偏偏她在樹下哭，樹上怎麼突然出現一個男同學?!
而且這同學不是別人，正是成績輾壓全書院的大學霸沈淵！
被學霸目睹如此尷尬的場景，她當場手足無措，沒想到他不但好心安慰自己，
打從隔天起，兩人便幾次三番地相遇，連上課都意外受到他的指點、鼓勵；
即便因為沈淵「青睞有加」，讓她在學院「出盡鋒頭」，卻也逐漸開竅，
既然如此，就讓她抱緊學霸的大腿，順利度過求學生涯吧～～

2021年2月出版

金牌虎妻

文創風 927～929

左手生財，右手馴夫，
這穿越後的日子可有得忙了呀～～

婦唱夫隨，富貴花開／橘子汽水

唉，一朝穿越就直接當人妻，丈夫還是被踢出家門、靠收保護費度日的失寵庶子，
本性不壞，但打架鬧事如家常便飯，根本像她養過的哈士奇，一日不管便闖禍！
幸好丈夫喬勐天不怕地不怕，就怕惹她生氣傷心，還有她那根聞名鄉里的家法棍，
關起門來懂得跪算盤認錯，她就不跟他計較了，定把他調教成有出息的忠犬，
從此街頭一霸變成唯娘子是從的妻管嚴，她馭夫的名聲在平江可是響叮噹啊～～
接下來還有更重要的事得做──喬勐口袋空空，以前收的保護費還不夠養家呢！
眼看喬家不肯給金援，打算讓他們自生自滅，再不想辦法賺銀子就要餓肚子了。
幸好前世她是精通雙面繡的刺繡大師，又擅長廚藝，乾脆用這兩樣絕活來掙錢吧！
孰料她準備一展身手之際，喬勐無端捲入傷人官司，縣令盛怒將他抓進牢裡。
她的生財大計豈能少他出力，如今禍從天降，她該怎麼替他解圍才好……

筆上談心，紙裡存情／清棠

2021年2月出版

書中自有圓如玉

看著書上突然浮現的墨字，憑空出現，又慢慢消失，
雖說子不語怪力亂神，他仍是被這陡然出現的異相給驚住，
奇怪的是，除了他以外，旁人竟完全看不見，
日復一日，那歪七扭八的墨字就沒停過，簡直陰魂不散，
所以說，他這是碰上什麼妖魔鬼怪了嗎？

文創風 923 1

媽呀，她這是大白天的活見鬼了嗎？
好好地在自家書房抄縣誌，宣紙上卻突然浮現「你是何方妖孽」幾個字，
沒搞錯吧？她才想問問對方究竟是妖是鬼咧！
鼓起勇氣細問之下才知道，原來這人已經看她抄了半月有餘的縣誌，
倘若這話是真的，那這傢伙比她還慘啊，畢竟她每天從早抄到晚，字還醜！
問題來了，他們兩個普通「人」之間，為什麼會出現這種筆墨相通的狀況？
難道……是穿越大神特地贈送給她祝圓的金手指小禮物？
但所有的紙張、書本甚至連字畫上都能浮現字，她還怎麼讀書、練字啊？

文創風 924 2

祝圓此生的心願不大，只希望能當個米蟲，悠閒地過上滋潤的日子就好，
可她身為一名縣令的女兒，卻還要操心家裡銀錢不夠用是怎樣？
原來爹爹為官清廉，做不來搜刮民脂民膏的事，自然沒油水可撈，
雖然娘親跟她再三保證，他們不至於會挨餓受凍的，
因為京城主宅那邊會送些錢過來，再不濟她娘手上也還有嫁妝呢，
但她聽完只覺得震驚啊，她爹堂堂縣令竟還在啃老？甚至還可能要吃軟飯？
再者，她家手頭這麼緊了，卻還養著一批下人，光飯錢就是一大開銷，
這樣下去不成，既然無法節流，當務之急她得想辦法掙些錢貼補才行啊！

文創風 925 3

祝圓賺到了人生的第一桶金，成功讓爹娘對她的經商能力刮目相看，
與此同時，跟那個神祕筆友的交流也依然持續進行中，
雖然還是不知這人的來歷，但能肯定對方是個男的，並且家世相當不錯，
這還得從兩人聊到朝廷不給力、害得老百姓這麼窮苦一事說起，
正所謂「要致富，先修路」，但朝廷修的路，那能叫路嗎？
晴天是灰塵漫天，雨天又泥濘不堪，當然啥經濟也發展不起來啊！
於是她指點了水泥這條明路，結果他真弄出來築堤、造路，來頭還能小嗎？
話說，水泥是她提的主意，他應該不會這麼小氣，不讓她抽成吧？

文創風 926 4 完

來錢的事祝圓都不吝跟她親愛的筆友三皇子分享，畢竟她撐不起這麼大的攤子，
直接跟謝崢說多好，事成之後他還會分她錢呢，她這是無本生意，穩賺不賠啊！
既然兩人關係這麼好，那應該能託他調查一下家裡幫她相看的幾個對象吧？
模樣啥的都是其次，會不會喝花酒、有無侍妾、人品好不好才重要，
結果好了，他說這個愛喝花酒、那個有通房了，總之就沒一個配得上她的！
要不，請他幫忙介紹一個良配？他倒也爽快，一口就應了她，
可到了相親之日，說好的對象卻成了他自個兒！這是詐騙兼自肥吧？
再者，她想嫁的是家中人口簡單的，但他根本身處全天下最複雜的家庭啊！

流浪貓狗介紹所

為流浪貓狗加油 和貓寶貝 狗寶貝 廝守終生(一定要終生喔！)的幸福機會

對人來說，貓寶貝狗寶貝只是生活的一部分，
但妳（你）對牠們來說，卻是生活的全部，領養前請一定要考慮清楚——

▲ 熟男爸爸 貝貝

性　　別：男生
品　　種：米克斯
年　　紀：7～8歲
個　　性：溫和親人
健康狀況：已結紮，已接受血檢、二合一、狂犬預防針、
　　　　　後全口拔牙（貓愛滋口炎療程）及後續觀察服藥
目前住所：台北市北投區 貓日子（中途）

本期資料來源：貓日子粉絲專頁 https://www.facebook.com/CatDayHouse/

『貝貝』的故事：

貝貝是我前社區裡的資深浪貓，個性非常熱情親人，只要是餵過牠或喜歡貓的人經過牠的管區，牠都會熱情的跟大家打招呼，甚至個子大的牠，會常常在社區巷子裡巡邏，模樣真是很神氣威風！

大夥斷斷續續的餵貝貝跟牠的妻小，也有四、五年了，可去年開始看牠日漸消瘦，心裡覺得有點不安，納悶牠是老了還是病了？直到某個下雨又特別冷的晚上，去倒垃圾時發現原本放了兩個罐頭給牠們一家的，但牠不吃還叫得很大聲，於是用手電筒照車底下，發現牠嘴角一直流血、流口水，以致根本無法吞食……

帶去醫院檢查治療，最後經專科醫生建議進行拔牙，以絕後患。好在貝貝的身體狀況佳，除了口炎外沒有其他問題，術後在中途朋友家也恢復得很快，無奈朋友只能照顧兩個月，其他中途家又是多貓的環境，讓不親貓的牠，體重因此起起伏伏，深覺找新家才可以讓牠安穩一生。

貝貝親人不親貓，但牠跟其牠貓相處倒也相安無事，大部分時間都自己靜靜的躲在角落不會搭理其他貓，牠以前在社區跟人頻繁互動習慣了，聽得懂話也很聰明，雖然有點慢熟但抱牠不會抗拒，若是熟人還可以抱上三、四十分鐘都不亂動，是非常可人疼的小孩！連醫生、朋友都說貝貝餵藥乖、剪指甲也乖，是難得的極品貓咪，希望2021年能幫牠找到溫暖的家，有把拔馬麻來秀秀貝貝。若您有意願請連繫張小姐0939032351，或是Line ID：kc1612，甚至上貓日子粉專也行喔！

認養資格：

1. 認養人須25歲以上，有工作且經濟獨立者。
2. 能負責每天喂養、整理打掃貓沙盆、定期回診醫療等。
3. 須同意簽認養寵物切結書。
4. 須同意送養人日後之追蹤家訪，且必要時須做居家防護。
5. 將來不因結婚、懷孕，或有其他生活變動因素而棄養，對待貝貝不離不棄。
6. 願意於FB或其它方式，定時更新分享貝貝照片及近況。

來信請說明：

a. 個人基本資料：姓名、性別、年齡、家庭狀況、職業與經濟來源等。
b. 想認養貝貝的理由。
c. 過去養寵物的經驗，及簡介一下您的飼養環境。
d. 若未來有結婚、懷孕、出國或搬家等計劃，將如何安置貝貝？

文創風
932

針愛小神醫 1

國家圖書館出版品預行編目資料

針愛小神醫 / 迷央著. --
初版. -- 臺北市 : 狗屋出版社有限公司, 2021.03
冊 ; 公分. --（文創風）
ISBN 978-986-509-189-7（第1冊：平裝）. --

857.7 110001353

著作者	迷央
編輯	黃淑珍
校對	周貝桂
發行所	狗屋出版社有限公司
地址	台北市104中山區龍江路71巷15號1樓
電話	02-2776-5889～0
發行字號	局版台業字845號
法律顧問	蕭雄淋律師
總經銷	知遠文化事業有限公司
電話	02-2664-8800
初版	2021年3月
國際書碼	ISBN-13 978-986-509-189-7

本著作物由北京晉江原創網絡科技有限公司授權出版

定價260元
狗屋劃撥帳號：19001626
網址：love.doghouse.com.tw E-mail：love@doghouse.com.tw